IHR WERWOLF CHAMPION

JODI VAUGHN

Cover by Melody Simmons

Übersetzung aus dem Englischen von: Franziska Humphrey,

mygermantext@gmail.com

Erstellt mit Vellum

KAPITEL EINS

Little Rock, Arkansas

Zane Steele rieb sich seinen schmerzenden Oberschenkel, als er im Flur darauf wartete, ins Büro seines Rudelführers gerufen zu werden. Obwohl er Barrett Middletons stellvertretender Anführer über die Arkansas-Werwölfe war, musste Zane wie jeder andere Arsch draußen warten, bis er hereingebeten wurde.

Das Leben eines Arkansas-Wächters. Wächter waren die Elite-Werwölfe, die das Rudel und die bürgerlichen Wölfe vor der Entdeckung durch die Menschen schützten. Obwohl das Militär von Werwölfen wusste und sie in den Streitkräften einsetzte, hatte der Rest der menschlichen Bevölkerung keine Ahnung, dass es sie überhaupt gab.

Es war für alle besser so.

„Was ist los, Mann?" Jaxon, sein Wächterkollege, kam aus der Richtung des Fitnessstudios den Flur entlang geschlendert, während ihm der Schweiß den massiven Körper hinunterfloss und auf den Betonboden tropfte. Er trug kein Hemd und seine schwarze Trainingshose hing tief auf seinen Hüften und enthüllte eine Wand von Muskeln.

Die Wächterquartiere beherbergten nicht nur das Büro des Rudelführers, sondern auch die Wächterkasernen und ein hochmodernes Fitnessstudio, in dem die Alphas zwischen den Missionen etwas Dampf ablassen konnten.

„Ich bin hier, um Barrett zu sehen." Er sah Jaxon mit zusammengekniffenen Augen an und fragte sich, warum er den Wolf nicht gerochen hatte, bevor er ihn gesehen hatte. Die Wunde an seinem Bein schien ihn mehr abzulenken, als er es zugeben wollte.

„Wenn du fertig bist, komm rüber ins Fitnessstudio. Ich brauche jemanden zum Boxen, dem ich nicht wehtun kann." Jaxon grinste über seine Schulter, als Lucien sich ihnen näherte.

„Was auch immer, du Penner. Ich hab dich total fertig gemacht." Lucien zeigte Jaxon den Mittelfinger, bevor er Zane mit einem Kopfnicken grüßte.

„Hätten wir gekämpft, hätte ich dich in zwei Teile gerissen, Jaxon." Zane schenkte seinem Rudelbruder ein seltenes Grinsen.

„Nun, wir können nicht alle solche Teufelskerle sein wie du. Manche von uns müssen eben charmant und verdammt gutaussehend sein." Jaxon grinste und seine blauen Augen blitzten auf.

„Ja, und da komme ich ins Spiel." Lucien stieß Jaxon fest gegen die Wand. Jaxon stolperte, fing sich aber schnell wieder und knurrte.

„Macht mal halblang, Kinder. Ich habe keine Zeit, vor meinem Treffen einen Kampf auflösen zu müssen", sagte Zane herablassend, während er mit seiner Hand über seinen schmerzenden Oberschenkel rieb. „Wie immer der Ordnungshüter." Jaxons Blick fiel auf Zanes Oberschenkel.

Er hörte auf, sich über die Wunde zu reiben, als er bemerkte, dass Jaxon ihn anstarrte.

„Ist dein Bein immer noch nicht geheilt?", fragte Jaxon mit gerunzelter Stirn.

„Es dauert einfach seine verdammte Zeit. Das ist alles." Zane verschränkte die Arme vor seiner massiven Brust und versuchte, den Schmerz zu ignorieren.

Ein Wächter sollte jederzeit die Kontrolle über sich haben. Sogar die Kontrolle über seine Schmerzen. Er war einer der ranghöchsten Wächter in Arkansas und er würde nicht zulassen, dass ihn eine Beinverletzung, die von einem Meth-Junkie verursacht worden war, in ein Weichei verwandelte.

Vor ein paar Tagen hatte Zane Lucien und Jaxon zu einer Aufklärungsmission mitgenommen, um nähere Nachforschungen bezüglich eines Werwolfs anzustellen, der verdächtigt wurde, Crystal Meth herzustellen. Ein heruntergekommenes Haus im ländlichen Arkansas war die Basis für diese Drogenoperation gewesen. Barrett hatte Zane grünes Licht gegeben, den Verdächtigen auszuschalten und die Drogen zu vernichten, bevor sie unter der Werwolfbevölkerung in Umlauf gebracht werden konnten.

Sie hatten das alte Haus gestürmt und kurz darauf festgestellt, dass der Verdächtige nicht alleine war. Fünfzehn Wölfe waren in diesem winzigen Haus zusammengepfercht und, ihrem Gestank nach zu urteilen, waren es alles rote Wölfe gewesen. Die Wölfe hatten sie angegriffen und ohne verfügbare Verstärkung mussten die Wächter um ihre Leben kämpfen.

Es war ihnen gelungen, acht der Wölfe sofort nach ihrem Eindringen auszuschalten und zu töten. Fünf Werwölfe schafften es zu fliehen, aber Jaxon und Lucien hatten sie schnell eingeholt. Sie verwandelten sich und kämpften und letztendlich gelang es ihnen, alle fünf zu töten.

Zane war mit den anderen beiden Wölfen im Haus zurückgeblieben. Die Werwölfe hatten gespürt, dass sie ihn in ihrer menschlichen Form nicht besiegen konnten, und verwandelten sich, um ihn anzugreifen. Er hatte sie zunächst in seiner menschlichen Form bekämpft, bevor er sich schließlich entschied, sich ebenfalls zu verwandeln, um sich einen größeren Vorteil zu verschaffen. Kurz bevor er zum Wolf wurde, hatte ihn einer der beiden rückwärts gegen den Tisch gestoßen, auf welchem sie das Meth gekocht hatten. Der Zylinder, in dem sich die Droge befand, war zerbrochen und eine der Glasscherben hatte sich in seinen Oberschenkel gebohrt.

Der Schmerz hatte ihn nur noch wütender gemacht.

Nachdem er das Glas aus seinem Oberschenkel gezogen hatte, sah er auf und warf ihnen ein langsames, teuflisches Grinsen zu. Wut pulsierte in seinem Körper. Einer der Werwölfe stürzte sich durch die Tür und entkam. Zane sprang auf den anderen Wolf, bevor er ihm folgen konnte. Er stieß die Scherbe aus seinem Oberschenkel in den Hals des Drogendealers. Blut spritzte wie eine Fontäne heraus. Der Geruch schürte seine Wut noch mehr und er riss dem roten Wolf die Kehle heraus.

Das alles war inzwischen Wochen her. Als Werwolf hätte er inzwischen heilen sollen, aber die Verletzung machte ihm noch immer zu schaffen. Er konnte das Gefühl nicht loswerden, dass etwas nicht stimmte.

Barretts Tür öffnete sich und der imposante Rudelführer trat aus seinem Büro.

Die Wächter standen alle etwas gerader, als ihr Rudelführer Barrett Middleton im Türrahmen erschien. Mit seinen fast zwei Metern Körpergröße, seinem schulterlangen blonden Haar und den intensiven Augen sah Barrett ein bisschen wie der Wikinger-Gott Thor aus.

„Was zur Hölle ist hier los? Ein Kaffeekränzchen? Habt ihr alle nichts zu tun?" Barrett blickte auf Jaxon und Lucien.

„Doch, Sir." Jaxon musste ein Grinsen unterdrücken, bevor er und Lucien in Richtung Kaserne liefen und Zane allein mit Barrett zurückließen.

„Zane, komm rein." Barrett trat zur Seite und bedeutete ihm mit einem Nicken einzutreten.

Zane ging zu dem Stuhl vor Barretts massivem Schreibtisch. Sein Blick fiel auf das Wappenschild der Arkansas-Werwölfe, das an der Wand hing, bevor er Barrett ansah.

Er wartete darauf, dass sein Anführer sprach. Eine Mission. Das war genau das, was er brauchte. Bei einer Mission fühlte er sich immer am besten. Er brauchte sie, um seine Gedanken von seinem Oberschenkel abzulenken und sich auf das zu konzentrieren, was wichtig war. Seine Arbeit. Er brauchte etwas, wo er ein paar missratene Werwölfe ausschalten konnte, um sich wieder normal zu fühlen. Zu fühlen, dass er die Kontrolle hatte.

„Du musst etwas für mich tun." Barrett senkte seinen großen muskulösen Körper langsam auf den Stuhl hinter seinem Schreibtisch und schob Zane eine braune Akte entgegen.

„Eine Mission?" Zane runzelte die Stirn, als er die Akte entgegennahm. Er fragte sich, warum er in der Gerüchteküche noch nichts von dem bevorstehenden Ärger in Arkansas gehört hatte. Normalerweise hatte er eine gewisse Vorstellung davon, was kommen würde, bevor es passierte. Er mochte es nicht, wenn er nicht auf dem Laufenden war.

„Nicht wirklich." Barrett fuhr sich mit der Hand über sein Gesicht und sah Zane an. „Ich muss das Rudelführertreffen hier in Little Rock veranstalten. Die Rudelführer von Tennessee, Mississippi, Alabama und Louisiana kommen hierher und ich kann nicht weg."

„Klingt nach einem Rezept für eine tolle Zeit", schnaubte Zane.

„Klingt mehr nach einem Wettbewerb, um zu sehen, wer den größten Schwanz hat", erwiderte Barrett trocken.

„Nun, Boss, wenn das der Fall ist, dann hast du ja keine Konkurrenz", lachte Zane.

„Damit liegst du verdammt richtig." Barrett streckte seine Arme aus und verschränkte sie dann hinter seinem Kopf.

„Also, was ist es, das ich für dich tun soll?" Zane beugte sich interessiert vor. Die Politik zwischen den Rudeln interessierte ihn immer. Als hochrangiger Wächter hatte er die Ambition, eines Tages selbst Rudelführer zu werden.

„Ich habe ein paar neue Rekruten, die ihre Wächter-Tattoos bekommen müssen."

Zane ballte die Hände zu Fäusten und versuchte, seinen Gesichtsausdruck so neutral wie möglich zu halten. Sein Herzschlag beschleunigte sich.

„Sprichst du von Braxton und Jayden?", zwang er sich zu fragen.

„Ja." Barrett blickte auf. „Hast du ein Problem damit?"

„Kein Problem", log er. Er hatte ein verdammt riesiges Problem. Nicht mit Braxton. Er mochte den tätowierten Werwolf mit den bläulichen Haaren. Wenn es um Frauen ging, hatte Braxton einen riesigen Beschützerinstinkt und Zane konnte das respektieren.

„Komm schon, Zane. Ich kenne dich seit Jahren. Ich mag vielleicht dein Rudelführer sein, aber ich kenne dich besser als jeden anderen der Wächter. Ich kenne dich sogar besser als die beiden Dummköpfe, Jaxon und Lucien." Barrett starrte ihn fokussiert an. „Hast du ein Problem mit deiner Aufgabe?"

„Wie ich schon sagte, es gibt kein Problem." Seine Vergangenheit mit Jayden ging niemanden etwas an. Zane war Barrett treu ergeben, aber wenn es um seine Familie ging, war das eine ganz andere Geschichte. Zane war in einer intakten Familie mit Regeln und Struktur aufgewachsen, wohingegen Jayden von seiner Großmutter großgezogen wurde, die sich nicht gerade an die Regeln hielt. Aus seinem kurzen Zusammentreffen mit der alten Dame konnte er schließen, dass sie keinen Filter besaß und die Bedeutung von Disziplin nicht kannte.

„Perfekt." Barrett lehnte sich in seinem Sessel zurück, stützte seine Ellbogen auf die Lederarmlehnen und verschränkte seine Finger. Seine blonden Haare streiften über seine Schultern, als er seinen Kopf neigte und Zanes Ausdruck studierte.

„Der Termin wurde bereits vereinbart. Da wir zwei Wächter haben und die Tätowierungen sehr zeitaufwendig sind, wird es eine Weile dauern. Ihr müsst also noch heute Abend in Richtung Jonesboro aufbrechen."

„Kommt sonst noch wer mit?" Zane erinnerte sich daran, als er seine Wächtertätowierung bekam. Das Flügel-Tattoo mit den herausstarrenden Augen, das den ganzen Rücken umspannte, symbolisierte, dass man zu den Wächtern gehörte – zu den Elite-Werwolf-Soldaten. Ein Wächter zu sein war eine große Ehre, die erforderte, dass man sich für das Rudel aufopferte und jederzeit die Kontrolle über sich selbst behielt.

Es ärgerte ihn, dass Jayden diese Tätowierung erhalten würde. Kontrolliert war kein Adjektiv, mit dem er Jayden jemals beschreiben würde.

„Du kannst Lucien mitnehmen." Barrett zuckte mit den Schultern. „Jaxon muss sich eine Situation im Süden des Staates ansehen."

„Hört sich gut an." Er stand auf und sein Oberschenkel schrie im Protest. Er zwang sich, trotz des Schmerzes einen neutralen Gesichtsausdruck zu behalten. Er hatte gehofft, dass ein ruhiges Wochenende die Heilung erleichtern würde, aber das war nicht geschehen.

Vielleicht war eine lange Fahrt auf seiner Harley genau das Richtige, um den Schmerz aus seinem Oberschenkel und die Wut aus seiner Seele zu vertreiben.

Skylar Wade stand mitten im Metallschuppen und unterdrückte die drohenden Tränen. Sie hatte den Schuppen im Hinterhof des Hauses errichtet, das sie gerade umgestaltete, damit sie am Ende eines jeden Arbeitstages einen sicheren Platz für ihre Werkzeuge hatte.

Sie hielt das von einem Bolzenschneider aufgeschnittene Schloss in ihrer Hand und unterdrückte ein Knurren. Als sie begonnen hatte, an diesem Haus zu arbeiten, hatte sie den Schuppen anliefern lassen und ihn eingerichtet, um Drogenabhängige daran zu hindern, nachts ihre Werkzeuge zu stehlen. Es hatte in letzter Zeit eine Reihe von Raubüberfällen auf Baustellen gegeben, weshalb sie diese Vorsichtsmaßnahme getroffen hatte. Oder zumindest dachte sie das. Am Ende hatte selbst das Schloss die Diebe nicht abschrecken können. Sie waren wie Ratten, die wild entschlossen waren, in einen mit Käse gefüllten Kühlschrank einzudringen.

„Arschlöcher." Sie schlug die Tür zum Schuppen zu. Das Metall schepperte laut, genau wie der Herzschlag in ihren Ohren.

Sie hatte eine Frist, zu der dieses Haus fertiggestellt sein musste, und jetzt würde sie, da einige ihrer Werkzeuge verschwunden waren, hinter ihrem Zeitplan zurückfallen.

Sie rechnete mit dem Geld für diesen Job, damit sie ein

Angebot für das alte verlassene Wohnhaus im Süden der Stadt abgeben konnte. Ihre Vision, die Wohnungen in dem Gebäude zu einem Zuhause für weggelaufene Mädchen zu machen, die einen sicheren Ort zum Leben brauchten, war zu ihrer Lebensaufgabe geworden.

Skylar, die selbst vernachlässigt aufgewachsen war und von einem missbräuchlichen Vater großgezogen wurde, wollte den Mädchen ein anderes Leben ermöglichen. Sie wollte ihnen eine bessere Kindheit geben.

Indem sie anderen half, könnte sie vielleicht die Geister ihrer Vergangenheit zur Ruhe legen und endlich ihren Frieden finden.

Sie zog ihr Handy heraus und rief die Liste ihrer Arbeiter auf. Sie musste sie wissen lassen, dass der Arbeitstag später beginnen würde. Es gab keinen Grund, sie über den Einbruch zu informieren. Sie würden sich nur Sorgen machen und beginnen, woanders nach Arbeit zu suchen.

Sie warf einen Blick auf die Uhrzeit auf ihrem Handy. Sie hatte gerade genug Zeit, um die Werkzeuge zu ersetzen, bevor die Arbeiter dort ankamen. Und dieses Mal fügte sie zu ihrer Einkaufsliste ebenfalls eine schwere Kette und ein Schloss hinzu.

„Ich habe euch ein paar Kekse eingepackt." Granny schlenderte in ihrem orange-rosafarbenen hawaiianischen Kleid zur Gruppe der Motorradfahrer hinüber und reichte jedem Wächter eine braune Papiertüte.

Zane runzelte die Stirn, stellte aber keinen Blickkontakt

her. Er dachte, es wäre das Beste, die alte Frau nicht noch zu ermutigen.

„Granny, es ist kein Picknick." Jayden verzog sein Gesicht, als ihm seine Großmutter eine Tüte reichte und ihm die Wange tätschelte.

„Aber das sind deine Lieblingskekse. Zimtplätzchen." Granny spitzte ihre Lippen.

„Danke, Granny." Jayden lächelte und faltete die obere Kante der Tüte auf, um hineinzuschauen.

Zane biss die Zähne zusammen. Nur in der Nähe dieses Arschkriechers Jayden zu sein, verursachte den Drang in ihm, ihm ins Gesicht zu schlagen. Und wenn sie nicht bald losfuhren, würde er genau das tun.

Granny blieb vor ihm stehen und hielt ihm eine Tüte hin. Er grunzte, nahm die Tüte jedoch nicht entgegen.

„Komm schon, mein Sohn. Du musst bei Kräften bleiben", lächelte Granny.

„Danke, aber nein danke", beharrte Zane. Er hatte die Bekanntschaft von Jaydens Oma, die Sexspielzeuge verkaufte, schon einmal gemacht. Was zur Hölle dachte sie, was sie hier taten? Ins Ferienlager fahren?

Er und Jayden Parker hatten nichts füreinander übrig. Zane hatte den Werwolf mit seiner Schwester Catty erwischt, als sie miteinander rummachten. Er war vorbeigekommen, um nach Catty zu schauen, und hatte Jayden splitternackt in ihrem Bett vorgefunden. Bevor er das Arschloch in die Hände kriegen konnte, war Jayden schon aus dem Fenster gesprungen. Ohne seine Klamotten.

„Bist du Diabetiker? Ist es eine Glutenunverträglichkeit? Hast du eine Allergie?" Granny neigte ihren Kopf und tippte sich mit einem Finger gegen ihre Lippen, während sie versuchte, ihn zu diagnostizieren.

Braxton und Lucien prusteten hinter ihm los. Er drehte

sich um und zeigte ihnen den Mittelfinger, bevor er sich wieder der alten Frau zuwandte.

„Ich bin kein Diabetiker und habe auch keine Glutenunverträglichkeit oder Allergie. Ich will einfach keine", knurrte er sie an.

„Granny, gib sie mir", rief Jayden, als er sich auf seine Harley-Davidson Breakout schwang. Er lächelte, als Granny ihm eine zweite Tüte reichte.

Zane stieg auf seine rote Breakout und versuchte, an etwas anderes zu denken, als Jayden in seinen selbstgefälligen Hintern zu treten.

„Wann kommt ihr wieder nach Hause?", fragte Granny.

„Ich weiß es nicht. Hoffentlich in ein paar Tagen. Schaust du für mich nach Haley, bitte?", sagte Jayden.

„Na sicher. Wir haben eine Menge zu tun, um diese Hochzeit vorzubereiten." Granny wackelte mit ihren grauen Augenbrauen. „Ich weiß schon genau, was ich euch für die Flitterwochen schenken werde. Ich habe eine neue Lieferung essbarer …"

„Genug", brüllte Zane. Er wollte nicht, dass das, was der alten Dame gerade auf den Lippen lag, ihm für die Dauer der Fahrt im Kopf herumschwirrte. „Lasst uns losfahren."

Er startete seinen Motor und das Motorrad erwachte zum Leben. Die Straße wurde vom Dröhnen der Harleys lebendig.

Zane sah Lucien an, bevor er losfuhr und auf die Straße bog. Er blickte in seinen Rückspiegel, als die beiden anderen Harleys ebenfalls abbogen und in Formation hinter ihm folgten.

Er liebte seine Harley so, wie er seine Brüder liebte. Bis auf einen.

Er sah das neueste Mitglied ihrer Gruppe mit zusammengekniffenen Augen im Rückspiegel an.

Jayden.

Noch nie zuvor hatte er ein Problem mit einem anderen Wächter gehabt.

Nicht, bis Jayden kam.

Es veranlasste ihn, die Qualifikationen, um Wächter zu werden, ernsthaft zu überdenken. Etwas, das er mit Barrett besprechen musste.

Zane verlangsamte seine Geschwindigkeit, als sie die Stadtgrenze zu Jonesboro, Arkansas, erreichten. Sein Scheinwerfer warf einen weißen Streifen auf den schwarzen Asphalt. Die Sonne war schon längst hinter dem Horizont verschwunden und es hatte sich zu verträglicheren Temperaturen abgekühlt, obwohl es Juli im Süden war.

Die Stadt war gewachsen, seit er das letzte Mal hier gewesen war, und es überraschte ihn, wie schnell sie sich ausbreitete. Sie würden auf jeden Fall bald Wächter in dieser Gegend stationieren müssen.

Er bog auf die Hauptstraße ein und fuhr bis zum Straßenende, bevor er links abbog. Er ignorierte die Leute auf dem Bürgersteig, die die Gruppe der Motorradfahrer anstarrten, die in ihre Stadt gefahren kamen.

Sie dachten wahrscheinlich, dass sie nichts Gutes im Schilde führten.

Zu schade, dass sie die Wahrheit nicht kannten. Wächter waren das Einzige, was die Bevölkerung vor abtrünnigen Werwölfen beschützte, die nicht zweimal darüber nachdenken würden, einfach nur zum Spaß an der Freude zu töten.

Zane verlangsamte seine Geschwindigkeit, als das Tattoo-Studio ‚Mondgöttin' in Sicht kam. Er bog auf einen Parkplatz vor dem Laden ein. Die anderen folgten ihm und parkten direkt dahinter. Er drückte den Ständer der Breakout hinunter und stieg von seiner Harley ab.

Lucien zog seine fingerlosen Motorradhandschuhe aus und stopfte sie in die Tasche seiner Lederjacke. Der Werwolf rollte seine mit Leder und Stahl verzierten Schultern, während er einen Blick auf seine Umgebung warf. Sein tief-schwarzes Haar war vom Wind zerzaust und er machte sich nicht die Mühe, es zu glätten. Sein durchdringender grüner Blick lag hinter seiner Sonnenbrille verborgen, die er nicht wirklich brauchte, die jedoch sein scharfes Sehvermögen auch nicht behinderte. Lucien hatte begonnen, seine Oakleys ständig zu tragen, nachdem er Damon Trahan getroffen hatte, der seine niemals abnahm.

„Hast du Angst, dass du Schwielen bekommst?", lachte Zane verächtlich. Er und Jaxon zogen ihren Freund ständig damit auf, dass er Handschuhe trug. Lucien hatte keine Bedenken, sich wie ein echter Biker zu kleiden. Und wenn man den Blicken der Menschen auf dem Bürgersteig glauben durfte, dachten sie, dass die ganze Bande gefährlich war.

Sie lagen nicht falsch.

Der Besitzer des ‚Mondgöttin'-Tattoo-Studios, Matt Townsend, kam aus dem Laden geschlendert. Seine beiden Arme und sein Hals waren vollständig mit Tätowierungen bedeckt. Zane könnte wetten, dass der Typ am ganzen Körper tätowiert war, hatte aber keine Möglichkeit, zu bestä-tigen, was sich unter der Jeans und dem T-Shirt versteckte.

„Zane, schön dich zu sehen, Bruder." Matt war der offizi-elle Tätowierer der Wächter in Arkansas. Die Aufgabe, diese spezialisierten Soldaten zu kennzeichnen, war ihm von seinem Vater übergeben worden, der sie von seinem eigenen Vater geerbt hatte. Der Künstler war immer ein bürgerlicher Werwolf und er wurde großzügig dafür bezahlt.

Jeder Staat hatte seinen eigenen Tätowierer. Bevor sie begonnen hatten, die Rücken der Wächter zu tätowieren, hatten sie ihre Soldaten auf andere Weise markiert. Weniger angenehme Dinge wie beispielsweise durch das Brandmarken des Fleisches.

Heutzutage drehte sich alles um die Tinte.

„Hallo Matt." Zane griff Matts Schulter in einer halben Umarmung, während er dem Zivilisten auf den Rücken schlug. „Wie ich sehe, wartest du schon auf uns."

„Tatsächlich wollte ich eigentlich gerade eine Zigarettenpause einlegen", grinste Matt verlegen.

„Ekelhafte Angewohnheit. Die solltest du aufgeben." Lucien grinste, als er den Tätowierer mit einer Umarmung begrüßte.

„Da hast du recht, Lucien. Aber ich brauche etwas Aufregung in meinem Leben. Ich komme nicht wie ihr herum, kann Sachen in die Luft sprengen oder ein paar Kehlen herausreißen." Matt kicherte, als er sich seine Zigarette anzündete.

Ein dünner grauer Rauchschwaden zog in den Himmel und wurde schnell von der Dunkelheit verschlungen. Matt zog erneut an seiner Zigarette, bevor er den grauen Rauch ausblies und auf Jayden und Braxton deutete.

„Sind das die neuen Brüder?"

„Sieht ganz danach aus", murmelte Zane. Wenn er irgendetwas zu sagen hätte, hätte er Jaydens Arsch abgewählt, sobald der Penner die Staatsgrenze zu Arkansas übertreten hatte. Aber die Entscheidung lag nicht bei ihm. Barrett entschied, wer ein Wächter wurde und wer nicht. Das war eine Sache, die Zane nicht ausstehen konnte – kein Stimmrecht zu haben, wenn es darum ging, neue Brüder auszuwählen. Wenn er jemandem mit seinem Leben vertrauen musste, sollte es verdammt noch mal jemand sein, der ihm etwas bedeutete.

Und Zane interessierte sich einen Scheißdreck für Jayden.

Matt streckte seine Hand aus und Braxton schüttelte sie. „Ich bin Braxton Devereux. Schön, dich kennenzulernen."

„Matt Townsend. Ich habe gehört, du kommst aus der Eureka-Springs-Ecke. Ich würde mit meiner alten Dame gerne mal ein Wochenende dort verbringen."

„Das solltest du. Meine Gefährtin, Kate, betreibt dort ein super Bed and Breakfast namens Bella Luna. Wenn du deine Frau mal so richtig heißmachen willst, ist das genau der richtige Ort", grinste Braxton.

„Das klingt genau richtig." Matt lächelte zurück. „Ich schaue es mir heute Abend mal im Internet an. Danke für die Info."

Matt wandte sich Jayden zu.

„Jayden. Schön, dich kennenzulernen, Matt."

Jayden schüttelte Matts Hand. „Ich weiß es zu schätzen, dass du uns so spät noch drannimmst. Ich weiß, du würdest den heutigen Abend lieber mit deiner Gefährtin verbringen."

Irritation breitete sich wie eine Dynamitexplosion in Zanes Bauch aus. Warum zum Teufel marschierte Jayden einfach hier herein und benahm sich, als wäre er der Anführer?

„Was er lieber tun würde, ist anzufangen zu arbeiten, anstatt zuzuhören, wie du seine Zeit verschwendest", knurrte Zane.

Jayden richtete sich auf und drehte sich zu Zane um. „Ich sage nur Hallo. Und wusste nicht, dass ich damit seine Zeit verschwende."

„Weißt du, das ist die Sache mit dir, Jayden. Es geht immer nur um dich und darum, was du willst." Zane ballte seine Hände zu Fäusten, als Zorn in jeder Ecke seiner Zellen brodelte. Sein Herzschlag lief auf Hochtouren, als seine Atmung schnell zu einem aufgeheizten Keuchen wurde. Alles in seinem Körper drängte ihn dazu, sich zu verwandeln.

„Hör mal, Kumpel, ich würde vorschlagen, du schaltest

deine Arroganz ein oder zwei Stufen runter. Mir gefällt wirklich nicht, was ich von dir empfange." Jayden richtete sich auf und trat einen Schritt auf ihn zu.

Wut drang durch jede Zelle seines Körpers, als ihn die Mordlust wie eine Meereswelle überkam. Alles, was er wollte, war, Jayden die Kehle herauszureißen.

„Alter, deine Augen", warnte ihn Lucien.

Zane brauchte seine Warnung nicht. Er wusste bereits, dass sich seine Augen gelb färbten, was die bevorstehende Verwandlung zum Wolf signalisierte.

„Nimm dich zurück, Zane." Lucien legte seine Hand auf Zanes Schulter.

Zane versteifte sich für eine Sekunde, bevor er Luciens Hand abschüttelte.

„Fass mich verdammt noch mal nicht an", knurrte er. Er atmete flach, während sein Herz in seiner Brust trommelte und bereit war, zu explodieren.

„Echt mal, Mann, was ist dein verdammtes Problem? Du hattest schon ein Problem mit mir, seitdem ich den Wächtern beigetreten bin." Jayden kniff seine Augen zusammen und trat einen Schritt näher. „Du quatschst immer davon, dass die Wächter Brüder sind, lebst das aber verdammt sicher nicht."

Wut explodierte in Zane, als er sich auf Jayden stürzte. Er packte den Werwolf mit einer Hand um den Hals und warf ihn zu Boden. Jayden schwang sich herum und schlug ihm ins Gesicht. Der Geschmack von Blut füllte seinen Mund und schürte seine Wut. Das Geräusch von zerreißenden Klamotten rauschte in seinen Ohren, aber Zane konnte nicht aufhalten, was als Nächstes geschah. Er wusste, dass er sich verwandelte. Genau hier, vor Gott und der Welt. Er konnte es einfach nicht aufhalten.

„Fuck." Lucien warf sein gesamtes Körpergewicht in den Stoß, der ihn und Zane in die dunkle Gasse zwischen dem

Tattoo-Studio und dem benachbarten Pfandhaus beförderte. Sie landeten mit einem dumpfen Schlag auf dem Beton. Der Stoß ließ Zanes Zähne klappern.

„Was zum Teufel ist los?", fragte Lucien nahe an Zanes Ohr. Zane hatte sich verwandelt und war jetzt in seiner Wolfsform, während Lucien auf ihm saß. „Du kannst dich nicht einfach in der Öffentlichkeit verwandeln, Bruder. Wenn Barrett das herausfindet, kann er dich von den Wächtern rausschmeißen. Oder noch schlimmer."

Zane bemühte sich, seinen Drang, zu verstümmeln und zu töten, unter Kontrolle zu bringen. Aus dem Augenwinkel sah er, wie Jayden die Gasse betrat, und stieß ein warnendes Knurren aus.

„Was ist los?", fragte Jayden.

„Bleib einfach zurück", warnte ihn Lucien. „Geh mit Matt hinein und fangt mit der Tätowierung an. Wir kommen in einer Minute nach."

Jayden nickte, bevor er mit Matt im Tattoo-Studio verschwand.

Als Zane hörte, wie sich die Tür schloss, drehte er seinen Körper in einer fließenden Bewegung und warf Lucien ab. Er sprang auf seine Füße und knurrte den Wächter an.

Lucien blickte auf seine Lederjacke hinunter. „Scheiße. Wegen dir ist meine Jacke zerfetzt, du Penner." Er starrte Zane an. „Was zum Teufel ist los mit dir? Du weißt doch, dass du dich in der Öffentlichkeit nicht einfach so verwandeln kannst. Und warum zur Hölle verwandelst du dich jetzt nicht zurück?"

Zane hob seinen Kopf und sah Lucien an. Wut füllte seine Adern und der Drang, Luciens Kehle rauszureißen, überflutete ihn wie eine Meereswelle.

Was zum Teufel war los mit ihm?

Warum konnte er sich nicht zurückverwandeln?

Und warum zum Teufel wollte er Lucien verletzen?

Zane sprang auf seine Füße und starrte Lucien durch seine Wolfsaugen an. Er nickte in Richtung des Ladens und hoffte, dass sein Freund den Hinweis verstehen und gehen würde.

„Mit dir ist schon eine ganze Weile irgendwas los." Lucien neigte seinen Kopf. „Weißt du, du bist nicht mehr wirklich du selbst, seitdem wir auf dieser letzten Mission waren. Ist irgendetwas passiert?"

Heilige Scheiße.

Die Drogenrazzia.

Der Schnitt im Oberschenkel.

Die Wunde, die nicht heilte.

Lucien hatte recht. Seit dieser Nacht war er gereizt gewesen, stets bereit zu kämpfen. Er hatte versucht, es so gut wie möglich zu verstecken, indem er seinen Körper während des Trainings und der Übungen bis ans Limit trieb, aber selbst danach füllte ihn noch immer ein Verlangen nach Blut.

Barrett würde ihn töten, wenn sich herausstellte, dass es ihm nicht gelang, sich zurückzuverwandeln. Oder noch schlimmer, er würde ihn von den Wächtern rausschmeißen.

Er wäre lieber tot, als seinen Job zu verlieren. Sein Job war seine Bestimmung, sein Leben.

Er biss die Zähne zusammen und deutete auf die Tür.

„Gut, Mann. Ich verstehe schon. Du willst nicht darüber reden." Lucien streckte die Hände aus. „Ich gehe hinein und behalte die anderen beiden im Auge, während du dich hier wieder unter Kontrolle bringst. Ich bringe dir ein paar Klamotten, wenn ich wiederkomme."

Lucien stürmte durch die Gasse zurück zum Eingang des Tattoo-Studios. Zane hielt seinen Blick fest auf ihn gerichtet, bis Lucien aus seinem Blickfeld verschwand.

Skylar hatte es geschafft, den späten Start des Arbeitstages darauf zu schieben, dass die Rigipsplatten nicht rechtzeitig angeliefert worden waren. Gott sei Dank glaubten die Jungs ihr. Ihre Leute waren harte Arbeiter und sie wollte sie nicht an einen anderen Bauunternehmer verlieren.

Sie hatten es geschafft, einen halben Tag Arbeit unter der zermürbenden Arkansas-Sonne zu Ende zu bringen, bevor das Tageslicht begann, sich in der einbrechenden Abenddämmerung zu verlieren.

Sie sah ihre bunt zusammengewürfelte Bautruppe an und ein Lächeln breitete sich auf ihren Lippen aus. Sie sahen vielleicht nicht nach viel aus, aber sie kamen einer Familie für sie am nächsten.

„Miss Skylar, was haben Sie heute Abend vor?" Tony lächelte sie schüchtern an. Der Schweiß auf seiner olivfarbenen Haut schimmerte leicht.

Der junge Mann war gerade erst aus Mexiko nach Jonesboro gezogen, um mit entfernten Familienmitgliedern zu leben. Sein Ziel war es, genug Geld zu verdienen, um eines Tages aufs College gehen zu können.

„Ich glaube, ich habe eine Verabredung." Sie zog ihre Augenbrauen hoch, während sie sich den Staub von ihrer Jeans abputzte.

Sein Lächeln verschwand und er schaute zum Boden hinunter.

Sie atmete scharf ein und bemerkte, dass er ihre Worte falsch verstanden hatte.

„Ich habe eine Verabredung mit einem Schaumbad und einem Bier", versicherte sie ihm.

Tonys Miene hellte sich auf und er beschleunigte seinen Schritt, als er begann, die Werkzeuge zurück in den Schuppen zu räumen.

„Er ist verknallt, Skylar." Hector stieß sie mit dem Ellbogen in die Rippen.

„Hector, er ist noch ein Kind."

„Er ist nur ein paar Jahre jünger als du. Außerdem ist er volljährig." Hectors buschige Brauen schossen in die Höhe. „Alt genug und legal eingewandert."

Es war ihr egal, wie alt er war, sie war nicht an Verabredungen interessiert. Sie hatte ohnehin schon viel zu viel zu tun. Ein Kerl wäre nur ein weiterer Punkt auf ihrer Aufgabenliste. Sie hatte Glück gehabt, diesen Auftrag zu bekommen. Sie hatte den Eigentümer des Hauses nicht persönlich getroffen, da sie ihr Gebot online übermittelt hatte und die Kommunikation per Telefon und E-Mail erfolgte, da der Eigentümer außerhalb der Stadt lebte. Sie fragte sich, ob der Grund dafür, dass sie für diesen Job ausgewählt wurde, darin lag, dass die Besitzerin ebenfalls eine Frau war und bereit war, ihr eine Chance zu geben. Es war egal – sie brauchte den Job. Sobald alles fertig war, würde sie einen guten Gewinn erzielen und anders als bei vergangenen Jobs würde die Besitzerin sie nicht weiter belästigen.

Angeblich lebte die Besitzerin mit ihrem Mann in Little Rock und wollte das Haus herrichten, sodass sie es verkaufen konnte. Mit dem neuen Krankenhaus, das gerade gebaut wurde, schossen die Immobilienpreise in Jonesboro explosionsartig in die Höhe.

Sie erinnerte sich noch daran, als sie das Bauernhaus am Stadtrand das erste Mal gesehen hatte. Es hatte eine Art Explosion gegeben, die einen Teil des Gebäudes zerstört hatte. Die Küche und die Rückseite des Hauses hatten am meisten Schaden genommen. Das Problem zu beheben war definitiv ein Unterfangen. Das Haus war ungefähr fünfzig Jahre alt und sowohl die Elektrik als auch die Rohre mussten auf den neuesten Stand gebracht werden, um den derzeitigen Vorschriften zu entsprechen, bevor der Umbau beginnen konnte.

Jetzt, zwei Monate nachdem das Projekt begonnen hatte, begann es, Gestalt anzunehmen.

Ihr Herz schlug höher in ihrer Brust, wenn sie an ihr nächstes Projekt dachte.

Das Apartmenthaus. Sobald dieser Job beendet war und sie ihren ordentlichen Gewinn in der Tasche hatte, würde sie zu etwas übergehen, das sie wirklich tun wollte. Etwas bewegen, um Mädchen in Schwierigkeiten zu helfen.

Sie hatte sich oft gefragt, ob ihr Leben anders verlaufen wäre, wenn sie eine sichere Unterkunft gehabt hätte, anstatt in der Hölle, in der ihr Vater sie großgezogen hatte, überleben zu müssen. Als Kind hatte sie genug unter Vernachlässigung, dreckiger Kleidung, zu wenig zu essen und mangelnder Wärme im Wohnwagen im Winter gelitten. Aber als sie in die Pubertät gekommen war, waren die Dinge noch schlimmer geworden. Ihr Vater hatte sich abgewandt, als seine perversen Freunde begannen, sich für sie zu interessieren. Ihre einzigen Momente der Flucht waren die Zeiten gewesen, die sie bei ihrer Freundin Catty verbracht hatte. Aber selbst dann konnte sie der Hölle nicht ganz entfliehen. In diesen dunklen Nächten hatte sie, voller Sorge vor der Morgendämmerung, in Cattys Elternhaus wach gelegen. Sie wusste, sobald die Sonne aufging, würde sie ihre sichere Zufluchtsstätte verlassen und in die Hölle, die der Wohnwagen ihres Vaters war, zurückkehren müssen.

Wenn sie nur ein einziges Mädchen retten könnte, wäre ihr Leben keine totale Verschwendung. Sie zuckte zusammen, als ihr Handy in ihrer Jeanstasche vibrierte. Sie zog es heraus und lief zu ihrem Transporter hinüber, um ein wenig Privatsphäre von ihrer Bautruppe zu haben.

„Hallo?"

Ihr Herz rutschte in ihre Hose, als die Stimme der Besitzerin des Hauses begann, ihr zu erklären, dass sie die Frist für die Fertigstellung des Hauses verkürzen würde. Ihre Gedanken rasten und ihr Mund wurde trocken. Wie sollte sie es denn jetzt rechtzeitig fertigstellen? Sie drängte ihre

Arbeiter ohnehin schon. Ganz zu schweigen von dem Einbruch. Wenn ihre Werkzeuge noch einmal gestohlen wurden, gäbe es keinen Weg, die Frist für die Fertigstellung des Hauses einzuhalten.

„Ich verstehe." Sie versuchte den Kloß, der sich in ihrem Hals gebildet hatte, hinunterzuschlucken. Sie öffnete ihren Mund, um der Besitzerin zu sagen, dass sie diese Frist nicht einhalten könne – dass es unmöglich war –, aber die Worte blieben in ihrem Hals stecken.

Das Gespräch wurde unterbrochen und sie stand dort, das Telefon gegen ihr verschwitztes Gesicht gedrückt.

Zanes Herz schlug heftig in seiner Brust, als er sich darauf konzentrierte, sich wieder in seine menschliche Form zu verwandeln.

Nichts.

Das war nicht gut. Überhaupt nicht.

Wenn er seine Verwandlung nicht kontrollieren konnte, war er echt am Arsch.

Er trottete zum Ende der leeren Gasse. Ein Maschendrahtzaun war das Einzige, was zwischen ihm und der Straße stand. Er erinnerte sich an die Fahrt in die Stadt und wusste, dass nach dem Durchqueren der Nachbarschaft, nur etwa einen Kilometer entfernt, ein flaches Reisfeld erscheinen würde. Es bot keinen besonders großen Schutz für einen Wolf seiner Größe, aber er wäre etwas weiter von der menschlichen Bevölkerung entfernt. Vielleicht konnte er ein altes Gebäude finden, in dem er sich verstecken konnte, bis er sich zurückverwandeln würde.

Er warf einen Blick über seine Schulter. Er konnte nicht auf Lucien warten, bis er ihm Kleidungsstücke brachte. Wenn Lucien wiederkam und sah, dass er sich noch immer nicht in seine menschliche Form zurückverwandelt hatte, würde er wissen, dass etwas nicht stimmte. Und es wäre Luciens Pflicht, Barrett darüber zu informieren.

Scheiß auf die Kleidung.

Zane ging ein paar Schritte zurück und rannte los. Er sprang in die Luft und überquerte den Zaun. Er landete auf der anderen Seite auf dem kühlen Beton. Er ging in die Hocke und lauschte, um mögliche Schritte zu hören.

Nichts.

Er sprintete los und rannte in die Richtung einer Gruppe von Bäumen, die ihm zwischen zwei Häusern Deckung geben würde. Der Verkehr war minimal. Die einzigen Leute, die noch unterwegs waren, waren diejenigen, die nach einem langen Tag im Büro nach Hause fuhren.

Seine Ohren stellten sich auf, als er die Geräusche von Stimmen, Gelächter und dem Brutzeln von Fleisch, das auf einem Grill im Freien gebraten wurde, wahrnahm.

Nachdem er sich vergewissert hatte, dass die Luft rein war, sprintete er zum nächsten Haus. Er wiederholte dies und achtete immer darauf, im Schutz der Schatten zu bleiben.

Scheinwerfer eines herannahenden Autos ließen ihn hinter einem Gebüsch vor einem Fenster in Deckung gehen.

„Mama! Vor meinem Fenster ist ein Monster!", tönte eine winzige Kinderstimme in seinen Ohren.

Scheiße.

Er sprintete zum nächsten Haus und versteckte sich hinter einem großen, stacheligen Busch, um zu sehen, ob jemand herauskommen würde, um die Behauptung des Kindes zu prüfen.

Sobald die Gefahr, entdeckt zu werden, vorüber war, sprintete er zum nächsten Haus.

Sein Herz raste, als er den isolierten, industriellen Teil der Stadt in kurzer Entfernung vom letzten Haus der Nachbarschaft sehen konnte. Wenn er es unbemerkt dorthin schaffen könnte, würden auf der anderen Seite die flachen Reisfelder beginnen, die sich ewig weit erstreckten.

Er sah seine Chance und rannte auf die Freiheit zu. Seine Lunge brannte, als er seinen Tierkörper härter und schneller antrieb als je zuvor.

Seine Pfoten trugen ihn mit jedem schnellen Schritt über das harte Pflaster. Als er die erste Reihe der Reisfelder erreichte, schlug ihm sein Herz bis zum Hals. Er duckte sich zwischen den grünen Stängeln und spähte, suchte und lauschte auf Anzeichen der Anwesenheit irgendeiner Lebensform, Mensch oder Tier.

Nichts.

Seine Augen gewöhnten sich schnell an die Dunkelheit. Er stand langsam auf, hob sein Gesicht in den Wind und atmete tief ein. Er nahm den schwachen Geruch von Getreide und Dreck war. Seltsam. Normalerweise würde er von den Düften der Nacht überwältigt werden. Aber nicht heute.

Er lauschte aufmerksam. Abgesehen von der gelegentlichen Feldmaus, die er hier und da zwischen den Reihen des Feldes huschen hörte, war er völlig allein.

Er musste so schnell wie möglich Schutz finden, bevor er sich wieder verwandelte.

Es war eine Sache, einen großen Wolf zu sehen, aber ein nackter Mann würde mehr Berichterstattung verursachen als Bigfoot, wenn ihn jemand sah.

Besonders in einer so kleinen Stadt wie Jonesboro.

Er sprintete die Reihen des Feldes entlang, um sich so weit wie möglich von der Stadt zu entfernen. In der Ferne sah er ein kleines Gebäude.

Er änderte seine Richtung und rannte auf das Ziel zu. Als er näherkam, stellte er fest, dass das Gebäude eine Art Schuppen neben einem Haus war. Er schlich näher zu dem verlassenen Haus und schnupperte.

Er roch nichts.

Er ging die schmalen Stufen hinauf. Die vordere Veranda war gerade neu hinzugefügt worden, wie die frischen Bretter unter seinen Füßen bewiesen. Die Fenster waren mit Brettern vernagelt und die Haustür war abgeschlossen.

Er ging die Treppe hinunter und zur Rückseite des Hauses herum. Es gab eine winzige hintere Veranda, die ziemlich alt erschien. Dies war kein neu gebautes Haus. Es war ein Umbau.

Er stieg die hinteren Stufen hinauf und versuchte, durch die Hintertür hineinzugelangen.

Verschlossen.

Er gab auf und ging auf den Schuppen zu.

Die Tür war mit einer schweren Kette um den Griff gesichert, damit niemand eindringen konnte. Wer auch immer das getan hatte, war wahrscheinlich besorgt, dass jemand seinen Rasenmäher stehlen könnte.

Sein Herzschlag wurde schneller, als sich Schmerzen wie Feuer in seinem Oberschenkel ausbreiteten.

Er griff die Kette mit seinen Zähnen und zog mit einem kräftigen Ruck.

Die Kette zerbrach.

Zane öffnete die Tür mit seiner Nase und begab sich in die Sicherheit des Schuppens. Sobald er drinnen war, zog er die Tür mit seinen Zähnen hinter sich zu. Sie war nicht verschlossen, aber er würde es wahrscheinlich hören, sollte sich jemand annähern, und hätte genug Zeit zu entkommen, bevor er entdeckt wurde.

Er stand auf zitternden Beinen und sah sich zwischen den Elektrowerkzeugen um, die in dem kleinen Gebäude aufbewahrt wurden. Mit seinem Kopf schob er einige Werkzeuge zur Seite, damit er wenigstens genug Platz hatte, um sich hinzulegen und zu erholen.

Er drehte sich im Kreis, legte sich schließlich hin und

rollte seinen Körper zu einer Kugel zusammen. Schmerz raste durch seinen Körper und löste den Drang zu kämpfen ab.

Was auch immer ihn dazu veranlasst hatte, sich zu verwandeln, versuchte nun, ihn wieder in seine menschliche Form zurückzubringen. Und wenn er es nicht kontrollieren konnte, dann war er wirklich am Arsch.

Skylar kam früh auf ihrer Baustelle an. Sie wusste, dass ihre Bautruppe erst in ein paar Stunden hier sein würde. Sie hatte einen schlimmen Traum gehabt und war nicht in der Lage gewesen, wieder einzuschlafen, also hatte sie beschlossen, ihren Tag früher als sonst zu beginnen. Sie blickte mit zusammengekniffenen Augen auf den Schuppen und die zerbrochene Kette, die derzeitig wie verworfener Müll auf dem Boden lag.

„Verdammte Scheiße." Sie knallte den Gang in Parkstellung und schaltete den Motor aus. Sie nahm ihre 9 mm aus dem Handschuhfach, bevor sie ihren Transporter verließ.

„Das zugedröhnte Arschloch hat meine Werkzeuge lieber nicht gestohlen." Sie stampfte in Richtung Schuppen, als sie die Waffe mit beiden Händen umklammerte. Sie hatte die Nase gestrichen voll.

Sie hob die Waffe und zielte, als sie nach der Tür griff. Sie zweifelte ernsthaft daran, dass sich der Dieb noch immer im Inneren des Schuppens befand. Er wäre inzwischen über alle Berge, genau wie ihre teuren Werkzeuge.

Aber Skylar wusste, dass sie niemals etwas mutmaßen sollte. So viel hatte sie gelernt, während sie unter Dieben und Drogendealern aufgewachsen war.

Sie packte den Türgriff und zog daran. Die Tür sprang auf und das helle Licht der Morgensonne tauchte das Innere des kleinen Schuppens in seinen hellen Schein.

Die Werkzeuge hingen an der Wand und die Tischkreissäge war dort, wo sie sie zurückgelassen hatte.

Alles schien an seinem Platz zu sein.

Ihr Herz schlug bis zu ihrem Hals, als sie einen großen, nackten Mann entdeckte, der zusammengerollt in der Ecke lag. Er lag auf seiner Seite und erlaubte ihr einen Blick auf seinen muskulösen Rücken. Eine große, bedrohlich wirkende schwarze Tätowierung zweier rasiermesserscharfer Flügel mit einem Augenpaar, das sie anstarrte, umspannte seinen gesamten Rücken.

„Scheiße." Sie umklammerte die Waffe mit beiden Händen. Der Junkie war high gewesen und bewusstlos geworden, bevor er irgendetwas stehlen konnte. Jetzt lag es an ihr, mit ihm fertig zu werden.

Sie griff nach dem Handy in ihrer Jeanstasche, als der nackte Mann begann, sich zu bewegen.

„Denke nicht einmal daran, dich zu bewegen, du Arschloch." Sie warf einen Blick auf ihr Handy und schaffte es, eine Eins zu tippen. „Die Bullen werden deinen nackten Arsch ins Gefängnis werfen."

Zu schade, denn er hatte einen schönen Arsch.

Der Mann spannte sich an und sprang mit einer schnellen Bewegung auf seine Beine. Er drehte sich um und sah sie an.

Ihr Mund fiel auf.

Das war kein typischer Drogenjunkie. Nein, dieser Typ war nicht dürr, weit davon entfernt. Er hatte breite Schultern und Muskeln, die seine Brust umspannten, sowie einen Waschbrettbauch. Seine muskulösen Oberschenkel spannten sich an und bewegten sich mit jedem Atemzug. Sie spürte, wie sich die Haare in ihrem Nacken aufstellten.

Ihr Blick senkte sich.

Er war riesig.

Überall.

Ihr Gesicht wurde heiß, als sie ihren Blick von seiner netten Ausstattung auf sein Gesicht richtete. Sie schüttelte den Kopf, als sie versuchte, sich auf seine Gesichtszüge zu konzentrieren, nur für den Fall, dass er abhauen würde und sie ihn bei der Polizei identifizieren musste.

Sein dunkles Haar war kurz und gepflegt und umrahmte sein atemberaubendes Gesicht. Er starrte sie mit hellblauen Augen an, die ihr irgendwie vertraut vorkamen, und sie glaubte nicht, dass sie jemals einen besser aussehenden und doch so gefährlich wirkenden Mann gesehen hatte. Wahrscheinlich warfen sich ihm die Frauen vor die Füße, nur um eine Minute allein mit ihm zu sein. Und das, obwohl er mehr als bereit erschien, ein Leben schlagartig zu beenden.

Sie hob ihr Gesicht und atmete ein, als ihr ein vertrauter Geruch in die Nase stieg.

„Du bist kein Mensch." Sie legte ihren Kopf schief, während sie noch immer ihre Waffe auf ihn richtete.

Überraschung flackerte durch seine Augen, gefolgt von Verwirrung.

„Was hast du gesagt?" Er runzelte die Stirn, als seine Nasenflügel bebten.

„Du hast mich gehört, Wolf." Sie unterbrach den Anruf, bevor er verbunden werden konnte, und steckte ihr Handy zurück in ihre Tasche.

„Woher weißt du das?" Er sah sich um, als sich seine Hände an seinen Seiten zu Fäusten ballten. Sein Blick schoss zwischen ihr und der Tür hin und her, als würde er versuchen abzuschätzen, ob er es schaffen würde, an ihr vorbeizukommen, bevor sie einen Schuss abfeuern konnte.

„Ich weiß es, weil ich auch ein Wolf bin."

Die Farbe wich aus seinem Gesicht, als er ihr in die Augen sah. Sein Atem wurde schneller und er schaute auf den Boden. Er schüttelte den Kopf und murmelte: „Das ist unmöglich."

„Warum? Weil du nicht glaubst, dass ich hübsch genug bin, um ein Wolf zu sein?" Sie biss die Zähne zusammen. In ihrer Kindheit war sie schon immer wegen ihrer roten Haare und der dünnen Figur kritisiert worden. Erst als sie in die Pubertät kam und sich ihre Rundungen formten, hatten die Männer, mit denen sich ihr Vater umgab, begonnen, sie mit anderen Augen anzusehen. Ein weiblicher Wolf zu sein war nichts als ein Fluch.

Diese alten Unsicherheiten kamen in ihren Gedanken wieder hoch, während sie den gefährlichen Wolf anstarrte, der vor ihr stand. Ihr Herz schlug höher in ihrer Brust, weil er so attraktiv war. Aber seine abweisenden Worte ließen ihr Blut erkalten und brachten die Vergangenheit zurück, die sie in den Tiefen ihres Unterbewusstseins vergraben hatte.

„Nein, das ist es nicht."

„Was ist es dann?" Sie kniff die Augen zusammen. Sie wünschte sich nichts mehr, als dass er sich aus dem Staub machte.

Er sah ihr in die Augen. Angst breitete sich auf seinem Gesicht aus und ihr Herz zog sich in ihrer Brust zusammen. Seine Augen weiteten sich, als er einen Schritt näherkam. „Wenn du ein Wolf bist, warum kann ich dich dann nicht riechen?"

KAPITEL ZWEI

Zane starrte die schöne Frau vor sich an. Etwas an ihr kam ihm bekannt vor. Wenn das, was sie sagte, stimmte und sie tatsächlich ein Wolf war, dann war er völlig am Arsch.

„Was hast du gesagt?" Sie runzelte die Stirn, als sie die Waffe senkte, die sie auf ihn gerichtet hatte, seit sie zur Tür hineingestürmt war.

„Ich kann deinen Geruch nicht wahrnehmen." Er biss seine Zähne zusammen, bis sein Kiefer schmerzte. Er warf einen Blick auf die Verletzung an seinem Oberschenkel. Zusätzlich dazu, die Kontrolle über seine Verwandlungen zu verlieren, verlor er jetzt auch noch seinen Geruchssinn.

Er war genau genommen blind.

„Das ergibt keinen Sinn." Sie sah ihn misstrauisch an. „Alle Wölfe können andere Wölfe riechen."

„Ja, nun, offensichtlich ist mein Schnüffler verdammt noch mal kaputt." So wie noch andere Sachen. Die Schleusen der Wut öffneten sich und ergossen sich in seine Adern wie ein langsam ansteigender Fluss, der bereit war, das Tal zu überfluten.

„Wie hast du das denn gemacht?" Sie beäugte ihn.

„Was gemacht?" Er kniff die Augen zu und versuchte, seine Wut unter Kontrolle zu bringen. Der überwältigende Drang, sich zu verwandeln, brannte in ihm und er wusste, wenn er nicht von hier abhauen würde, könnte er die hübsche kleine Wolfsfrau verletzen.

„Wie hast du deine Nase kaputtgemacht?" Sie neigte ihren Kopf und verschränkte die Arme über ihren vollen Brüsten.

Er schlug die Augen auf. Sie machte sich über ihn lustig. Ein verächtliches Lachen entwich ihm, bevor er es aufhalten konnte.

„Wenn ich das wüsste, dann wüsste ich auch, wie ich sie reparieren könnte, meinst du nicht?"

„Also wie bist du in meinem Schuppen gelandet?" Sie schaute sich prüfend im Raum um.

„Ich habe nichts gestohlen, wenn es das ist, worum du dich sorgst."

Ihr Blick landete zwischen seinen Beinen und ihr Gesicht färbte sich zu einem zarten Rot.

„Obwohl ich nichts dagegen hätte, ein paar Klamotten zu stehlen." Er warf ihr ein Grinsen zu, als sie ihren Blick hob und ihm in die Augen sah.

„Du hast dich also verwandelt, ohne Ersatzklamotten dabeizuhaben. Das ist nicht gerade sehr … schlau." Sie sah zur Decke hinauf.

„Ich befand mich in einer schwierigen Situation."

„Oh ja? So, als hättest du schlimme Drogen genommen oder so etwas? Diese Art schwierige Situation?"

Der Blick, den sie ihm zuwarf, machte es offensichtlich, dass sie ihm nicht über den Weg traute.

Kluges Mädchen.

„Ich nehme keine Drogen." Die Drogen hatten ihn genommen. Oder was auch immer zum Teufel in seinem Körper steckte, das versuchte, ihn fertigzumachen.

„Also, warum bist du in meinem Schuppen?" Ihre Augen

glitten zu seiner Erektion hinunter und dann wieder hoch.

Er grübelte kurz darüber nach, wie viel er ihr sagen sollte. Also entschied er sich für die Halbwahrheit.

„Ich habe einen Drogendeal von ein paar abtrünnigen Wölfen infiltriert. Es ist schiefgegangen. Ich habe mich verwandelt und den Dealer verfolgt. Der Verdächtige entkam und ich fand mich in einer Situation ohne meine Klamotten wieder. Ich habe dein Gebäude gesehen und dachte, ich könnte mich hier verstecken, bis ich herausgefunden habe, wie ich mir neue Kleidung besorgen kann."

„Die Tätowierung auf deinem Rücken ist also …"

„Sie bedeutet, dass ich ein Wächter bin", beendete er den Satz für sie.

„Ich habe noch nie zuvor einen getroffen. Ich dachte immer, ihr seid ein Mythos." Sie warf ihm einen misstrauischen Blick zu.

„Man sieht uns nur, wenn es Ärger gibt. Ich bezweifle, dass du je diese Art von Schwierigkeiten hattest, als du aufgewachsen bist."

Er schnaubte und sah sich nach einem alten Lappen oder etwas Ähnlichem um, damit er wenigstens seinen Schwanz bedecken konnte.

„Richtig." Sie kniff die Augen zusammen. „Oder vielleicht kommen noch nicht einmal Wächter an Orte wie den, wo ich aufgewachsen bin."

Er riss seinen Kopf herum und musterte ihr Gesicht.

Ihr glattes rotes Haar hing über ihre Schultern und er fragte sich, ob sie nach Erdbeeren roch. Sie hatte strahlend blaue Augen in der Farbe des Sommerhimmels und perfekte rosafarbene Lippen. Trotz der steigenden Hitze des Tages trug sie eine Jeans, die ihre Kurven betonte, und ein ärmelloses weißes Hemd, das die Muskeln ihrer Arme zeigte. Sie trug eine alte Baseballmütze auf dem Kopf und den Farbflecken auf ihrer Kleidung nach zu urteilen, war sie diejenige, die an dem Haus gearbeitet hatte. Und obwohl er ihren Geruch nicht wahrnehmen konnte, fühlte er sich auf unerklärliche Weise zu ihr hingezogen.

Er trat einen Schritt näher und erwartete, dass sie zurücktreten würde.

Sie hielt die Stellung und sah ihm fest in die Augen.

„Wie wäre es, wenn du mal schauen gehst, ob du mir ein paar Klamotten besorgen kannst." Er starrte in ihr Gesicht. Zum Teufel noch mal, er könnte sich in ihren Augen verlieren.

Sie lächelte und legte ihre Hand auf die Mitte seiner nackten Brust. Sein Schwanz schmerzte und schwoll unter der unschuldigen Berührung an.

„Wie wäre es, wenn du dir selbst welche besorgst. Ich bin doch nicht dein Dienstbote." Sie drehte sich auf ihrem Absatz um und marschierte über den Hof.

Zane sah zu, wie sie im Haus verschwand, und kratze sich die Brust. Normalerweise würden Frauen alles tun, was er wollte.

Sie nicht. Nein, dieses Weibchen war anders. Er blickte hinunter auf seine Erektion und stöhnte.

Er war nicht nur in einer verfickten Situation, es sah auch so aus, als würde er nicht gefickt werden.

„Wo zum Teufel ist Zane?", knurrte Barrett.

Lucien verzog das Gesicht und hielt das Telefon etwas weiter von seinem Ohr weg. Er hasste es, zu lügen, und vermied es um jeden Preis, besonders wenn es sich um Barrett handelte. Er wusste, dass sein Rudelführer ihm das Leben zur Hölle machen konnte, wenn er sich dazu entschied. Er kannte aber auch Zane und was letzte Nacht passiert war, sah seinem Wächterkollegen überhaupt nicht ähnlich.

„Er ist noch im Tattoo-Studio." Lucien zuckte wegen der Lüge zusammen. Nun, Zanes Harley war noch immer dort. So viel stimmte. Aber wohin zum Teufel Zane gestern Abend verschwunden war, nachdem Lucien hineingegangen war, wusste er verdammt noch mal nicht.

„Wie sind die Tatts gelaufen? Hat einer geheult wie ein Mädchen?", fragte Barrett.

„Nicht, dass sie es jemals zugeben würden. Aber ich glaube, Jayden hatte ein- oder zweimal glasige Augen, als sie an seiner Wirbelsäule gearbeitet haben."

„Ja, das brennt immer ein bisschen", sagte Barrett.

Lucien entspannte sich ein wenig. Solange Barrett nicht noch einmal nach Zane fragte …

„Sag Zane, er soll an sein verdammtes Telefon gehen. Ich muss mit ihm reden."

„Mach ich, Boss." Lucien beendete das Gespräch und steckte sein Handy wieder in die Tasche seiner Lederjacke. Er sah sich auf der Straße um, bevor er in die Gasse neben dem Laden trat.

Warum würde Zane abhauen, ohne ihm zu sagen, wohin er ging? Und warum zur Hölle würde er gehen, ohne dass er irgendwelche Kleidung zum Anziehen hatte?

Er runzelte die Stirn, als der schwache kupferartige Geruch von Blut seine Aufmerksamkeit zum Boden lenkte. Er hockte sich hin und strich mit dem Finger über den dunklen Fleck auf dem Beton.

Zanes Blut. Er hatte das Blut in Zanes Mundwinkel bemerkt, nachdem Jayden ihn geschlagen hatte. Er starrte den roten Fleck auf seinem Finger an, bevor er ihn an einem Stückchen grünen Grases abwischte, das hartnäckig in einem Spalt im Beton gewachsen war.

Die Frage war, was in Zanes Kopf vorging. Noch nie zuvor hatte er den Werwolf so schnell so aufbrausen gesehen.

Er wusste, dass Zane und Jayden eine schwierige Vergangenheit hatten, bei der es um Zanes Schwester Catty ging, aber soweit er es sagen konnte, war die Scheiße bereits vor vielen Jahren passiert. Jayden hatte sich inzwischen verpaart und würde Haley sogar heiraten.

Irgendetwas anderes musste mit seinem Bruder los sein.

Er zog sein Handy heraus und schaute sich um, um sich zu vergewissern, dass er alleine war. Er hatte Jayden und Braxton im Tattoo-Studio zurückgelassen, um die Tätowierungen zu beenden. Als sie nach Zane gefragt hatten, hatte er gelogen und gesagt, Zane sei von Barrett zu einer Mission abberufen worden.

Er tippte ein paar Ziffern in sein Handy und wartete darauf, dass der Anruf verbunden wurde.

„Jaxon, wir haben ein Problem. "

Skylar stürmte ins Haus und brachte dringend benötigten Abstand zwischen sich selbst und den atemberaubenden Werwolf. Seinetwegen überhitzte ihr Körper wie eine Klimaanlage im Sommer von Arkansas.

Er hatte sie nicht erkannt. Nach all den Jahren hatte er sie nicht erkannt, aber sie hatte ihn nicht vergessen. Wie immer in ihrem Leben.

Das arrogante Arschloch würde nicht wissen, wie ihm geschah, wenn er dachte, sie würde Botengänge für ihn erledigen. Ihr Vater hatte versucht, sie zu kontrollieren, und sie würde nicht zulassen, dass ein anderer Mann oder anderer Wolf je das Gleiche mit ihr versuchen würde.

Sie stapfte durch das Haus und legte die Waffe auf das Brett, das dort lag, wo schon bald die Kücheninsel entstehen würde.

Der Geruch von Holzspänen und Farbe hatte sie schon

immer beruhigt. Vielleicht lag es an der Möglichkeit, Neues zu erschaffen und von vorne zu beginnen.

In diesem Moment funktionierte der Geruch jedoch nicht.

Was zum Teufel tat Zane hier überhaupt? Es beunruhigte sie, dass ein Wächter auf ihrer Baustelle herumschnüffelte. Sie wollte wirklich nicht, dass er ihre Vergangenheit aufwühlte. Sie steckte jetzt in einer anderen Phase ihres Lebens. Sie war produktiv und glücklich und erreichte ihre Ziele. Dinge aus der Vergangenheit wieder heraufzubeschwören, würde ihrer Zukunft nur im Wege stehen.

Sie zog ihr Handy aus ihrer Hosentasche und überlegte. Ihr Finger schwebte über den Ziffern, als sie darüber nachdachte, welche Möglichkeiten sie hatte.

Wenn sie die Polizei rief, würde er ihr wahrscheinlich Schwierigkeiten bereiten, da er als Wächter von Arkansas gute Beziehungen hatte.

Sie könnte den Rudelführer von Arkansas anrufen und eine Beschwerde darüber einreichen, dass sie einen seiner Wächter nackt in ihrem Schuppen aufgefunden hatte.

Sie bezweifelte allerdings ernsthaft, dass er ihr überhaupt zuhören würde, und sie wollte auf keinen Fall Probleme mit dem Rudel verursachen. Das brauchte sie wirklich nicht. Sie wollte einfach nur in Ruhe gelassen werden, um ihr Geschäft aufzubauen und die Stadt zu einem guten Ort zum Leben zu machen.

Sie seufzte und schüttelte den Kopf.

Ich schätze, es liegt an mir, mit ihm fertig zu werden. Bei dem Gedanken drehte sich ihr Magen um. Sie zog ihr Handy heraus und wählte Hectors Nummer. Sie bat ihn, die Arbeiter anzurufen und sie wissen zu lassen, dass sie an diesem Tag wieder später beginnen würden, weil noch keine Materialien geliefert wurden.

Wenn sie Glück hatte, könnte sie vielleicht ein paar

Klamotten für Zane finden und er würde gehen.

Skylar hatte noch nie in ihrem Leben Glück gehabt, also war es vielleicht an der Zeit, dass sich das änderte.

Zane fand eine Abdeckplane mit Farbspritzern darauf, die unter einigen Eimern in der Ecke des Schuppens zusammengeknüllt war. Nachdem er sie ausgeschüttelt hatte, wickelte er das Material um seine Hüfte und folgte ihr nach draußen. Er wollte wirklich nicht, dass diese Frau die Bullen rief – oder schlimmer noch, seinen Rudelführer informierte.

Er musste den Drogendealer finden, der in dieser Nacht in dem Meth-Haus gewesen war. Er musste wissen, womit genau er infiziert worden war, damit er ein Heilmittel finden konnte.

Er rannte über den Hof, als die frühe Morgensonne am Horizont aufblitzte. Es war noch nicht einmal völlig hell und die Luft war bereits erdrückend. Es würde ein weiterer heißer Julitag werden.

Er ging zur Hintertür und sah, dass die Tür nur angelehnt war. Er schaffte es, die Treppe hinaufzugehen, und kam in die Küche, als er erstarrte.

„Was machst du?" Er sprach leise, während er das Handy in ihrer Hand prüfend ansah.

„Nun, ich wollte eigentlich die Polizei rufen, damit sie dich von meinem Grundstück entfernen. Aber dann dachte ich, wenn ich dir ein paar Klamotten finden könnte, würdest du vielleicht von alleine gehen." Sie hob ihr Kinn.

„Kleidungsstücke würden dich definitiv einen Schritt näher dazu bringen, mich loszuwerden."

„Versprochen?" Sie kniff ihre saphirblauen Augen zusammen. Es war klar, dass sie kein Wort von dem, was er sagte, glaubte.

„Ich schwöre es."

„Gut. Bleib hier, während ich schnell zum Pfandhaus fahre."

„Zum Pfandhaus?" Er hatte nicht gedacht, dass sie ihm Kleidung kaufen würde. Er hatte angenommen, sie würde sich einfach welche von einem Freund oder von Verwandten leihen.

„Ja. Pfandhaus." Sie stemmte ihre Hände in ihre Hüften und runzelte die Stirn. „Sieh mal, ich weiß, dass ihr Wächter mit all dem Geld, das ihr verdient, daran gewöhnt seid, teure Jeans zu tragen, aber ich kann mir keine Designerjeans leisten." Sie drehte sich auf dem Absatz um und ging zur Tür. Sie blieb an der Tür stehen und warf ihm einen Blick über die Schulter zu, als sie warnend ihren Finger in die Luft hielt. „Und fass ja nichts an, solange ich weg bin."

Er stand wie versteinert dort, nachdem sie die Tür hinter sich zugeknallt hatte.

Noch nie in seinem Leben hatte jemand so mit ihm gesprochen. Vor allem keine Frau.

Doch, da gab es diese eine Frau, aber das war schon Jahre her und sie war damals nur ein hitzköpfiges Kind gewesen. Dieses Kind hatte die gleichen flammend roten Haare und umwerfenden saphirblauen Augen gehabt wie diese Frau – sein Atem stockte, als ihn ein Déjà-vu-Moment überkam.

Er hatte vielleicht seinen Geruchssinn verloren, aber sein sechster Sinn schrie ihn an, dass es sich um die gleiche Person handelte.

Nach all diesen Jahren hatte er das kleine Mädchen wiedergetroffen, das inzwischen ganz erwachsen geworden war.

Skylar warf ein paar Geldscheine auf den Tisch, als der alte Mann an der Kasse ihre Einkäufe einpackte. Es war ihr gelungen, ein Paar Jeans und ein T-Shirt für den Werwolf zu finden. Sie hatte sogar ein Paar gebrauchte Stiefel gefunden, von denen sie hoffte, dass sie ihm passen würden. Sie hatte nicht wirklich zu sehr auf seine Füße geachtet, als er nackt vor ihr gestanden hatte. Aber wenn seine Schuhgröße der Größe seines besten Stücks entsprach, dann würden die großen Stiefel passen.

„Danke." Sie zog die Tüte vom Tresen und ging zur Tür hinaus. Sie kam am Tattoo-Studio vorbei und schaute auf ihr Handy, um zu sehen, wie spät es war. Sie hatte heute schon genug Stunden damit verschwendet, sich um einen Werwolf-Wächter zu kümmern, der wahrscheinlich noch nicht einmal einen Finger rühren würde, sollte sie jemals Hilfe brauchen.

Abgelenkt von ihrem Handy knallte sie gegen eine Muskelwand. Sie stolperte rückwärts, fand ihr Gleichgewicht jedoch wieder, bevor sie fiel.

„Entschuldigung." Sie sah auf und schenkte dem Fremden ein entschuldigendes Lächeln. Sie erstarrte und ihr Blut gefror zu Eis in ihren Adern.

„Skylar Wade. Lange nicht gesehen." Der große Werwolf grinste, während sein vulgärer Blick ihren Körper von oben bis unten musterte.

„Hershel." Ihre Hand umklammerte ihr Handy wie eine Waffe und sie zwang sich, nicht wegzusehen. Hershel Baker war einer der Verliererfreunde ihres Vaters gewesen. Er hatte immer bei ihnen herumgehangen, als sie noch klein gewesen war. Jedes Mal, wenn sie ihn sah, war er entweder betrunken oder high gewesen. Er hatte ihr immer Angst gemacht und sie hatte gelernt, sich von dem Wolf fern-zuhalten.

„Ich wusste nicht, dass du zurück in Arkansas bist. Ich dachte, du lebst immer noch in Louisiana." Sein Grinsen wurde breiter und zeigte eine Reihe vergilbter Zähne in seinem pockennarbigen Gesicht.

„Bin nur geschäftlich hier." Das war eine totale und vollständige Lüge. Sie war nach Louisiana gezogen, um ihrem Vater und seinen üblen Drogenmachenschaften zu entfliehen. Erst nachdem er bei einem schiefgegangenen Drogendeal umgekommen war, war sie zurück nach Hause gezogen. Sie hatte sich noch nicht einmal die Mühe gemacht, zur Beerdigung zu gehen. Als sie von seinem Tod erfahren hatte, war sie erleichtert gewesen. Ein Drogendealer weniger auf der Welt.

Sie wollte an keine Verbindungen zu ihrer Vergangenheit erinnert werden. Sie wollte sich auf ihre Zukunft konzentrieren. Deshalb war sie wieder in Jonesboro.

Sie hatte ihre Fähigkeit, Dinge zu bauen, und ihre Liebe zum Zeichnen genutzt, um ihre eigene Baufirma zu gründen. Sie hatte ein paar Häuser von Grund auf selbstgebaut und das ziemlich gut gemacht. „Du siehst gut aus, Skylar." Er lehnte sich vor und schnupperte. „Kein kleines Mädchen mehr, wie ich sehe." Seine Mundwinkel zogen sich hoch und entblößten seine nikotinverfärbten Zähne.

„Wie ich sehe, hast du dich kein bisschen verändert."

Sie trat einen Schritt zurück und zog aufgrund seines Geruchs die Nase in Falten. Männliche rote Wölfe verströmten einen moschusartigen Geruch, von dem sich ihr der Magen umdrehte. Ihr Atem wurde schneller, als sich Panik in ihrer Brust ausbreitete.

„Es ist so lange her. Wir müssen uns treffen und unsere Bekanntschaft auffrischen." Sein Grinsen wurde zu einem bedrohlichen Vorboten des Bösen.

„Nein, das müssen wir nicht." Sie steckte ihre Hand in ihre Jeanstasche und griff nach ihrem Schlüssel. Sie bereute es, dass sie ihre Waffe im Transporter gelassen hatte, aber sie hatte so mitten am Tage im Pfandhaus keinen Ärger erwartet.

Hershels Grinsen verblasste, als sein Blick auf die großen Stiefel fiel, die aus ihrer Plastiktüte ragten.

„Hast du dich verpaart?" Er verengte seinen Blick.

„Ja, das habe ich." Die Lüge ging ihr leicht genug über die Lippen und für einen kurzen Moment fragte sie sich, wie es wohl wäre, für immer mit einem Werwolf wie Zane verbunden zu sein. Wie wäre das Leben wohl, wenn sich ein Wächter um einen kümmerte und einen beschützte?

Die ganze Sache, beschützt und geliebt zu werden, war für sie ein überaus fremdartiges Konzept. Ihre eigene Mutter war bei ihrer Geburt gestorben und Skylar wusste, dass ihr Vater es ihr immer übelgenommen hatte. Vielleicht hatte er sie deshalb so vernachlässigt, als sie aufgewachsen war. Vielleicht war er deshalb den Drogen verfallen, um den Schmerz des Lebens ohne Gefährtin zu übertönen. Es war wirklich egal. Am Ende des Tages konnte sie die Entscheidungen anderer nicht länger entschuldigen.

„Wer ist denn der Glückliche?" Hershel sah sich nervös um, als würde er erwarten, dass ihr Gefährte aus dem Nichts auftauchen und ihn fragen würde, was zum Teufel er mit ihr zu besprechen hatte.

Ein Lächeln breitete sich auf ihren Lippen aus, als sie sich vorstellte, wie Zane hier in aller Öffentlichkeit seine Faust in Hershels Gesicht vergrub.

„Niemand, den du kennst. Ich habe ihn in Louisiana kennengelernt."

Hershel sah ihr in die Augen, als sich Stille zwischen ihnen ausbreitete.

„Ich nehme an, es läuft für ihn nicht besonders gut, wenn du Kleidung aus dem Secondhandladen kaufen musst." Hershel zog seine Brieftasche heraus, entnahm mehrere Einhundert-Dollar-Scheine und wedelte damit unter ihrer Nase herum. „Ich habe einer Frau mehr zu bieten als er. Darüber solltest du wirklich nachdenken, Skylar." Er schob das Geld zurück in die Brieftasche und steckte sie in seine Jeanstasche zurück.

„Nein, danke", murmelte sie zu sich selbst. Sie würde lieber nackt durch die Hauptstraße laufen, bevor sie auch nur einen Cent von ihm annähme.

Sie räusperte sich und richtete sich auf. „Ich muss gehen. Er wartet darauf, mit mir zu Mittag zu essen." Sie ging an ihm vorbei, als sie die Tüte mit der Kleidung nah an ihre Brust drückte. Sie musste sich nicht umdrehen, um zu wissen, dass er ihr hinterher sah. Sie konnte die Hitze seiner Augen auf sich spüren.

Es drehte ihr den Magen um.

Als sie die Sicherheit ihres Transporters erreicht hatte, glitt sie hinein und verriegelte die Türen. Sie sah sich suchend um, um zu sehen, ob er noch immer dort stand. Sie wollte nicht, dass er ihr zum Haus zurück folgte. Nicht, dass es viel ausmachen würde. Er würde sowieso sofort abhauen, sobald er Zane entdeckte.

Ihre Augen suchten den Bürgersteig ab, aber er war nicht mehr da. Er war nirgends zu sehen.

Sie schaute auf die Uhr, als sie den Motor startete. Vielleicht sollte sie ihm einfach auch noch etwas zu essen besorgen, bevor sie die Stadt wieder verließ.

Vielleicht würde Zane, nachdem sie ihm Kleidung gebracht und ihn gefüttert hatte, wieder gehen. Dann konnte sie zu ihrem normalen Leben zurückkehren.

Zane ging im Haus auf und ab und trug die Malerplane wie einen Schurz um seine Hüften, während die Energie durch seinen Körper strömte.

Seit Skylar gegangen war, hatte er sich zweimal in seine

Wolfsform verwandelt und er wusste nicht genau, warum.

Er konnte nicht bestimmen, was ihn dazu veranlasste, sich zu verwandeln, oder warum er es nicht kontrollieren konnte. Er war in einem Körper gefangen, über den er keine Kontrolle hatte.

Er war so verdammt hilflos wie ein verfluchter Säugling.

Er schlug mit der Faust auf das Brett über der Kücheninsel.

Das Holz brach splitternd in zwei Hälften und rutschte zu Boden.

Beim Zuschlagen der Hintertür drehte er sich um und bückte sich.

„Was zur Hölle hast du getan?" Skylars Gesichtsausdruck war völlig angepisst, als sie auf das Holz am Boden zeigte.

„Ich bin etwas nervös geworden." Er krallte seine Hände zusammen, als er tief einatmete.

„Warum versuchst du nicht, dich verdammt noch mal zu beruhigen. Ich habe gerade erst mit dieser Küche begonnen und wenn du nicht aufhörst, Sachen in Stücke zu schlagen, werde ich nie damit fertig werden. Und wenn ich nicht fertig werde, dann werde ich auch nicht bezahlt." Sie drückte die Plastiktüte gegen seine Brust. „Ich bin nicht wie du aus Geld gemacht. Tatsächlich muss ich hart für das Geld arbeiten, das ich verdiene."

„Schau mal, Prinzessin, ich weiß nicht, was dir in den Arsch gekrochen ist, aber du musst mit dieser Einstellung echt aufhören. Ich habe heute nicht sonderlich viel Selbstkontrolle, also sei lieber vorsichtig, was du sagst", knurrte er.

Sie wirbelte herum und warf ihm einen Blick zu, der so hitzig war, er hätte ihm auf der Stelle den Hintern verbrennen sollen.

„Nenn mich nie wieder ‚Prinzessin'." Sie hob einen Finger vor sein Gesicht. „Lass uns mal nicht vergessen, dass du derjenige bist, der hier Hausfriedensbruch begeht. Ich habe das Gefühl, dass die Besitzerin des Hauses ein Problem damit hätte, dass sich ein Werwolf wie ein gewöhnlicher Verbrecher in ihrem Schuppen versteckt."

Er runzelte die Stirn. Der Energiefluss in seinen Adern beruhigte sich etwas. Er sollte wütender sein, aber stattdessen amüsierte ihn ihre Tirade. Er grinste.

„Skylar, ich glaube, manche Dinge ändern sich nie. Du bist der gleiche Hitzkopf, an den ich mich in meiner Kindheit erinnere." Er hatte gewusst, dass ihm irgendetwas an dieser Frau bekannt vorkam, als er sie das erste Mal gesehen hatte.

„Du erinnerst dich also an mich." Sie ließ ihre Hand fallen und starrte ihn mit offenem Mund an.

„Du bist schwer zu vergessen", gab er zu.

„Ich war ein nerviges Kind, das dir unter die Haut ging."

„Du und Catty, ihr beide wart es. Es war, als hätte ich zwei Schwestern, außer dass die eine nicht immer bei uns im Haus wohnte."

„Wie geht es Catty?" Sie schluckte und wandte ihren Blick ab. „Ich habe nichts von ihr gehört, seit ich nach Jonesboro gezogen bin."

„Woher soll ich das wissen." Die Wut in seinem Blut war zurück und entwickelte sich in eine langsam ansteigende Raserei. Er versuchte, die Gefühle abzuschütteln, die nur seine Schwester in ihm hervorrufen konnte, aber es funktionierte nicht.

Er hatte schon eine Ewigkeit nicht mehr mit ihr gesprochen.

Und es war alles Jaydens schuld.

„Ich habe Nachrichten hinterlassen und versucht, sie im Internet zu finden, aber ich kann nichts herausfinden. Es ist, als wollte sie nicht, dass ich sie finde." Beim Klang von Skylars sanfter Stimme drehte er seinen Kopf in ihre Richtung.

„Du bist nicht allein damit. Sie hat die ganze Familie aus ihrem Leben verbannt", berichtete Zane. Die Worte verursachten eine Übelkeit in seinem Magen. Sie hatten sich als Kinder so nahegestanden und jetzt waren sie Fremde.

„Vielleicht braucht sie nur etwas Zeit, um ihre Flügel auszustrecken. Du weißt schon, um aus dem Schatten ihres großen Bruders zu treten." Sie gluckste. „Du musst es zugeben, Zane. Du warst ziemlich herrisch, als sie noch ein Kind war."

„Das war ich nicht", donnerte er. Bei seinem Ton zuckte sie zusammen und er wünschte sich sofort, er könne es zurücknehmen. Stattdessen wechselte er das Thema. „Also erinnerst du dich an mich. Warum hast du nicht früher etwas gesagt?"

Sie zuckte mit ihren schlanken Schultern. Ihr rotes Haar glitt bei der Bewegung wie Seide über ihre Schultern. Er atmete tief ein und hoffte, er könne ihren Geruch wahrnehmen, aber wie schon zuvor roch er nichts.

Er fühlte sich blind.

„Ich hätte nicht gedacht, dass du mich erkennen würdest. Das letzte Mal, als du mich gesehen hast, war ich noch ein kleines Mädchen." Sie ging zum Küchenfenster hinüber und spähte hinaus.

„Du hast dich auf jeden Fall verändert. Nicht mehr das nervige kleine Mädchen."

Sie warf einen Blick über ihre Schulter und grinste. „Jetzt bin ich eine nervige Frau."

Ein Lachen entwich seinen Lippen.

„Probier die Klamotten an und schau, ob sie dir passen."

Er nahm die Tüte und ging in den Nachbarraum, um sich anzuziehen.

„Erwartest du, dass deine Bautruppe kommt?" Er zog die Jeans hoch und war erleichtert, dass sie passte. Sie hatte seine Größe richtig geschätzt.

„Ja. Und du musst hier raus, bevor sie hier auftauchen. Ich kann diesen Job nicht alleine machen."

Er zog das T-Shirt über seinen Kopf und erstarrte. „Du hilfst bei den Bauarbeiten?"

Sie wirbelte herum und lehnte sich gegen die Wand, wo einmal die Spüle stehen würde. „Was stimmt damit nicht? Glaubst du nicht, dass ich dazu in der Lage bin? Ich kann alles, was ein Mann kann, und normalerweise kann ich es besser. Ich brauche nur etwas länger, weil ich es gerne richtig mache." Ihre blauen Augen blitzten herausfordernd auf.

„Das glaube ich gern."

„Was soll das denn heißen?" Sie ließ ihre Arme hängen und runzelte die Stirn.

„Als du und Catty noch Kinder wart und du zu uns zum Spielen gekommen bist, hast du jedes Mal ihr Zimmer aufgeräumt und gesagt, es sei zu unordentlich. Du hast den Puppen sogar andere Sachen angezogen, weil du dachtest, dass die Kleidungsstücke nicht zusammenpassten."

Er kicherte. Es fühlte sich gut an, sich an etwas Gutes aus der Vergangenheit zu erinnern, anstatt immer nur den Schmerz darüber zu fühlen, dass seine Familie jetzt in Trümmern lag.

Sie grinste. „Ich konnte mir nicht helfen. Das muss meine Zwangsneurose sein."

„Meine Mutter hat immer darüber gelacht."

Er glaubte eigentlich eher, dass es mit der Umgebung zu tun hatte, in der sie aufgewachsen war.

Es war allgemein bekannt, dass Dale Wade niemals einen Preis dafür bekommen würde, der Vater des Jahres gewesen zu sein. Er war ein gemeiner alter Mann, der seine Gefährtin verloren hatte, als Skylar geboren wurde. Das erste Mal, dass Zane Skylar gesehen hatte, war, als seine Schwester sie zum Spielen mit nach Hause gebracht hatte. Er erinnerte sich daran, wie schmutzig Skylar ausgesehen hatte. Ungewaschenes Gesicht, Dreck unter den Fingernägeln und gekleidet in Sachen, die schon eine Ewigkeit nicht mehr gewaschen worden waren.

Sie war nicht älter als vier Jahre gewesen und alleingelassen worden, um vor dem alten Wohnwagen ihres Vaters zu spielen. Seine Schwester hatte sie entdeckt, als ihre Mutter auf dem Weg zum Lebensmittelgeschäft dort vorbeigefahren war. Catty hatte angefangen zu weinen und zu kreischen, bis seine Mutter angehalten hatte und umgekehrt war. Seine Mutter hatte eine Notiz an der Tür des Wohnwagens hinterlassen und hatte Skylar für den Nachmittag bei uns Zuhause spielen lassen.

Seine Mutter, Victoria Steele, war die freundlichste Frau, die er je gekannt hatte. Sie hätte Skylar am liebsten in eine Wanne voll Seife gesetzt und sie geschrubbt, bis sie sauber war. Aber sie wollte sie nicht in Verlegenheit bringen. Stattdessen hatte sie den Rasensprenger im Vorgarten angemacht, eine Plastikfolie auf den Boden gelegt und Flüssigseife darauf verteilt. Nachdem sie ihr einen von Cattys Badeanzügen gegeben hatte, hatte sie die Mädchen dazu ermutigt, auf der Plastikfolie herumzurutschen. Jedes Mal, wenn eine von ihnen über den Kunststoff rutschte, waren sie von Seifenblasen bedeckt gewesen. In der Zwischenzeit hatte sie ihre Kleider gewaschen und getrocknet, damit sie etwas Sauberes hatte, wenn sie wieder nach Hause ging.

Nach diesem Tag war Skylar jedes Mal, wenn er sie sah, sauber gewesen. Er wusste nicht, ob sie sich selbst badete oder ob seine Mutter ihre Hände im Spiel hatte.

„Wie geht es deiner Mutter?" Ihr Gesicht wurde weich, als sie seine Mutter erwähnte.

„Es geht ihr gut. Sie hat meinen Vater noch immer um ihren kleinen Finger gewickelt. Sie sind gerade an die Küste gezogen. Sie sagte, sie hätte es satt, dass Arkansas so viel

Schnee bekommt. Und sie nimmt an, dass die Chance dafür an der Küste wesentlich geringer ist." Er grinste.

„Deine Eltern waren immer gut zu mir. Ich wusste nicht, dass sie weggezogen sind. Catty hat nie viel über sie gesagt, wenn ich nach ihnen gefragt habe." Sie lächelte. „Richard liebt die Küste bestimmt. Er war schon immer ein großer Angler."

„Das stimmt." Er warf einen Blick auf den Bund ihrer Jeans und deutete auf ihre Waffe. „Ich glaube nicht, dass du die um mich herum brauchst, oder?"

„Ich trage sie immer bei mir, wenn ich auf einer meiner Baustellen bin." Ihr Gesichtsausdruck verhärtete sich. „So wie es scheint, bin ich immer diejenige, die Drogendealer findet, die nachts einbrechen, entweder um meine Sachen zu stehlen oder um high zu werden."

Er erstarrte. „Du gehst doch nicht nachts alleine hinaus, um das zu prüfen, oder?"

Sie zuckte mit den Schultern. „Manchmal. Mir wurden schon Werkzeuge im Wert von zweitausend Dollar gestohlen. Ich kann es mir nicht leisten, noch einmal so ausgeraubt zu werden, also versuche ich, nachts zu meinen Baustellen zu fahren, um sicherzustellen, dass alles in Ordnung ist. Ich mache es aber nicht jede Nacht."

„Letzte Nacht hast du es nicht gemacht", stellte er fest. Wäre sie gestern Nacht mit einer Waffe auf die Baustelle gekommen, wäre er mit einer Kugel im Fell verendet.

„Nein, gestern nicht. Und stell dir meine Überraschung vor, als ich hier ankomme und sehe, dass in meinem Schuppen eingebrochen wurde. Ich hatte erwartet, dass alle meine Werkzeuge verschwunden sind. Stattdessen begegne ich jemandem aus meiner Vergangenheit, der zufällig ein Wächter geworden ist." Sie neigte ihren Kopf. Irgendetwas störte sie daran, dass er ein Wächter war. „Wie ist es überhaupt dazu gekommen? Ich hätte gedacht, du würdest in die

Fußstapfen deines Vaters treten, Jura studieren und zum Partner in seiner Kanzlei werden."

Zane zuckte mit den Schultern. „Nicht mein Ding." Er machte sich nicht die Mühe, ihr zu erzählen, dass er aufs College gegangen war und tatsächlich Jura studiert hatte. Er hatte nur nie seine Zulassungsprüfung abgelegt. Er hatte von Anfang an gewusst, dass dies der Traum seines Vaters war und nicht sein eigener. Und er hatte viele schlaflose Nächte damit verbracht, sich darüber Sorgen zu machen, ihn zu enttäuschen. Als er es ihm schließlich gesagt hatte, war er von seiner Reaktion überrascht gewesen. Sein Vater war nicht enttäuscht gewesen und hatte Zane gesagt, dass alles, was er je für ihn wollte, war, dass er etwas fand, das ihn glücklich machte.

Ein Wächter zu sein war Zanes Berufung. Als Barrett Middleton ihm den Job angeboten hatte, hatte er die Gelegenheit genutzt und niemals zurückgeschaut.

Jetzt könnte ihm diese Gelegenheit genommen werden, wenn er nicht herausfand, was zum Teufel mit ihm los war.

Er runzelte die Stirn, als er Skylars Ausdruck studierte.

„Es gibt also viele Drogen in der Stadt? Weißt du zufällig, welche Art von Drogen sie nehmen? Kokain, Heroin?"

„Crystal Meth. Es ist in den letzten Wochen in die Höhe geschossen." Sie schüttelte ihren Kopf. „Und es sind Werwölfe, die es an die Menschen verkaufen. Ich habe gehört, wie ein paar Wölfe versucht haben, es an einen meiner hispanischen Bauarbeiter zu verticken. Glücklicherweise hat er es abgelehnt. Ich versuche sicherzustellen, dass jeder, mit dem ich arbeite, sauber ist."

Sie sah ihn an. „Es ist seltsam. Normalerweise sind Drogendealer selber Junkies. Aber diese Werwölfe nicht. Es macht ihnen nichts aus, das Zeug zu verkaufen, aber sie stellen sicher, dass sie es verdammt noch mal nicht selber anfassen."

Zanes Blut wurde kalt. „Woher weißt du das?"

„Nachdem mein Arbeiter den Kauf abgelehnt hatte, ging ich zu ihnen hinüber und habe die Drogen aus der Hand des Arschlochs gerissen. Ich habe die Tüte aufgemacht und begonnen, den Scheiß auf den Boden zu schütten. Der Kerl sprang rückwärts, als wolle er nicht, dass das Zeug ihn berührte. Es war wirklich seltsam."

Er packte sie am Arm und starrte sie an. „Hat er gesagt, warum er nicht wollte, dass es ihn berührt? Hat er gesagt, was drin war? Hat er gesagt, was sie der Droge hinzugefügt haben?"

„Lass mich los." Sie schüttelte seinen Arm ab und trat außer Reichweite. Sein Puls schlug heftig in seinem Kopf, als die Wut sich erneut in seinen Zellen ausbreitete.

„Er hat gar nichts gesagt. Er hat sich nur komisch verhalten." Sie legte ihren Kopf schief. „Zane, warum interessiert dich das so?"

„Es ist meine Aufgabe als Wächter." Er kniff die Augen zusammen und versuchte, seine plötzliche Wut zu kontrollieren.

„Nein."

„Was?" Er riss seinen Kopf hoch und sah sie an.

„Die Art, wie du dich benimmst, lässt mich etwas anderes denken. Es scheint sehr persönlich zu sein." Sie kniff ihre Augen zusammen und wich noch einen Schritt zurück. Ihre Hand ruhte auf dem Griff ihrer Waffe. „Du nimmst dieses Zeug nicht, oder doch?"

„Was?" Seine Augen weiteten sich, als sein Herz schneller raste. Adrenalin schoss mit einer alarmierenden Geschwindigkeit durch seinen Körper und signalisierte seine bevorstehende Verwandlung. Er wandte sich von ihr ab, griff nach der Theke und versuchte, die Verwandlung in Schach zu halten. „Skylar, du musst gehen."

„Zane, was ist los?" Er hörte das Zittern in ihrer Stimme

und spürte ihre Angst. Er wusste, dass er sich nach seiner Verwandlung nicht mehr beherrschen konnte.

„Skylar, geh. Sofort!", knurrte er, als sein Körper mit der Verwandlung begann. Seine Knochen wurden länger und seine Sehnen dehnten sich, um den Wolfskörper zu beherbergen. Fell wuchs über seinem Fleisch, bis er völlig von einem haarigen Pelz bedeckt war.

Er blickte durch seine Wolfsaugen zu Boden.

Scheiße.

Er hatte seine Klamotten ruiniert. Schon wieder.

„Warum hast du dich verwandelt?" Sie drehte sich zur Hintertür und spähte aus dem Fenster. „Gibt es Gefahr?" Sie sah ihn über ihre Schulter an.

Wut und Aufruhr durchfluteten seinen Körper mit einer alarmierenden Geschwindigkeit. Er starrte Skylar an und wollte nichts mehr, als sie anzugreifen.

Was zum Teufel war mit ihm los? Warum wollte er Skylar angreifen? Sie hatte ihm nichts getan.

„Zane?"

Seine Augen öffneten sich beim sanften Klang ihrer Stimme.

Ihre schönen Augen waren vor Sorge weit aufgerissen. Das Geräusch ihrer Atmung war verstärkt und seine Pupillen weiteten sich. Sein Blick wanderte über ihre Rundungen, als sich sein Aufruhr schnell in Lust verwandelte.

Lauf!

Er wollte schreien, um sie vor sich zu warnen, aber er konnte nicht sprechen.

Er blickte hinunter und hielt sich zurück, sie anzuspringen und anzugreifen. Er konnte die Szene in seinem Kopf sehen. Verdammt, er wollte sie. Unbedingt.

Er hob seinen Kopf zur Decke und stieß ein Heulen aus, als er den Kampf mit seinem eigenen Körper verlor.

KAPITEL DREI

Skylar griff nach ihrer Waffe, als Zanes Heulen durchs Haus hallte. In seiner Wolfsform musste er mindestens doppelt so groß wie in seiner menschlichen Form sein. Jeder der kraftvollen Muskeln in seinem Körper zuckte, als würde er sich zwingen, irgendetwas zurückzuhalten.

Sein Körper zitterte, als er seine Augen aufschlug und seinen Blick auf sie verengte.

Verschwunden war der Junge, mit dem sie aufgewachsen war.

Stattdessen starrten sie die Augen eines Killers an.

Sie richtete die Waffe auf den großen Wolf. Ihr Magen zog sich zusammen, als ihr Finger über dem Abzug zitterte.

Hatte sie es in sich, eine Kugel durch den Bruder ihrer besten Freundin zu jagen?

„Zane, ich weiß, dass du da drin bist." Sie schluckte den Kloß hinunter, der sich in ihrem Hals gebildet hatte. „Ich bin mir nicht sicher, was hier los ist, aber du musst dich zurückverwandeln."

Seine Muskeln spannten sich kurz an. Er drehte sich nach links und ging dann wieder nach rechts. Mehrere Sekunden lang beobachtete sie, wie er in der kleinen Küche auf und ab ging.

„Es ist helllichter Tag. Jemand könnte vorbeikommen und dich sehen. Du weißt, dass es gegen die Regeln verstößt, wenn Menschen uns sehen." Sie biss die Zähne zusammen und senkte dann ihre Waffe. Wenn er sie hätte angreifen wollen, hätte er es inzwischen getan.

Sie runzelte die Stirn, als sie ihn beobachtete. „Zane, was ist los?"

Er lief weiter in dem kleinen Raum auf und ab und stieß mit seinem großen Körper gegen die Ecken der unteren Küchenschränke.

„Verwandle dich zurück, damit wir darüber reden können."

Er blieb eine Sekunde lang stehen und blickte dann zu Boden.

Er hob seinen Kopf und sah ihr in die Augen.

Er ging in die Ecke des Raumes, drehte sich im Kreis, legte sich hin und rollte sich zu einer Kugel zusammen.

Ihr Herz sank in ihrer Brust, als die Realität wie eine schmerzhafte Welle über sie kam.

„Du kannst dich nicht zurückverwandeln, nicht wahr?"

Zane starrte Skylar an, als er versuchte, den Adrenalinschub in seinen Adern zu kontrollieren. Wenn er sich doch nur genug entspannen könnte, könnte er sich vielleicht wieder umwandeln.

Wenn er das hier nicht unter Kontrolle bekam, steckte er wirklich in Schwierigkeiten.

„Zane?" Sie trat vor und warf ihm einen besorgten Blick zu.

Er hob seinen Kopf und schnupperte in der Luft.

Er konnte ihren Duft noch immer nicht riechen. Ein ungutes Gefühl machte sich in seiner Magengegend breit.

„Schau mal, meine Bautruppe wird bald hier auftauchen.

Wir müssen dich also sofort hier rausbringen." Sie hockte sich neben ihn und neigte den Kopf.

„Einer von ihnen ist ein Werwolf und wenn er dich in deiner Wolfsform sieht, wird er sich mit dem Rudelführer in Verbindung setzen. Und das willst du doch nicht, oder?"

Sich am helllichten Tag zu verwandeln verstieß gegen den Kodex. Es wurde mit dem Tod bestraft, weil man damit die gesamte Art gefährdete. Es gab eine ständige Belohnung für jeden, der einen Werwolf auslieferte, der diese Regel gebrochen hatte. Er würde seinen Arsch darauf verwetten, dass er für die Kohle ausgeliefert werden würde.

Skylar warf einen Blick auf ihr Handy und sah Zane dann an. „Ich kann dich zu mir nach Hause bringen und du kannst erst einmal dortbleiben. Aber wir müssen jetzt gehen, bevor irgendjemand hier ankommt."

Er sah zu ihr auf und fragte sich, wie es ausgerechnet ihm gelungen war, seinen armen Hintern in eine solche Position zu bringen. Er hatte keine andere Wahl, außer zu tun, was sie sagte.

Es war nicht ideal, aber er wusste, was passieren würde, wenn er hierblieb.

Sie stand auf und schaute aus dem Fenster.

Er hatte das ungute Gefühl, dass ihr Haus nicht gerade isoliert draußen auf dem Lande gelegen sein würde. Er wollte definitiv nicht in die Stadt zurück. Die Gefahr, aufzufliegen, war einfach zu groß. Aber im Moment hatte er keine andere Option.

„Ich wohne in einem Apartment." Sie warf ihm ein verzerrtes Lächeln zu.

Und einfach so hatten sich die Dinge innerhalb von 0,8 Sekunden von schlimm zu total beschissen entwickelt.

Skylar hatte es kaum geschafft, Zane in ihren Transporter zu bringen, als die Bautruppe in ihren Fahrzeugen an der Baustelle ankam. Sie hatte ihn unter einer alten Malerplane versteckt. Als einer der Bauarbeiter auf ihren Transporter zu schlenderte, hatte sie sich entschuldigt und gesagt, sie müsse eine andere Baustelle prüfen, und war eilig davongefahren.

Sie warf einen Blick in ihren Rückspiegel, um sich zu vergewissern, dass die Plane gut festgebunden war. Als sie sah, dass sie hielt, atmete sie erleichtert auf. Sie bog von der kleinen Landstraße ab und fuhr in Richtung Autobahn.

Schweiß bildete sich auf ihrer Schläfe und floss ihre Wange hinunter, als die Sommerhitze auf den Metalltransporter hinunter brannte. Sie musste wirklich die Klimaanlage reparieren lassen. Es würde eines der ersten Dinge sein, die sie tat, wenn sie begann, einen ordentlichen Gewinn mit ihrem Geschäft zu erwirtschaften. Sie lehnte ihren Kopf aus dem Fenster, um etwas Fahrtwind zu genießen, als sie ihr Spiegelbild im Spiegel sah.

Ihre roten Haare hatten begonnen, sich um ihr Gesicht herum zu kräuseln, und ihre Wangen waren von der Hitze gerötet. Sie hatte sich heute nicht die Mühe gemacht, Makeup aufzulegen, und es zeigte sich.

Sie trug normalerweise keine Schminke auf der Baustelle. Wenn sie erwartet hätte, einen heiß aussehenden Werwolf zu treffen, hätte sie zumindest etwas Lipgloss aufgetragen.

Sie atmete tief ein und schüttelte dann ihren Kopf.

Ich habe keine Ahnung, warum ich mir darüber solche Sorgen mache. Es ist ja nicht so, als würde er in mir etwas anderes als die Freundin seiner kleinen Schwester sehen. Sie war schon immer in Zane verliebt gewesen, als sie noch klein war, aber sobald er von Zuhause weggezogen war, um auf die Uni zu gehen, hatte sie ihn nie wiedergesehen. Er hatte sie nie als Frau gesehen. Nur als Kind. Ganz zu schweigen davon, dass zwischen ihrem sozialen Status Welten lagen. Er war ein grauer Wolf und sie war eine rote Wölfin.

Als sie noch klein war, wusste sie nicht, dass nicht alle Wölfe wie ihr Vater waren. Erst nachdem sie Zanes Familie kennengelernt hatte, war ihr bewusst geworden, dass Wölfe liebevoll und beschützend sein konnten. Es hatte ihr Hoffnung gegeben, dass ihr Vater sich ändern und liebevoller werden könnte. Aber das war nie passiert. Die Dinge zwischen den grauen und den roten Wölfen waren hässlich geworden. Die Männchen des roten Wolfsrudels wollten das graue Wolfsgebiet übernehmen. Als sie sich trafen, um sich gegen sie zu verschwören, hatte das tödlich geendet, als die roten Wölfe begannen, sich gegenseitig im Streit um mehr Macht und Kontrolle zu bekämpfen. Zu dem Zeitpunkt, als sie ihren Schulabschluss gemacht hatte, war die Mehrheit der roten Wölfe tot. Da sie nicht das nächste Todesopfer werden wollte, zog sie nach Louisiana, um dort zu studieren. Das Letzte, was sie gehört hatte, war, dass es in Arkansas nur noch wenige, wenn überhaupt noch, rote Wölfe gab. Hershel zu begegnen war deshalb mit Sicherheit ein Schock gewesen.

Sie bog in die Straße ein, die zu ihrer Wohnung führte. Sie verlangsamte ihr Tempo und warf einen Blick in den Rückspiegel. Wenn ihr schon heiß war, wusste sie, dass Zane unter der Plane buchstäblich kochen musste.

Sie bog auf den Parkplatz der Castlewoods Apartments ein. Sie war in die Wohnung gezogen, als die Apartments vor zwei Jahren neu gebaut worden waren. Im Moment war es keine gute Zeit für sie, eine Hausbesitzerin zu sein, da sie mit ihrer Vertragsarbeit so beschäftigt war und keine Zeit hatte, sich um ein eigenes Haus zu kümmern.

Sie fuhr auf den Parkplatz und verzog das Gesicht. Ihre Wohnung befand sich im Erdgeschoss, aber es gab auf dem Parkplatz viele Autos und sie konnte es nicht riskieren, Zane hier aussteigen zu lassen. Sie fuhr an ihrer Parklücke vorbei und zum hinteren Ende des Parkplatzes herum. Hinter den Wohnhäusern gab es eine dichte, üppige Baumgrenze, die sich ein ganzes Stück lang erstreckte. Zwischen den Gebäuden und der Baumgrenze lagen kaum drei Meter. Die einzigen Leute, die sie je dort draußen gesehen hatte, waren Spaziergänger, die ihren Hunden nicht den Dreck hinterher-räumen wollten. Wenn sie ihren Transporter zur Hinterseite der Wohnung bringen konnte, um Zane dort aussteigen zu lassen, wäre die Chance, dass ihn jemand entdeckte, wesent-lich geringer.

Sie presste die Lippen zusammen und warf einen schnellen Blick um sich. Sie lauschte aufmerksam. Als sie sich sicher war, dass sie niemanden sehen konnte, fuhr sie mit dem Transporter hinter das Wohngebäude.

Baumzweige kratzen über die Beifahrerseite des Transpor-ters und sie biss ihre Zähne zusammen und fragte sich, wie viel Schaden ihre Lackierung wohl davontragen würde.

Sie schob ihre Sorgen beiseite und parkte ihren Trans-porter auf der Rückseite ihrer Wohnung. Sie öffnete die Tür. Sie stieß gegen die Wand des Gebäudes. Sie drückte sich durch die kleine Öffnung und blieb an der Ladefläche des Transporters stehen.

„Bleib hier, bis ich die Tür aufgeschlossen habe." Sie flüs-terte mit leiser Stimme, als sie mit ihrem Blick die baumbe-wachsene Umgebung absuchte. Das Letzte, was sie brauchte, war, die Aufmerksamkeit ihrer Nachbarn auf sich zu ziehen, indem sie einen riesigen Wolf auf dem Heck ihres Transpor-ters enthüllte.

Sie beschleunigte ihre Schritte in Richtung Tür und steckte den Schlüssel ins Schloss.

„Skylar, hallo Liebes." Mrs. Nelson riss die Tür auf und schenkte ihr ein breites Grinsen.

Skylar erstarrte, als ihr Herz bis zu ihrem Hals klopfte.

Mrs. Nelson war ihre neugierige Nachbarin, die es nicht störte, andere Mieter in Schwierigkeiten zu bringen, wenn sie dachte, dass sie nichts Gutes im Schilde führten. Sie hatte letzte Woche zweimal die Polizei gerufen und behauptet, das arme Mädchen ein paar Türen weiter wäre eine Prostituierte. Mrs. Nelson behauptete, das Mädchen hätte jede Woche einen anderen Mann. Wie sich herausstellte, war das Mädchen eine Studentin, die einen Teilzeitjob als Nachhilfelehrerin für englische Sprache angenommen hatte.

Letzten Monat hatte Mrs. Nelson die Polizei wegen dem alten Mr. Grissom gerufen, der im Nachbargebäude wohnte. Sie erzählte den Bullen, dass er in seiner Wohnung Drogen anbaute. Wie sich herausstellte, wuchs in seiner Wohnung tatsächlich etwas, aber es waren nur Pilze in seinem Schrank. Noch nicht mal die Art, von der man high werden würde.

Danach hatte Skylar versucht, sich von Mrs. Nelson fernzuhalten. Sie wollte wirklich nicht, dass die alte Frau in ihrem Geschäft oder in ihrem Privatleben herumschnüffelte.

„Hallo, Mrs. Nelson." Sie warf einen Blick auf die Ladefläche ihres Transporters, der geradezu in ihrem Blickfeld lag. Wenn sich Zane auch nur einen Zentimeter bewegte, würde die alte Frau wissen, dass irgendetwas nicht stimmte. Ihr entging nichts.

„Ich musste zurückkommen, um noch ein paar Werkzeuge für die Baustelle zu holen, auf der ich gerade arbeite." Sie schenkte der Frau ein gezwungenes Lächeln und hoffte, dass es ausreichte.

„Ich wusste gar nicht, dass Sie in Ihrer Wohnung Werkzeuge aufbewahren." Die alte Frau kniff die Augen zusammen. „Ist das überhaupt legal?" Scheiße.

„Oh, ich habe dem Vermieter davon erzählt und er hat gesagt, es sei völlig in Ordnung." Sie zog ihr Handy aus der Hosentasche und suchte nach der Nummer. „Möchten Sie mit ihm sprechen?" Sie sprach ruhig und gleichmäßig und hoffte, dass sie selbstsicherer klang, als sie sich fühlte.

Mrs. Nelson entspannte sich. Die Linien um ihre Augen verschwanden und ihre Schultern sanken hinunter. Es war offensichtlich, dass sie enttäuscht war, keine weitere kriminelle Handlung aufgedeckt zu haben.

„Wie geht es Luther, Mrs. Nelson? Ich habe ihn in letzter Zeit nicht oft gesehen." Skylar lächelte strahlend. Luther war Mrs. Nelsons Enkelsohn, mit dem sie ständig geprahlt hatte. Es verging kein Tag, an dem die alte Frau nicht jemandem, der gerade zuhören würde, von Luthers Erfolgen erzählen würde. Einser-Schnitt im College, Hauptfach Medizin, und freiwillige Arbeit bei der Lebensmitteltafel. Das war Luther im Überblick. Er war auf dem Weg, der Klügste und Beste zu werden.

Bis er wegen eines Unfalls mit Fahrerflucht und Trunkenheit am Steuer angeklagt wurde. Er hatte sich im Country Club betrunken, war rausgeflogen und hatte dann einen Obdachlosen überfahren, der gerade die Straße überquerte. Nach weiteren Nachforschungen stellte sich heraus, dass Luther keinen Einser-Schnitt an der Uni erreicht hatte – er war am College gescheitert und hatte seine Eltern deshalb belogen. Er hatte das Geld genommen, das sie ihm fürs Studieren gegeben hatten, und hatte es für Marihuana, Schnaps und Frauen ausgegeben. Es wurde außerdem gemunkelt, dass der Goldjunge Luther jetzt Tripper hat und außerdem ein Mädchen geschwängert habe.

Nachdem all das passiert war, hatte Mrs. Nelson nie wieder mit irgendjemandem über Luther gesprochen.

Mrs. Nelsons runzeliges Gesicht wurde blass. Ihre Augen weiteten sich leicht. Hätte die alte Frau Perlen getragen, wusste Skylar, dass sie sie mit ihrer verschwitzten Handfläche umklammern würde.

„Ich muss gehen. Ich habe etwas im Ofen." Mrs. Nelson lächelte sie höflich mit einem knappen Ausdruck an, der *F* dich* schrie, und knallte die Tür ins Schloss. Skylar wartete ein paar Sekunden und lauschte, wie sich die Schritte der Frau entfernten. Ein Hauch von Bedauern machte sich in ihrem Magen breit. Sie wusste, dass es ein schwerer Schlag gewesen war, den Enkel der Frau ins Gespräch zu bringen, aber es war der einzige Weg gewesen, Mrs. Nelson loszuwerden.

Skylar rannte zum Heck des Transporters und zog das Ende der Plane hoch. Sie wurde von einem kurzen Knurren und Zanes durchdringenden Wolfsaugen begrüßt.

„Wir müssen uns beeilen", flüsterte sie, als sie zurücktrat, um Platz zu machen, damit er von der heißen Ladefläche springen konnte. Seine lange Zunge hing ihm aus dem Maul, als er keuchte. Sie wettete, dass er sich fühlte, als würde er buchstäblich in der irren Hitze von Arkansas braten.

Sie eilte zu ihrer Wohnung und öffnete schnell die Tür. Er verschwendete keine Zeit und rannte hinein. Sie trat hinter ihm ein.

Die kühle Luft traf sie ins Gesicht, als sie die Tür hinter sich schloss und den Riegel vorschob. Sie konnte ihren Blick nicht von ihm abwenden, als er ins Wohnzimmer trottete. Er änderte seine Richtung, verließ das mit Teppichboden ausgelegte Zimmer und ging in die gefliste Küche. Er bewegte sich auf und ab und sie bemerkte, dass er versuchte, etwas zu kommunizieren.

„Oh, Entschuldigung." Sie eilte in die Küche und zog ihre größte Rührschüssel heraus. Sie hielt sie unter den Wasserhahn, füllte die Schüssel mit kaltem Wasser und stellte sie dann auf den Boden.

Er senkte seinen Kopf und schlabberte das Wasser in großen Schlucken in sein Maul hinein. Sie öffnete das Gefrierfach, entnahm ein paar Eiswürfel und schüttete sie ebenfalls in die Schüssel.

„Du musst das Gefühl gehabt haben, unter dieser Plane zu kochen." Sie wischte sich einen verirrten Schweißtropfen von ihrer Stirn.

Er sah zu ihr auf, als würde er ihr zustimmen, bevor er

seinen Kopf wieder senkte, um noch mehr kühles Wasser zu trinken. Ein leises, rumpelndes Knurren entwich seiner massiven Brust.

Sie hatte selbstverständlich schon viele Werwölfe gesehen. Aber Zane war so viel schöner als alle anderen männlichen Wölfe, die sie sich je hätte vorstellen können.

Sein üppiges graues Fell war silbern gesprenkelt und sie wünschte sich, mit ihren Fingern durch das dicke seidige Haar zu streichen.

Er richtete seine eisblauen Augen auf sie und sah sie abschätzend an.

Sie schaute weg und war peinlich berührt, dass er sie dabei erwischt hatte, wie sie ihn so offenkundig angestarrt hatte. Er dachte wahrscheinlich, dass sie irgendeine Art verzweifeltes Weibchen war. Wer könnte es ihr vorwerfen? Männer wie Zane waren äußerst selten.

„Ich muss mich wieder an die Arbeit machen. Bleib hier, solange es nötig ist. Im Kühlschrank gibt es etwas zu essen, falls du nach der Verwandlung hungrig bist." Sie legte den Stapel der Kleidungsstücke, die sie eingesammelt hatte, nachdem er sich verwandelt hatte, auf die Küchentheke. Sie waren ruiniert – er war regelrecht aus ihnen herausgeplatzt –, aber es war alles, was sie im Moment hatte.

„Ich werde auf dem Heimweg nach der Arbeit noch mehr Klamotten besorgen."

Er hob seinen Kopf von der Wasserschale und nickte ihr verständnisvoll zu.

„Ich habe kein Festnetz, nur mein Handy. Es gibt also keine Möglichkeit, mit mir in Kontakt zu treten, wenn du etwas brauchst. Ich werde versuchen, so schnell ich kann wieder nach Hause zu kommen."

Sie ging zur Tür hinüber. Mit ihrer Hand auf dem kühlen, stählernen Türknauf blickte sie noch einmal über ihre Schulter.

Er war ihr aus der Küche gefolgt, stand nun im Flur und beobachtete sie.

„Wenn du aus irgendeinem Grund nicht hier bist, wenn ich nach Hause komme, werde ich einfach davon ausgehen, dass du es satthattest zu warten und dass du dich um andere, dringendere Probleme kümmern musstest. Ansonsten sehe ich dich irgendwann nach sechs."

„Lucien, warum habe ich das Gefühl, dass du mich anlügst?", knurrte Barrett durch das Telefon.

„Vielleicht weil du so abgelenkt und verärgert bist, dass du das Rudelführertreffen veranstalten musst." Lucien verzog das Gesicht, als er zu Jaxon hinübersah, der gerade einer Frau hinterherschaute, die eine kurze Hose trug, die so winzig war, dass ihr Hintern heraushing.

Jaxon warf der wohlgeformten Blondine ein verführerisches Lächeln zu, als sie ihn über ihre Schulter ansah und kicherte. Lucien streckte die Hand aus und schlug ihm auf den Hinterkopf.

„Hey." Jaxon warf seinem Freund einen Blick zu und richtete sich von der Wand des Backsteingebäudes an der Hauptstraße auf, gegen die er sich gelehnt hatte. Es war Wochenende und in einer Studentenstadt wie Jonesboro waren Leute unterwegs, kauften Klamotten, tranken und trafen sich im örtlichen Pub, um auf den großen Bildschirmen Sportveranstaltungen zu verfolgen.

Aufgrund des Lärms der Autos, die die Straße hinunterfuhren, ging Lucien zwei Schritte in die nächste Gasse hinein, um sich ein wenig von dem Krach der kleinen Stadt zu entfernen.

„Wie läuft das überhaupt?" Lucien hoffte, dass er den Rudelführer mit einem Gespräch über die Rudelangelegenheiten ablenken und seine Aufmerksamkeit von der Frage abwenden könnte, warum Zane sich immer noch nicht gemeldet hatte.

„Es ist ein verdammtes Affentheater. Ich habe Jack Welbourn aus Mississippi hier, der sagt, er brauche mehr Wächter. Charles Price aus Tennessee sagt, dass sie weniger Wächter wollen, und Edward Boudier aus Louisiana liegt mir immer noch wegen der Scheiße mit seinen Auftragskillern in den Ohren." Barrett stieß ein leises Grollen aus und Lucien wusste, dass sein Rudelführer dem Führer aus Louisiana kein Pardon dafür geben würde, dass er die Sache versaut hatte.

Vor ein paar Monaten waren die Louisiana-Auftragskiller in Arkansas aufgetaucht, um Braxton zu töten. Als sie Barrett jedoch nicht über ihre Anwesenheit im Staat informiert hatten, hätte das beinahe zu einem Territorialkrieg zwischen den beiden Staaten geführt. Die Louisiana-Auftragskiller waren eindeutig im Unrecht, aber ihr Rudelführer befolgte die Regeln nur, wenn es ihm in den Kram passte. Also stand es noch immer zwischen ihnen.

„Und ich dachte, das Treffen der Rudelführer wäre ein Fest mit Kaviar und Cocktails."

„Wohl kaum", schnaubte Barrett. „Genug um den heißen Brei geredet, Lucien. Wo ist Zane?" *Oh, Scheiße.*

„Ich bin mir nicht ganz sicher. Er sagte etwas darüber, einer Spur dieser Meth-Junkies zu folgen, die wir vor ein paar Wochen auffliegen lassen haben. Er sagte, ich solle mir keine Sorgen machen und dass er mich in ein paar Tagen kontaktieren würde."

Das würde nicht geschehen, da er Zanes Handy mit leerem Akku in seiner anderen Hand hielt. Anscheinend

hatte sich Zane vor seinem Verschwinden nicht zurückverwandelt, denn seine Klamotten und sein Handy hatten noch
immer in der Gasse gelegen.

Etwas stimmte nicht.

„Du und Jaxon bleibt in Jonesboro, bis er Kontakt
aufnimmt. Ich kann es mir nicht leisten, einen meiner
Wächter zu verlieren. Vor allem nicht jetzt."

„Was meinst du damit?" Luciens Magen zog sich
zusammen.

„Mit Louisiana geht mehr vor sich, als man mir erzählt.
Mein Instinkt sagt mir, dass Edward Boudier seine Rache
wegen des Ärgers, den ich mit seinen Auftragskillern verursacht habe, auf ganz neue Höhen treiben wird."

„Das klingt nicht gut."

„Was verdammt noch mal nicht gut ist, ist, dass Zane
mich nicht kontaktiert. Stell sicher, dass du ihn wissen lässt,
dass ich ihn in den Arsch treten werde, wenn ich ihn finde."

„Klare Sache, Boss." Lucien beendete den Anruf und sah
zu Jaxon hinüber, der ihn jetzt interessiert ansah.

„Was hat er gesagt? Hat er von Zane gehört?" Jaxon
verschränkte die Arme vor seiner Brust.

„Nein. Und ich habe das Gefühl, dass es für unseren
Rudelbruder nicht besonders gut laufen wird, wenn er
es tut."

Zane wachte splitternackt inmitten Skylars Küche auf.
Die kühlen Fliesen fühlten sich gut gegen seinen überhitzten
Körper an und er blieb einige Minuten still liegen und
genoss dieses Gefühl.

Der Schatten der untergehenden Sonne breitete sich über dem Boden aus und signalisierte die bevorstehende Dämmerung. Er runzelte die Stirn, richtete sich auf und suchte nach einer Uhr. Sein Blick fiel auf die Mikrowelle. Halb sieben.

Er hatte fast sechs Stunden geschlafen und fühlte sich, als könnte er noch sechs weitere Stunden gebrauchen.

Er war noch nie so gewesen. Normalerweise fühlte er sich nach vier Stunden pro Nacht gut und ausgeruht, aber nicht jetzt. Jetzt fühlte er sich, als wäre er von einem verdammten Vierzigtonner überfahren und hunderte Kilometer mitgeschleift worden.

Er zwang sich auf die Füße und stand auf wackeligen Beinen. Sein Oberschenkel pochte. Er blickte hinunter. Die Verletzung, wo ihn die Scherbe getroffen hatte, hatte ihre Farbe verändert. Was vorher rot gewesen war, war jetzt dunkelrot mit grauen Kanten um den unregelmäßigen Rand des Schnittes.

Er strich mit dem Finger über die Verletzung und zuckte wegen des empfindlichen Fleisches zusammen.

Was zur Hölle? Wie hatte Crystal Meth ihm das angetan? Er war praktisch unsterblich. Es ergab keinen Sinn.

Er nahm sein Wäschebündel von der Küchentheke und ging durch die Wohnung zum Badezimmer.

Die Wohnung war klein, mit einer Küche, die zum Wohnzimmer führte. Es gab eine kleine Kücheninsel, an der man essen konnte, aber ganz offensichtlich keinen Platz für einen Tisch. Die Ablageflächen der Küche waren sauber, ohne Schnickschnack oder Dekorationen, und im Wohnzimmer befanden sich nur eine kleine weiße Couch und ein Couchtisch. Er sah sich im Raum um. Die wenigen Bilder, die an der Wand hingen, waren Kunstplakate. Sie hatte nicht ein persönliches Foto.

Es wirkte so unpersönlich wie ein Hotel.

Normalerweise dekorierten Frauen ihr Zuhause gern, um

dem Raum ihre persönliche Note zu verleihen. Aber Skylar hatte das nicht getan. Er kam nicht umhin, sich zu fragen, ob die Art, wie sie aufgewachsen war, etwas damit zu tun hatte.

Er betrat das Schlafzimmer und blieb stehen. Hier in ihrem Gemach hatte sie ganz sicher an nichts gespart.

Das riesige Doppelbett aus Schmiedeeisen und dunklem Holz stand zwischen zwei Nachttischen mit Marmoroberflächen. Das Bett war in Weiß- und Beigetönen gehalten und erinnerte ihn an cremiges Eis an einem heißen Sommerabend in Arkansas. Die einzigen bunten Dinge waren ein paar pinkfarbene Rüschenkissen auf dem Bett.

Die Nachttische waren identisch mit passenden weißen Lampen, an deren Schirmen kleine Quasten hingen. Einer von ihnen wurde von ein paar Büchern und einer Kerze dekoriert, was wahrscheinlich, wie er annahm, die Seite war, auf der sie schlief. Der andere Nachtisch sah nur mit der Lampe etwas leer aus.

Ein passender Schrank und eine Kommode rundeten die Möbel im Zimmer ab. Trotzdem gab es nirgendwo irgendwelche persönlichen Fotos.

Was war mit Skylar passiert, dass sie so alleine zu sein schien? Wo war das kleine Mädchen geblieben, das er einst gekannt hatte? Was war in den wenigen Jahren passiert, in denen er keinen Kontakt zu ihr gehabt hatte? Und warum hatte seine Schwester Catty sie nicht kontaktiert?

Er warf einen sehnsüchtigen Blick auf das Bett, bevor er sich dem Badezimmer zuwandte. Das Letzte, was er brauchte, war, seinen ungewaschenen Hintern auf ihr makelloses Bett zu legen und es vollzustinken.

Er schob den creme- und silberfarbenen Duschvorhang zur Seite und drehte die Dusche voll auf. Eine Dusche hatte ihn schon immer wiederbelebt. Vielleicht würde sie auch dieses Mal diese magische Wirkung haben. Er trat in die Dusche, als der sich am Spiegel absetzende Dampf dem

Nebel eines frühen englischen Morgens glich. Er stand unter dem heißen Wasserstrahl, stützte seine Handflächen gegen die Fliesenwand, neigte den Kopf und ließ das Wasser heiß über seinen Hals prasseln. Er stieß ein Stöhnen aus, als die Wärme die Muskeln zwischen seinen Schultern lockerte und die Anspannung, die er den ganzen Tag gespürt hatte, mit der Hitze des Wassers von ihm abfiel.

Er musste herausfinden, was zum Teufel mit ihm los war, bevor Barrett es tat.

Er brauchte seinen Job – nein, er lebte für seinen Job. Er würde verdammt noch mal keinen verfluchten Meth-süchtigen Werwolf alles zerstören lassen, was er geschaffen und wofür er so hart gearbeitet hatte.

Zane schaute auf und knurrte.

Er würde dieses Arschloch jagen und es dazu bringen, das Problem zu beheben.

Und danach würde er ihm die Kehle herausreißen.

„Du willst mir also sagen, dass Zane, nachdem wir hier angekommen sind, nicht noch einmal zu dir zurückkam oder irgendwie mit dir Kontakt aufgenommen hat?" Lucien sah Matt mit zusammengekniffenen Augen an. Der Tätowierer schwankte leicht und wirkte etwas unbehaglich, als Lucien ihn befragte. Lucien wusste es immer, wenn ein Wolf log, und sein Verstand sagte ihm, dass Matt die Wahrheit sagte.

„Ja, Mann. Ich war zu sehr damit beschäftigt, mich um die Tatts deiner Wächter zu kümmern, um Notiz davon zu nehmen, ob er noch einmal hereinkam oder nicht. Du weißt, dass ich die Wächtertätowierungen immer im Hinterzimmer mache, außer Sichtweite für die Öffentlichkeit." Matt schüttelte seinen Kopf und lachte. „Das Letzte, was ich brauche, ist, dass ein Mensch dieses Tattoo sieht und danach verlangt, dasselbe zu bekommen. Sie sind ziemlich krass, weißt du."

„Das mit Sicherheit." Jaxon grinste sein lässiges Lächeln und steckte sich ein Stück Kaugummi in den Mund, als er den Neuzugang des Tattoo-Studios in Form einer hübschen menschlichen Frau beobachtete, die eine Jeans trug, die sich eng um ihre Rundungen schmiegte. Sie warf ihm ein sexy Grinsen zu, als sie sich bückte, um ein Blatt Papier aufzuheben. Sie sorgte dafür, dass sie dabei ihren Arsch in die Luft streckte, damit er einen guten Blick darauf werfen konnte.

Jaxon knurrte mit männlicher Wertschätzung.

Lucien schlug ihm gegen die Schulter.

„Hey." Jaxon runzelte die Stirn und rieb sich den Arm.

„Konzentrier dich. Du bist nicht hier, um flachgelegt zu werden. Du bist im Dienst." Lucien betonte ein jedes seiner urteilenden Worte, die er durch zusammengebissene Zähne spie. Es war schon schlimm genug, dass Zane vermisst wurde und er Barrett über seinen Verbleib angelogen hatte. „Ich habe keine Zeit, dich oder deinen Schwanz zu babysitten."

„Fick dich. Für meinen Geschmack gefällt dir das Babysitten meines Schwanzes ein bisschen zu sehr." Jaxon schnaubte und erwiderte den Schlag gegen die Schulter.

„Gibt es irgendetwas, wovon ich Barrett erzählen muss?" Matt runzelte die Stirn, als er sich nervös umsah. „Ich meine, ich will wirklich nicht, dass es irgendwelche Probleme gibt. Er ist ein guter Rudelführer und ich will ihn nicht verärgern."

„Zur Hölle, nein. Wir haben alles unter Kontrolle. Wie du weißt, ist es deine Pflicht, die Wächter zu tätowieren. Das ist alles." Lucien sah den Tätowierer finster an.

Matt schluckte und stieß ein Seufzen aus. „Ja. Das Letzte, was ich will, ist, Barrett auf dem falschen Fuß zu erwischen."

„Du hast ja keine verdammte Ahnung." Lucien drehte sich um und verließ das ‚Mondgöttin'-Tattoo-Studio. Er eilte zu seinem Motorrad und stieg auf das riesige Gefährt. Jaxon schwang sich auf sein Motorrad und sah ihn an.

„Was genau ist es, was wir Barrett nicht erzählen?" Jaxon klappte seinen Ständer hoch und balancierte das Motorrad zwischen seinen kräftigen Oberschenkeln.

Lucien sah ihn lange an. „Das Zane abtrünnig geworden ist."

„Skylar, warum riecht diese Plane nach nassem Hund?" Hector verzog das Gesicht, als er die Plane für den morgigen Anstrich der Rigipsplatten auf dem Boden ausbreitete. Ihr Arbeiter schüttelte seinen Kopf und sagte etwas auf Spanisch, was wahrscheinlich viele fluchende Worte waren. „Hast du ein streunendes Tier adoptiert?" Sie grinste.

„Vielleicht." Wenn Hector doch nur wüsste, dass er einen Werwolf roch und keinen Hund.

„In Ordnung, ich komme morgen wieder, um den zweiten Anstrich fertigzumachen." Hector stand auf und ließ seinen Blick über die Wand gleiten. Er sah die mit blauem Malerband abgeklebten Fußleisten prüfend an.

„Klingt gut." Sie sammelte ihre Werkzeuge zusammen, um sie in den Schuppen hinauszubringen. Hector griff nach den schwereren Werkzeugen und ging in Richtung Tür. Sie schüttelte ihren Kopf.

„Hector, ich kann meine Werkzeuge alleine tragen. Ich brauche deine Hilfe nicht."

„Das sagst du immer. Du musst lernen, Hilfe anzunehmen, wenn sie dir angeboten wird", rief Hector über den Hof. „Du bist sturer, als es dir guttut."

„Das wird mir immer gesagt." Sie schnaubte und schlang ihren Arm um die Werkzeuge, als sie Hector nach draußen folgte. Die Sonne war hinter dem Horizont verschwunden und hinterließ rosa und lila Farbstreifen über dem Himmel. Trotz des einbrechenden Abends klebte die Feuchtigkeit auf ihrer Haut wie eine Plastik-Halloween-Maske, die von einem verschwitzten Kind getragen wurde. Sie legte ihr Werkzeug in den Schuppen, schloss die Tür und brachte die neue Kette und das Schloss am Griff an, die sie in der Stadt gekauft hatte. Sie hatte die Beweismittel über den Einbruch vor ihren Arbeitern verborgen gehalten. Sie wollte nicht, dass sie irgendwelche Fragen stellten und auch nicht, dass sie sich darüber sorgten, dass ein Meth-Junkie einbrechen und die Ausrüstung stehlen könnte. Wenn sie sich Sorgen machten, würden sie beginnen, sich woanders nach Arbeit umzusehen.

„Gute Arbeit heute. Ich sehe dich morgen, frisch und munter." Sie grinste und ging zurück in Richtung Haus.

„Ich kann auf dich warten." Hector runzelte die Stirn.

Sie blieb stehen und drehte sich zu dem Mann um. Er hatte von Anfang an mit ihr zusammengearbeitet und sie hatte herausgefunden, dass er ein zuverlässiger, fleißiger Familienvater mit sechs Kindern war, die alle unter sieben Jahre alt waren. Er arbeitete lange Stunden, um seiner Familie das Leben zu geben, das er selbst nie hatte.

„Hector, geh nach Hause. Ich komme klar. Du verpasst sonst Cecilys Tanzaufführung." Cecily war Hectors älteste Tochter und hatte in den letzten sechs Monaten Tanzstunden genommen. Sie liebte es mehr als ihr Leben und erzählte jedem, den sie traf, dass sie eines Tages in New York City tanzen würde.

Ein Lächeln breitete sich auf dem Gesicht des Mannes

aus. „Sie trägt dieses rosafarbene flauschige Ding, das du ihr geschenkt hast."

„Man nennt es ein Tutu. Ich bin froh, dass es ihr gefällt." Skylar hatte das Tutu bei einem Garagenverkauf in einem der gehobenen Viertel von Jonesboro gefunden. Sowie ihr Blick darauf gefallen war, wusste sie, dass Cecily es lieben würde.

„Maria hat ihr eine kleine Krone gekauft, die dazu passt." Er zeigte auf seinen Kopf.

„Tiara. Man nennt es eine Tiara." Sie schüttelte ihren Kopf. „Du hast sechs Mädchen, Hector. Du musst wirklich die weibliche Sprache lernen." Hector lachte leise. „Das ist es, was du brauchst, Skylar. Ein eigenes kleines Mädchen. Du verwöhnst unsere viel zu sehr."

Sie spürte ihr Lächeln schwinden. Sie würde nie ein Kind haben, weil sie nie einen Gefährten haben würde. Sie wusste, wo sie in dieser Welt hingehörte.

Sie hatte ihr Schicksal bereits vor langer Zeit akzeptiert.

„Du hast genug Mädchen, die ich verwöhnen kann. Da brauche ich kein eigenes." Sie legte ein gefälschtes Lächeln auf, das nicht von Herzen kam, und ging weiter in Richtung Haus.

„Wir sehen uns morgen, Skylar." Hector eilte zu seinem Transporter. Ein paar Sekunden später war dort, wo sein alter Transporter gestanden hatte, nichts als eine Staubwolke zu sehen.

Sie ging von Zimmer zu Zimmer und prüfte, dass kein Werkzeug zurückgelassen wurde. Sie wollte wirklich nicht, dass irgendetwas verschwand. Sie arbeitete bereits mit minimaler Ausstattung.

Die Dunkelheit war lautlos angebrochen. Sie war zu beschäftigt gewesen, alles aufzuräumen, um auf die Zeit zu achten. Sie zog ihr Handy heraus und runzelte die Stirn, als sie sah, dass es bereits fast acht Uhr war.

Unbehagen machte sich in ihrem Körper breit und lastete mit schwerem Gewicht auf ihren Schultern. Sie sah sich noch einmal in dem dunklen Haus um und suchte nach irgendwelchen Anzeichen, dass sich jemand eingeschlichen hatte, als sie nicht hingeschaut hatte.

Nein, es gab keine. Was auch immer ihre Nerven in Alarmbereitschaft versetzt hatte, musste von draußen kommen.

Sie ging zum Wohnzimmerfenster und beobachtete den Hof. Ihre Pupillen weiteten sich, um sich an die Dunkelheit anzupassen.

Nichts.

Sie trat vom Fenster zurück und schüttelte den Kopf.

Ich bin nur wegen Zane so gestresst. Seit er aufgetaucht war, konnte sie nicht aufhören, darüber nachzudenken, in welcher Art Schwierigkeiten er wohl steckte. Und warum er seine Verwandlung nicht kontrollieren konnte.

Wenn irgendein Werwolf herausfinden würde, dass Zane außer Kontrolle war, würden sie nicht zögern, ihn an den Rudelführer von Arkansas auszuliefern. Es spielte keine Rolle, ob Zane das Wächterzeichen trug oder nicht. Leichtes Geld war leichtes Geld. Und wenn der Rudelführer herausfand, dass sie von Zane wusste und ihn versteckt hatte, würde sie ebenfalls bestraft werden.

Vielleicht ist er weg, wenn ich nach Hause komme. Der Gedanke beunruhigte sie auf seltsame Weise. Trotz der Gefahr, in die er sie brachte, wollte sie nicht, dass er ging. Sie hatte so viele Fragen an ihn.

Wann war er ein Wächter geworden?

Wie ging es seinen Eltern?

Was war mit seiner Schwester Catty los?

Ihr Unbehagen wandelte sich in das vertraute Gefühl der Traurigkeit, als sie an seine Schwester dachte. Bis vor wenigen Jahren war Catty für sie wie eine eigene

Schwester gewesen. Sie waren zusammen aufgewachsen und hatten gemeinsam in Louisiana gelebt. Jetzt waren sie Fremde.

Sie schlug die Tür hinter sich zu und verriegelte das Schloss, bevor sie die Treppe hinunter zu ihrem eigenen Transporter über den Hof eilte. Sie stieg ein, startete den Motor und verriegelte die Türen. Alte Gewohnheiten waren schwer abzulegen. Sie bog auf die Straße ein und fuhr zurück in die Stadt und der Überraschung entgegen, welche auch immer dort auf sie warten würde.

Zane ging unruhig in dem engen Raum ihres Schlafzimmers auf und ab, während er weiter aus dem Fenster starrte, um Skylars Transporter zu entdecken.

Wo zum Teufel war sie?

Es war dunkel und sie hätte schon vor Stunden zu Hause sein sollen.

Seine Haut kribbelte, als sich sein Herzschlag zu einem schnelleren Rhythmus erhöhte. Sein Körper summte vor Energie und er wollte nichts mehr, als sich zu verwandeln und zu rennen, bis seine Ängste verschwanden.

Das Schloss an der Eingangstür klickte und er blieb stehen.

„Zane?", rief Skylars leise Stimme aus dem anderen Raum.

Erleichterung und Irritation trafen seinen Magen wie ein unerwarteter Schlag. Er ballte seine Hände zu Fäusten und stürmte ins Wohnzimmer.

„Wo zur Hölle warst du?", donnerte er.

„Arbeiten." Sie zog etwas, das wie ein Essensbehälter

aussah, aus einer braunen Papiertüte und kniff die Augen zusammen. „Warum bist du nackt?"

Er warf einen Blick auf das Handtuch, das er sich um seine Hüfte gewickelt hatte, und blickte dann finster auf.

„Ich habe meine Klamotten ruiniert, weißt du noch?"

„Ich weiß, aber du hättest dir zumindest meinen Bademantel anziehen können."

„Hör auf, das Thema zu wechseln. Es ist seit Stunden dunkel. Wo bist du gewesen?"

„Ich musste dir noch neue Klamotten besorgen. Dieses Mal habe ich ein paar mehr gekauft." Sie ließ die Tüte auf die Küchentheke fallen. Sie riss ihren Kopf zurück und warf ihm einen Blick zu. „Warte mal, glaubst du etwa, ich hätte dich beim Rudelführer verpfiffen?" Ihre Lippen pressten sich zu einer weißen Linie zusammen und ihr Blick verengte sich weiter. „Ich bin vielleicht kein grauer Wolf, aber ich verrate meine Rasse nicht. Niemals." Sie stieß sich von der Küchentheke ab und stürmte an ihm vorbei in Richtung Schlafzimmer.

„Skylar." Er knurrte und hielt sie am Ellbogen fest.

„Was?" Sie wirbelte herum und sah ihn an. Wut blitzte hinter ihren blauen Augen auf und etwas in seinem Herzen veränderte sich. Sein Körper wurde heiß und sein Atem wandelte sich schnell zu einem Keuchen.

Er konnte sie nicht riechen – zur Hölle, er konnte überhaupt nichts riechen. Er sollte sich nicht so fühlen. Überhaupt nicht. Er versuchte, sie loszulassen, konnte es aber nicht, als sein Herz laut in seiner Brust klopfte.

Er knurrte tief, als er sie in seine Arme zog. In dem Moment, in dem sich ihr Körper an ihn schmiegte, war sie alles, was er wollte.

Als sich ihre Lippen öffneten und Pupillen weiteten, wusste er, dass sie es auch spürte.

Er drückte seinen Mund fest auf ihren, verschlang ihren

Geschmack mit seinem Mund und brannte ihn in sein Gehirn ein. Sie schmeckte wie Kirschen und er wollte mehr. Er wollte so viel mehr.

Lust durchflutete jede Zelle seines Körpers, bis er vor seinen animalischen Bedürfnissen erzitterte.

Sie kämpfte nicht gegen ihn an und entspannte sich stattdessen in seiner festen Umarmung. Ihre harten Brustwarzen drückten durch ihr dünnes T-Shirt gegen seine nackte Brust. Seine Hand glitt um sie und die Rückseite ihres T-Shirts hinauf, damit er ihre nackte Haut streicheln konnte. Ihre heiße Haut streifte über seine raue Handfläche und er zog sie näher an sich, während er seinen Kuss vertiefte.

Sie stöhnte und griff mit ihren Fingern in sein kurzes Haar, während sie seine Zunge in ihren süßen Mund hineinsaugte.

Fuck, sie würde ihm einen Herzinfarkt geben, noch bevor er in sie eindringen konnte.

„Skylar." Ihr Name hing wie ein sanftes Gebet zwischen ihnen in der Luft. Er war es gewohnt, mit Frauen zu schlafen, aber mit keiner wie ihr. Keiner wie Skylar.

„Hör auf zu quatschen und zieh mich aus."

Ihre weiblichen Hände griffen nach seinem Handtuch und zogen daran. Das Frotteematerial landete in einem Häufchen auf dem Teppichboden des Wohnzimmers. Gut, dass er alle Vorhänge geschlossen hatte. Andernfalls würden sie der Öffentlichkeit eine Show liefern.

Sie blickte hinunter auf seine harte Erektion. Ihr Mund klappte auf und sie gab ein Geräusch weiblicher Wertschätzung von sich.

„Ich bin dran." Er zog ihr T-Shirt über ihren Kopf und warf es in die Luft. Ein weißer Spitzen-BH war das Einzige, was ihre schönen Brüste bedeckte.

Er öffnete den Knopf ihrer Jeans und zog den Reißverschluss in einer langsamen, qualvollen Bewegung nach unten. So sehr er sie auch wollte, er wollte sie nicht verletzen. Ihrem Gesichtsausdruck nach zu urteilen, war sie nicht mit vielen Männern zusammen gewesen. Vor allem nicht mit Männern, die so gut ausgestattet waren wie er.

Er zog ihre Jeans bis zu den Knöcheln hinunter und kniete sich vor ihr nieder. Sie hob ein Bein und balancierte eine Hand auf seiner Schulter, während er ihre Jeans auszog. Er sah zu ihr auf. Ihr rotes Haar hing vor ihrem Gesicht und ihre vollen Lippen waren geöffnet, während sie keuchte. Er lächelte sie geil an.

Er schob seine Daumen unter ihren weißen Spitzen-Tanga und riss ihn hinunter. Er strich mit dem Daumen den roten Streifen entlang und hinunter zu ihrer Klitoris. Sie zitterte und packte seine Schultern mit beiden Händen. Er fühlte, wie ihre Beine unter seinen Händen erzitterten.

Sein Herz schlug schneller, als er ihre Beine weiter öffnete. Er sah ihr weiter fest in die Augen, als er mit geöffnetem Mund einen Kuss auf die nasse Hitze zwischen ihren weichen Oberschenkeln drückte.

Ihr Geschmack explodierte auf seiner Zunge, als er ihr nasses Fleisch leckte. Er knurrte wie ein Bär, der mehr von dem süßen Honig brauchte, den nur sie ihm geben konnte.

„Zane, hör nicht auf." Sie packte seinen Kopf und zog ihn näher an sich, als ihre Beine zu zittern begannen.

Er grinste mit männlicher Zufriedenheit und setzte seinen süßen Angriff zwischen ihren Schenkeln fort. Nicht einmal der Teufel könnte ihn jetzt von ihr wegziehen. Er wurde sehr schnell süchtig nach ihr. In diesem Moment war ihm das wirklich scheißegal.

„Oh Gott", schrie sie auf, als ihr Kopf nach hinten gegen die Wand fiel. Er umklammerte ihre Schenkel und hielt sie aufrecht, als ihr Orgasmus über sie kam. Er hörte nicht auf zu lecken und zu saugen, bis sie nichts weiter als ein zitterndes Häufchen in seinen Händen war.

Als sie schlaff wurde, stützte er sie, als er aufstand. Er umarmte sie und zog sie zu einem Kuss eng an sich.

„Ich glaube, ich hätte fast das Bewusstsein verloren", stöhnte sie gegen seinen Hals.

Sie war warm und weich und schmeckte himmlisch. Zum ersten Mal seit langer Zeit hatte er das Gefühl, sich selbst gefunden zu haben.

KAPITEL VIER

Skylar zitterte noch immer von ihrem Orgasmus und lehnte sich gerade so weit zurück, dass sie in Zanes gefährliche eisblaue Augen schauen konnte.

In den Jahren, als sie aufgewachsen war, hatten sie oft Zeit miteinander verbracht, aber diese leidenschaftliche Seite an ihm hatte sie noch nie zuvor gesehen. Er hatte immer alles unter Kontrolle – seine Gefühle, seinen Ausdruck, seine Zukunft. Jetzt, nachdem er sie geleckt hatte, sah er so aus, als wollte er mehr.

Sein großzügiger Mund zog sich zu einem sinnlichen Lächeln nach oben, das über die gefährlichen Zähne, die sich auf der anderen Seite seiner Lippen verbargen, hinweg-täuschte. Wenn man es nicht besser wüsste, würde man von ihm in die Irre geführt werden. Für jeden außenstehenden Beobachter sah er aus wie jeder andere heiße Kerl.

Für die Werwolfbevölkerung jedoch war er ein tödlicher Wächter.

„Du schmeckst wie Sonnenschein." Er knurrte tief und sie spürte einen Schauer des Verlangens auf ihrer Haut.

„Ja, nun, dann lass mich mal sehen, wie du schmeckst", erwiderte sie.

Seine Pupillen weiteten sich noch mehr, bis sie nur noch das Schwarz in seinen Augen sehen konnte.

Seine Hand strich über ihren Rücken und zog sie gegen seine harte Erektion. Mit seiner freien Hand zwirbelte er eine Strähne ihrer Haare um seinen Finger, hob sie zu seiner Nase und atmete tief ein. Er verzog das Gesicht, als würde er sich daran erinnern, dass er sie nicht riechen konnte.

Sie fuhr mit den Fingerspitzen über seine gerunzelte Stirn.

„Welchen Sinn hättest du lieber? Geruch oder Geschmack?"

Ein verruchtes Lächeln zeigte sich auf seinen Lippen. „Wenn es beinhaltet, dich zu schmecken, dann auf jeden Fall Geschmack."

Ihr Herz schlug schneller in ihrer Brust und Hitze strömte durch ihre Magengegend. Sie hatte nie jemanden so sehr begehrt, wie sie Zane begehrte, aber die Geister ihrer Vergangenheit drängten sich aus den Winkeln ihrer Erinnerung wie Dampfschwaden in ihr Bewusstsein.

Nicht das schon wieder. Ich werde keine Gefangene dessen mehr sein, was er getan hat. Ich bin nicht länger dieses kleine Mädchen.

Zane beugte sich zu ihr hinunter. Sein warmer Atem kitzelte ihre Wange und sendete Schübe köstlichen Genusses tief in ihr Innerstes. „Du bist wunderschön."

Sie atmete tief ein und versuchte, die vibrierende Erregung zu beruhigen, die durch jeden Zentimeter ihres Körpers schoss.

„Ich wurde in meinem Leben viele Dinge genannt, aber wunderschön ist keins davon." Sie kicherte nervös, als sie sich über die trockenen Lippen leckte.

Er lehnte sich zurück und sah ihr mit festem Blick in die Augen. „Das kann ich nicht glauben."

Ihr Gesicht wurde heiß und sie schwankte leicht. Sie hätte einfach nichts sagen sollen. Jetzt dachte er wahrscheinlich, dass sie eine unsichere Frau war, die nach einem Kompliment fischte.

Sie holte tief Luft und griff seine Hand. „Ich glaube, wir haben einen Job begonnen, der zu Ende gebracht werden muss." Sie zog an seiner Hand, als sie einen Schritt auf ihr Schlafzimmer zuging.

„Hat sich für mich nicht wie ein Job angefühlt." Er grinste und ihr Körper wurde heiß vor Lust.

Sie glaubte nicht, dass sie jemals einen Mann so sehr gebraucht hatte, wie sie ihn jetzt brauchte.

Sobald sie in ihrem Schlafzimmer angekommen waren, drehte er sie in seinen Armen herum.

„Du schmeckst himmlisch." Er beugte sich hinunter und bedeckte ihren Mund mit seinem. Seine Zunge schlängelte sich zwischen ihre geöffneten Lippen und leckte über jeden Zentimeter ihres Mundes, als wäre sie ein Nachtisch.

Als er sich endlich von ihr löste, konnte sie kaum atmen.

„Du hast dich auf jeden Fall verändert, seitdem ich dich das letzte Mal gesehen habe, Skylar." Sein Blick glitt wie eine heiße Liebkosung über ihren Körper.

Die Geister, die in den Schatten ihres Bewusstseins gelauert hatten, sprangen nun vorwärts. Sie atmete bei seinen Worten tief ein. Kalte Realität rauschte über ihr Fleisch, sie stieß ihn von sich und schlang ihre Arme um sich wie einen Schild.

„Ich musste ziemlich schnell erwachsen werden, Zane. Nicht jeder wurde mit einem silbernen Löffel im Mund geboren."

„Ich wollte nicht ..." Er kniff seine Augen zusammen und

streckte die Hand zu ihr aus, aber sie schüttelte ihren Kopf und ließ ihn den Satz nicht beenden.

„Es ist egal. Das hier war ein Fehler. Wir sind ein Fehler." Sie trat einen Schritt von seiner Wärme zurück, entschlossen, stark zu sein.

Sie brauchte das jetzt wirklich nicht. Sich auf einen Mann einzulassen – selbst wenn es nur für eine heiße Nacht wäre, es würde ihre Pläne für die Zukunft komplizierter machen. Sie brauchte einen klaren Kopf und wann immer sie in Zanes Nähe war, wurde ihr ganz schwindelig.

„Hast du Angst vor mir?" Er neigte seinen Kopf und warf ihr einen heißen Blick zu.

„Selbstverständlich nicht." *Ich habe Angst, dich mich sehen zu lassen. Emotionale Wunden sind für ein Männchen wie dich, das das beste Weibchen im Staat haben könnte, nicht sonderlich sexy.*

Obwohl die Worte stumm waren, brachten sie Tränen in ihre Augen.

Ihre Herzfrequenz schoss in die Höhe, als sie sich ihren Bademantel schnappte und in die Küche flüchtete, um dringend nötige Distanz zwischen ihnen zu schaffen. Sie hatte diese Wohnung gemietet, weil sie sicher war und der Preis stimmte. Zu dem Zeitpunkt hatte es sie nicht gestört, dass sie nicht groß war. Aber während Zane in der Mitte des Raumes stand und mit seinen riesigen Muskeln und seiner sexy Ausstrahlung den ganzen Platz einnahm, schien sie die Größe eines Schuhkartons zu haben.

Sie schloss ihren Bademantel, öffnete den Kühlschrank und zog zwei Bier heraus. Sie drückte ihm eins in die Hand, als sie an ihm vorbei in Richtung Schlafzimmer ging.

Was sie brauchte, war eine Dusche. Eine sehr kalte Dusche, um seinen Duft von sich zu waschen und wieder zu klarem Verstand zu kommen.

Er schaffte es, ihren Arm zu greifen, bevor sie ins Badezimmer gelangen konnte, und wirbelte sie herum. Sie wusste, dass sie sich von ihm entfernen musste, aber die Wärme, die sein harter nackter Körper ausstrahlte, war einfach zu verlockend, als dass sie sich hätte entziehen können.

Er würde ihr Kryptonit sein.

„Skylar, sprich mit mir."

„Zane, ich weiß nicht …"

Klopf, klopf, klopf.

Zane spannte sich an und Skylar blickte zu ihm auf.

„Skylar, ist alles in Ordnung?", rief Mrs. Nelson von der anderen Seite der Tür.

Skylar verdrehte die Augen in Richtung Decke und seufzte. Sie hauchte ihm ein „Sei leise" zu, als er ins Schlafzimmer ging und die Tür hinter sich schloss.

Sie holte tief Luft und schlenderte dann zur Tür. Bevor sie nach dem Türknauf griff, warf sie einen Blick über ihre Schulter, um sich zu vergewissern, dass Zane im Schlafzimmer geblieben war. Das Letzte, was sie brauchte, war, dass Mrs. Nelson sah, dass sie einen Besucher hatte. Diese alte Dame würde alles über Zane wissen wollen, angefangen von seiner Blutgruppe bis hin zu seiner Schuhgröße. Ganz zu schweigen davon, dass diese alte Hexe, wenn sie den Verdacht hätte, dass er bei ihr wohnte, keine Sekunde zögern würde, sie bei ihrem Vermieter anzuschwärzen.

Das Letzte, was sie brauchte, war, ein weiteres Augenpaar, das auf sie gerichtet war.

Sie griff nach dem Türknauf und riss die Tür auf.

„Mrs. Nelson. Was kann ich für Sie tun?" Sie legte ein hartes Lächeln auf und sah ihr in die Augen. Sie neigte ihren Kopf, um zu versuchen, über Skylars Schulter hinweg einen Blick in die Wohnung zu werfen.

„Ich dachte, ich hätte Geräusche gehört. Ich weiß, dass Sie keinen Fernseher haben, das konnte es also nicht sein." Sie sah Skylar wieder an. Ihr Blick hatte eine Intensität, die sie von der gebrechlichen alten Dame nicht gewohnt war.

„Ich hatte das Radio an. Das ist wahrscheinlich, was Sie gehört haben." Sie zwang sich dazu, dem Blick der Frau standzuhalten.

„Es klang für mich nicht wie ein Radio. Viel zu laut." Ihre Augen verengten sich zu schlangenartigen Schlitzen.

„Nun, ich habe ein neues Sound-System. Es kann ziemlich laut werden." Sie lächelte ihre Nachbarin schüchtern an. „Es tut mir so leid, dass ich Sie damit belästigt habe. Ich werde dafür sorgen, dass ich es von jetzt an leiser mache." Skylar schloss die Tür, aber die Frau stoppte sie mit ihrem Fuß und hinderte sie daran, sie komplett zu schließen.

„Sind Sie in Ordnung, Skylar? Sie benehmen sich ein bisschen seltsam."

„Ich bin nur erschöpft. Ich habe mir den Arsch aufgerissen, um diesen Job zu Ende zu bringen."

Mrs. Nelson sah sie aufgrund der groben Wortwahl missbilligend an.

„Entschuldigung. Ich meinte ,Hintern'." Skylar errötete.

„Hmm. Nun, versuchen Sie leiser zu sein. Sie möchten doch nicht als störender Nachbar bekannt werden, oder? Schauen Sie sich doch einmal an, wie alle Samantha aus 243 nach diesem ganzen Debakel aus dem Weg gehen. Gute Mädchen entwickeln sich schnell zu einer Sache der Vergangenheit. Sie wollen doch keinen schlechten Ruf haben, oder?" Ein leises Grollen kam aus ihrer Schlafzimmertür. Skylar lachte gezwungen.

„Wie Sie hören können, glaube ich, dass meine Rohre wieder Probleme machen. Ich gehe lieber einmal nachsehen." Sie schlug der alten Frau die Tür vor der Nase zu. Sie lehnte sich gegen die Tür und seufzte.

Ihre Schlafzimmertür öffnete sich langsam und Zane stand da und sah ziemlich sauer aus.

Sie hob ihren Finger gegen ihre Lippen und drehte sich um, um durch den Türspion zu schauen. Mrs. Nelson schloss gerade ihre Tür hinter sich.

Sie drehte sich um und warf ihm einen bösen Blick zu. „Ich habe dir doch gesagt, du sollst leise sein", zischte sie.

„Und ich mag es nicht, wie diese alte Hexe mit dir gesprochen hat." Er ballte seine Hände zu Fäusten, als Wut in seine Augen schoss.

„Ich habe schon vor langer Zeit gelernt, die Meinungen der Menschen über mich zu ignorieren." Sie zuckte mit den Schultern und ging in die Küche.

„Es ist nie in Ordnung, wenn Leute Scheiße reden, Sky."

Bei seinen lieben Worten machte ihr Herz einen Sprung in ihrer Brust. Es war eine lange Zeit her gewesen, seit er sie bei diesem Spitznamen genannt hatte.

„Wie dem auch sei. Schau mal, wir haben im Moment größere Probleme." Sie deutete mit ihrer Hand seinen Körper auf und ab. „Du hast offensichtlich das Problem, dass du deine Verwandlung nicht unter Kontrolle hast. Und ich habe eine unmöglich kurze Frist, um dieses Haus fertigzustellen."

Sie schob sich an ihm vorbei ins Badezimmer. Bevor sie die Tür schloss, sah sie ihn an. „Was ein weiterer Grund dafür ist, warum das hier nicht passieren kann. Wir passen nicht in die Welt des anderen. Wir können niemals zusammen sein, Zane."

„Was zum Teufel ist gerade passiert?", murmelte Zane.

Vor einer Sekunde war er nur mehr einen Atemzug davon entfernt gewesen, sich im Himmelreich zu versenken, und in der nächsten Sekunde war sie kalt wie Eis.

Keine Frau hatte ihn jemals abgelehnt.

Jemals.

Er stapfte in die Küche, öffnete den Kühlschrank und zog

ein weiteres Bier heraus. Er runzelte die Stirn, als er die halbleeren Regale überflog, auf denen lediglich Aufschnitt, übrig gebliebene Lasagne, eine Packung Schnittkäse, Eier, Speck und ein Sechserpack Bier verstaut waren. Kein Wunder, dass sie so dünn war. Das Mädchen musste etwas essen.

Er öffnete den Kronkorken der Bierflasche und hob sie zu seinen Lippen. Er trank die halbe Flasche aus, bevor er hörte, dass sie im Badezimmer die Dusche aufdrehte.

Sein Schwanz wurde noch härter, als er sich vorstellte, wie Skylar in die Dusche stieg und das Wasser auf ihrer perfekten, seidigen Haut glitzerte. Wahrscheinlich lehnte sie ihren Kopf zurück und ließ das Wasser über ihre roten Haare und ihren schlanken Rücken hinunterströmen. Er stellte sich vor, wie sie sich dem Strom entgegenstreckte und sich mit den Fingern durch ihre Haare fuhr.

Er versank in Gedanken an dieses lebhafte Bild und lehnte sich gegen die Küchentheke und schloss seine Augen. Sie würde etwas Seife auf den Waschlappen geben und dann damit über ihre Brüste streichen, bis sie zwei eingeseifte Hügel wären. Sie würde den Waschlappen hinunter über ihren flachen Bauch reiben und in kleinen Kreisen massieren, bevor sie sich weiter nach unten bewegte und das empfindliche Fleisch zwischen ihren langen Beinen berührte.

Er öffnete seine Augen und leerte das Bier. Sein Körper stand in Flammen und war angespannt. Wenn er nichts dagegen tun würde, würde er noch verrückt werden.

Scheiß drauf. Er knallte die leere Bierflasche auf die Theke. Er griff nach einem Stapel Servierten und nahm sich ein paar. Er ging ins Wohnzimmer, ließ sich auf die Couch fallen und lehnte sich zurück. Er nahm seinen harten Schwanz in die Hand und begann langsam die Länge auf-

und abzugleiten. Er stellte sich dabei vor, es wäre ihre Hand anstatt seiner eigenen.

Wenn er Skylar heute Nacht nicht haben konnte, dann würde er sie zumindest in seiner verdammten Fantasie genießen.

„Du wolltest mich sehen, Barrett?" Damon Trahan schlenderte in Barretts Büro und nickte seinem Rudelführer zur Begrüßung zu. Es war bereits weit nach Mitternacht gewesen, als er zu ihm gerufen wurde, und er war nicht sonderlich glücklich mit seinem Boss.

„Das wollte ich." Barrett sah ihn finster an, bevor er seine Aufmerksamkeit wieder seinem Computerbildschirm zuwandte.

„Sieh mal, ich weiß, ich bin nur ein kleiner Mann auf dem Totempfahl und so, aber könntest du das nächste Mal vielleicht bis zum Morgen warten? Du weißt doch, wie sehr Ava es hasst, wenn ich aus dem Bett geholt werde."

„Sprich bloß nicht weiter." Barretts Finger erstarrten auf seiner Tastatur und er hob seine große Hand. „Kein Wort darüber, wobei ich euch beide im Bett unterbrochen habe. Das ist wirklich keine Vorstellung, die ich in meinem Kopf brauche."

Damons Mundwinkel zogen sich leicht nach oben. Er mochte es, dass Barrett seine Frau nicht begehrte. Er wusste, dass der knallharte Rudelführer Ava wie eine kleine Schwester ansah. Das war auch gut so. Er würde es hassen, seinen Vorgesetzten umbringen zu müssen, weil er dem feinen Arsch seiner Gefährtin hinterherschaute.

„Gut. Keine Details." Er lehnte sich auf dem Stuhl, der Barrett gegenüberstand, zurück. „Aber du musst schon zugeben, dass dies langsam zur Gewohnheit wird – dass du mich zu allen möglichen nächtlichen Stunden aus dem Bett holst."

„Du bist ein Wächter. Das ist Teil deiner Stellenbeschreibung", sagte Barrett trocken, als er seine Aufmerksamkeit erneut dem Computerbildschirm zuwandte.

„Sei ehrlich, Mann. Wie oft hast du Jayden schon um Mitternacht zu einem Treffen gerufen? Oder Lucien? Zum Teufel, oder irgendeinen der anderen Wächter?"

„Jayden geht nicht so wie du bei Sonnenuntergang ins Bett, du Esel."

„Ich gehe auch nicht so früh ins Bett." Damon runzelte die Stirn und verschränkte die Arme vor seiner Brust. „Ist das etwa, was das Arschloch gesagt hat?"

Barrett grinste. „Das ist, was Ava gesagt hat. Sie hat mich wissen lassen, dass du um sechs Uhr zu Hause sein musst."

„Ich werde mit ihr reden." Er liebte seine Gefährtin, aber manchmal überschritt sie, was den Rudelführer betraf, wirklich ihre Grenzen.

„Apropos Ava, wie geht der Umbau voran?"

„Gut. Ich glaube, sie wollte, dass es schneller fertig wird, damit sie das Haus auf den Markt bringen kann, während der Immobilienmarkt heiß ist. Sie will nicht nach Jonesboro zurückziehen, was die Dinge für mich leichter macht." Avas Haus war von roten Wölfen bombardiert worden, nachdem er sie aus ihrer Gefangenschaft gerettet hatte. Als er gezwungen war, mit ihr auf die Flucht zu gehen, hatte er schnell gemerkt, dass er sich in sie verliebt hatte. Am Ende konnte er sie nicht gehen lassen. Nachdem das Urteil gegen die Entführer verhängt worden war, hatte Barrett Damon und Ava offiziell verpaart.

„Ich hoffe, dass sie jemand Gutes hat. Bauunternehmer ziehen einen über den Tisch, wenn du nicht aufpasst. Besonders, wenn der Auftraggeber eine Frau ist. Sie glauben, dass sie dich reinlegen können", schnaubte Barrett.

„Genau genommen ist die Bauunternehmerin eine Frau."

„Im Ernst." Barrett nickte anerkennend.

„Ja. Sie und Ava schienen sich zu verstehen. Außerdem hat sie ein niedrigeres Angebot geliefert und versprochen, den Zeitplan einzuhalten."

„Warte mal ab. Ich bin mir sicher, dass es irgendwelche unerwarteten Ausgaben gibt, und dann werden sie euch in den Arsch geschoben."

„Das ist Avas Sache. Ich versuche, mich rauszuhalten. Ich habe ihr aber gesagt, dass es eine schlechte Idee ist, jemanden anzuheuern, den sie noch nie persönlich getroffen hat. Sie arbeitet mit der Bauunternehmerin über Skype und Telefon."

Barrett erstarrte. Er drehte sich um, um Damon seine volle Aufmerksamkeit zu schenken.

„Nun, dann denke ich, ist es an der Zeit, dass Ava nach Jonesboro fährt, um zu prüfen, wie es vorangeht. Ich meine, es wäre nur sinnvoll, einmal nachzusehen."

„Ich habe versucht, Ava dazu zu überreden, aber sie will ohne mich nicht dorthin fahren."

„Und deshalb fährst du mit ihr mit."

„Scheiße." Lucien warf einen Blick auf sein klingelndes Telefon und verzog das Gesicht. Selbst wenn er den Anruf annähme, würde er aufgrund der lauten Musik in dem Club nichts hören können. Der Rauch alleine brachte ihn schon um.

Nachdem er sich versichert hatte, dass Jayden und

Braxton ihre Tätowierungen bekommen hatten, hatte Lucien sie auf ihren Rückweg nach Little Rock geschickt. Er und Jaxon waren zurückgeblieben, um herauszufinden, was mit Zane passiert war.

„Was?" Jaxon machte einen langen Hals, um auf Luciens Handy schauen zu können. „Kumpel, das ist Barrett. Du musst rangehen."

„Sag bloß." Das Klingeln verstummte und Lucien schob sein Telefon wieder in seine Tasche. Sie hatten gehofft, dass sie in Jonesboros einzigem Nachtklub eine Spur zu Zanes Verbleib finden könnten, hatten bis jetzt aber noch nichts gefunden. Es war, als wäre er vom Erdboden verschluckt.

„Also was ist der Plan?" Jaxon warf ihm einen Blick zu, bevor er einer weiteren menschlichen Frau den Rücken zukehrte, die sich in dem überfüllten Nachtklub neben ihm auf den Barhocker gesetzt hatte.

„Der Plan ist, Barrett zu meiden. Zane zu finden. Und herauszufinden, was zum Teufel mit ihm los ist."

„Du glaubst nicht, dass er was nimmt, oder?" Sorgenfalten machten sich auf Jaxons Gesicht breit.

„Was?"

„Meth. Du glaubst doch nicht, dass er Meth nimmt, oder?"

„Verdammt noch mal. Wir sprechen über Zane. Er ist der kontrollierteste Typ, den ich kenne. Er trinkt fast nie."

Lucien knallte sein Tequila-Glas auf die Bar und bedeutete dem Barkeeper, ihm noch einen zu geben.

„Ja, was zum Teufel ist dann mit ihm los?", fragte Jaxon, der seinen Blick von einer vorbeigehenden Frau abwandte, die so enge Jeans trug, dass jede ihrer Kurven betont wurde. Er sah Lucien mit einem besorgten Stirnrunzeln in die Augen.

„Ich weiß es nicht, Mann. Alles, was ich weiß, ist, dass er seit der Drogenrazzia nicht mehr ganz normal war. Warst du in dem Haus, nachdem alles vorbei war? Hast du gesehen, ob er irgendetwas gemacht hat? Irgendetwas genommen hat?"

Jaxon schüttelte den Kopf. „Ich habe ihn gerade mal zwei Sekunden aus den Augen gelassen. Außerdem haben sie das Zeug ja noch gekocht. Das Produkt war noch nicht einmal für den Vertrieb fertig." Er blickte sich um, um sicherzustellen, dass niemand sonst ihrer Unterhaltung zuhörte. „Zum Teufel, das Zeug war noch flüssig. Oder zumindest war es das, bis Zane dagegen stieß und alles zerstörte, was noch übrig war."

„Es ergibt einfach keinen Sinn. Ich weiß nur, dass mit Zane etwas los ist, und wenn wir nicht herausfinden, was es ist, bevor Barrett es tut, dann ist er die längste Zeit ein Wächter gewesen." Lucien leerte den Rest seines bitteren Bieres.

„Im besten Fall."

„Was meinst du damit?" Lucien kniff seine Augen zusammen.

„Von den Wächtern rausgeworfen zu werden, wäre das beste Ergebnis. Ich kenne Barrett und er ist ein Verfechter für die Einhaltung des Lupinengesetzes. Wenn Zane nicht aufhört, sich in der Öffentlichkeit zu verwandeln, oder wenn er Drogen nimmt, wird er sich einem Tribunal stellen müssen. Und wir wissen beide, was das bedeutet. Er wird ausgeschaltet werden. Endgültig."

„Wo zur Hölle gehst du hin?", donnerte Zane.

Sie schob ihren Ärger beiseite, manövrierte sich um Zanes großen Körper herum und griff nach ihren Schlüsseln und ihrem Rucksack auf der Küchentheke.

„Ich muss etwas überprüfen gehen." Sie wirbelte herum und sah ihn an, nicht bereit für die Reaktion ihres Körpers, als sie ihn dort stehen sah und er nichts anderes als ein

Laken um seine schlanke Taille gewickelt trug. Seine Augen sahen sie intensiv an.

Nach ihrem Streit hatte sie ihm ein paar Laken und eine Decke gegeben, damit er auf der Couch schlafen konnte, während sie sich in ihrem eigenen Bett herumwälzte.

Er verstand nicht, was sie durchgemacht hatte – zum Teufel, die meisten Leute würden es nicht verstehen. Aber wenn er erst einmal herausgefunden hatte, was sie war – geschädigt –, dann würde er sie noch früh genug in Ruhe lassen. Ein Wolf seines Status' verlangte nach einer reinen Frau, makellos und in jeder Hinsicht perfekt.

Sie wollte ihn nicht auch ruinieren.

„Verdammt, es ist ein Uhr morgens. Du gehst so spät nirgendwohin." Seine Augen funkelten, als er sie anstarrte.

Er wollte sie wahrscheinlich einschüchtern und sie vor Angst in die Unterwerfung zwingen. Was er nicht wusste, war, dass es sie stattdessen anmachte.

Dumme weibliche Hormone.

Sie schwankte leicht und war dankbar, dass sein Geruchssinn nicht funktionierte. Ansonsten würde er wissen, wie sehr sie sich in diesem Moment zu ihm hingezogen fühlte.

„Ich muss ein Geschäft führen. Und das beinhaltet auch, meine Baustellen zu prüfen und zu sehen, dass kein Meth-Junkie meine Scheiße stiehlt." Sie stürmte in Richtung Tür und drehte sich um. Sie deutete mit der Hand seinen Körper auf und ab. „Und du kannst nicht mitkommen, weil du nackt bist. Das Letzte, was ich brauche, ist, mit einem nackten Mann durch Jonesboro zu fahren. Oder einem Wolf."

Es war definitiv das Letzte, was sie brauchte. Wie sollte sie sich konzentrieren, wenn sein männlicher Duft ihren Transporter wie ein Aphrodisiakum füllte?

„Das Letzte, was du brauchst, ist es, dich allein einem

Dieb gegenüberzustellen. Du könntest verletzt werden oder sogar getötet werden."

Ihr Blick wanderte hinunter zu der Stelle, wo seine Finger das Laken festhielten. Sie zwang sich, die Lust zu unterdrücken, die gerade in diesem Moment ihren Bauch wärmte und drohte, ihre Sinne unter Kontrolle zu bringen.

Sie schüttelte den Kopf. „Ich habe eine Waffe. Ich gerate nicht in Gefahr, so wie du denkst. Ich habe ein Gehirn, weißt du."

„Skylar, denke noch nicht einmal darüber nach, diese Tür zu öffnen." Sein Knurren sandte einen köstlichen Schauer über ihre erhitzte Haut.

Ein Grinsen umspielte ihre Lippen, als sie den Türknauf drehte und die Tür aufriss.

„Warte nicht auf mich." Sie schlug die Tür hinter sich zu, gerade als er ein Knurren ausstieß.

Sie umklammerte ihren Rucksack fester und eilte zu ihrem Transporter, bevor er ihr folgen konnte.

„Verdammt noch mal." Zane bewegte sich in Richtung Tür, als sein Laken zu Boden fiel. Sie hatte es getan. Sie hatte sich ihm widersetzt und war gegangen.

Er warf einen Blick auf seine stattliche Erektion und schüttelte seinen Kopf. Sie hatte sich ihm widersetzt und er war hart geworden. Schon wieder.

Wie krank im Kopf war das denn? Sein Körper erwachte zum Leben, als sich der Drang zur Verwandlung durchsetzte. Seine Haut kribbelte und sein Bauch zog sich zusammen, als Wut durch seinen Körper schoss. Er atmete tief ein, um seinen Atem zu kontrollieren und seinen Körper dazu zu zwingen, die Verwandlung aufzuhalten.

Sein Blick fiel auf die Tür. Sobald er sich verwandelt hatte, würde er nicht mehr in der Lage sein, die Tür zu öffnen, um Skylar zu folgen. Aber wenn er jetzt ginge, könnte ihn jemand im Wohnkomplex sehen, sobald er sich in einen Wolf verwandelt hatte.

Beide Optionen waren scheiße.

Scheiß drauf. Er öffnete die Tür und rannte zum hinteren Teil des Gebäudekomplexes. Wenn er sich verwandeln wollte, war es besser, dies weit entfernt von der Sicherheitsbeleuchtung zu tun, die die Vorderseite des Gebäudes erstrahlen ließ. Er rannte die hinteren Stufen hinunter und zur Baumgrenze hinüber, als er hörte, wie Skylars neugierige alte Nachbarin ihren Namen rief.

Die alte Hexe war wahrscheinlich noch wach, weil sie auf dem Einkaufskanal irgendwelche Katzenfiguren oder so etwas kaufte.

Sein Körper zitterte, als die Verwandlung ihn überkam. Er blieb im Schatten der Bäume und hoffte, dass die alte Frau nicht zur Tür herauskommen würde. Wenn sie ihn sah, würde sie wahrscheinlich den Tierfänger rufen – oder noch schlimmer, den lokalen Nachrichtensender – und von einem Bären berichten.

Endlich schloss sich die Tür und er entspannte sich. Die alte Frau war klug genug, nicht draußen im Dunkeln zu suchen. Besser für sie. Man wusste ja nie, was in den Schatten lauern könnte.

Zane hob seinen Kopf zum sternenübersäten Nachthimmel. Die milde Nachtluft Arkansas' tat nichts, um seinen überhitzten Körper abzukühlen.

Kein Wunder, dass so viele Wölfe die kühleren Klimazonen wie Colorado und Montana bevorzugten.

Er sah sich um und betrachtete seine Umgebung. Es war egal, dass er Skylar nicht riechen konnte, um eine Spur von ihr zu finden. Es spielte außerdem keine Rolle, dass er bei seinem Transport hierher mit einer Plane abgedeckt gewesen war. Er brauchte nichts dergleichen, um zu dem Haus zurückzukehren, an dem sie gearbeitet hatte. Als sein Geruchssinn versagt hatte, war sein Gehör besser geworden. Er hatte mehr getan, als nur unter einer Plane versteckt gewesen zu sein, als er die Straßen von Arkansas entlanggefahren wurde. Er hatte seiner Umgebung zugehört und sich gemerkt, wie er an den Ort zurückkehren konnte, von dem er gekommen war.

Seine Ohren stellten sich auf, als das schrille Geräusch eines Zuges durch die dunkle Nacht erklang. In Gedanken erinnerte er sich schnell an die Richtung von Skylar Ziel.

Er sprang auf die Füße und rannte, außerhalb des Sichtfeldes der Menschen, die Baumgrenze entlang.

Sein Bauchgefühl sagte ihm, dass etwas mit Skylar nicht stimmte.

Er wusste nicht, was es war, aber er hatte die verdammte Absicht, es herauszufinden.

KAPITEL FÜNF

„Ich möchte auch mitkommen." Granny stützte ihre Hände in ihre dünnen Hüften, wobei sie ihr gelbgrünes Kleid in Falten knitterte, und runzelte die Stirn.

„Granny, das ist kein Urlaub. Es ist nur eine kurze Reise, um den Fortschritt an Avas Haus zu prüfen." Sobald dieses Haus repariert und auf dem Markt war, würde er erleichtert sein. Es hatte nichts mit dem Geld zu tun. Zum Teufel, als Wächter ging es ihm finanziell verdammt gut. Allen Wächtern ging es gut. Er wollte nur einfach nicht, dass Ava ein Haus oder einen Ort hatte, zu dem sie weglaufen konnte, wenn sie sauer auf ihn war.

Dieses Haus loszuwerden wäre nur ein weiterer Schritt, die Verlustängste aus seiner Vergangenheit zu heilen.

„Das habe ich ja auch nicht gesagt. Mir ist nur langweilig."

„Wie wäre es, wenn du dich um dein" – er zuckte zusammen, als er sich zwang, die Worte zu sagen – „Geschäft kümmerst?"

„Ich brauche eine kleine Pause vom vielen Verkaufen. Der einzige Grund, warum die Leute überhaupt noch zu mir kommen und mit mir sprechen, ist, um herauszufinden, welche Geschmacksrichtung essbarer Unterwäsche ich anbieten kann. Ich fühle mich ausgenutzt." Granny presste ihre Lippen zu einer dünnen weißen Linie zusammen.

Damon wurde schlecht.

„Außerdem brauche ich etwas Zeit, um mich zu erholen. Und ich bin neugierig, was Jonesboro zu bieten hat. Ich habe gehört, dass es am Samstag einen niedlichen Bauernmarkt und am Donnerstag ein Straßenfest gibt."

„Erstens werde ich dort nicht nur rumhängen. Ich habe Dinge, die ich erledigen muss. Außerdem fahre ich mit meiner Harley und Ava kommt auch mit, es gibt also keinen Platz für dich."

„Wir können den Beiwagen nehmen und dann gibt es auch Platz für mich." Grannys runzeliges Gesicht hellte auf.

„Oh, zur Hölle, nein. Ich fahre nicht mit dieser Monstrosität an meiner Harley." Damon unterdrückte einen Schauder. Die Wächter machten sich immer noch über den Moment lustig, in dem Jayden den Beiwagen an seiner geliebten Harley-Davidson Breakout mit Granny im Beifahrersitz entdeckt hatte. Es sah einfach nicht gut aus.

„Wovon redet ihr?" Ava kam ins Wohnzimmer und schob einen Koffer auf Rollen vor sich her.

„Warte. Stopp. Was ist mit dem Koffer? Du weißt genau, dass dafür in meinen Satteltaschen kein Platz ist. Ich nehme nur einmal frische Kleidung mit." Er schwankte ein wenig, als sich das Östrogen im Raum verdoppelte.

„Ich kann nicht mit nur einem Paar Wechselsachen reisen. Was ist, wenn sich das Wetter ändert? Oder wenn es regnet? Oder wenn ich etwas verschütte? Oder wenn wir ein schönes Restaurant finden? Ganz zu schweigen von meinen Schuhen. Ich brauche meine Schuhe, Damon." Ihre Augen weiteten sich verzweifelt.

„Worüber diskutiert ihr alle?" Jayden schlenderte mit

Haley herein, die sich an seinen Arm schmiegte. Jayden drückte einen Kuss auf ihre Lippen, als sie ihn ansah.

„Damon will mich nicht mit sich und Ava nach Jonesboro fahren lassen." Granny schmollte und warf Jayden einen bettelnden Hundeblick zu.

„Damon, hör auf, ein Arsch zu sein, und nimm Granny mit." Jayden starrte ihn an.

„Jayden, deine Wortwahl", ermahnte Granny ihn schnell.

„Warum nehmen Granny und ich nicht einfach meinen Geländewagen und du fährst mit deiner Harley?", fragte Ava. „Auf diese Weise können wir mitnehmen, was wir wollen. Außerdem wollte ich unbedingt diese neue Künstlerin aus Arkansas, Ande Allison, besuchen fahren. Ich habe ihre Kunstwerke online gesehen und möchte welche kaufen, bevor sie teuer wird."

„Gute Idee, Liebes. Kaufe, bevor sie berühmt wird." Granny lächelte und tätschelte ihre Hand. „Ich hoffe, sie ist besser als dieser Künstler in Little Rock, der dieses Gemälde für mich gemalt hat. Ich hatte um einen abstrakten Garten gebeten. Und habe ein Gemälde von einer Vagina bekommen."

Damons Magen zog sich zusammen, als er seinen Kopf schüttelte und versuchte, das geistige Bild loszuwerden.

„Granny, bitte." Jayden rieb sich die Augen.

„Das ist eine gute Idee. Du und Granny fahrt zusammen und wir treffen uns am Haus." Damon wusste es besser, als mit Granny oder Ava zu streiten.

Außerdem konnte er auf diese Weise selbst einige Nachforschungen anstellen, ohne dass Ava wusste, was er vorhatte.

„Ich packe ein Picknick." Granny klatschte in die Hände und grinste.

„Es ist nur eine zweistündige Fahrt, Granny. Und es ist höllisch heiß dort draußen. Wir werden kein Picknick machen." Damon sah Jayden in der Hoffnung an, Unterstützung zu erhalten, aber sein Wächter-Kollege zuckte nur mit seinen massiven Schultern.

„Kumpel, du kämpfst gegen Windmühlen. Lass sie einfach machen." Jayden grinste, als er und Haley das Zimmer verließen.

Damon biss die Zähne zusammen. Verdammter Jayden.

Zanes Körper wurde vom Adrenalin durchflutet, als er über die Reisfelder in Richtung Stadt rannte. Für eine so kleine Stadt gab es hier auf jeden Fall ziemlich viel Nachtleben. Er war auf ein Teenager-Paar gestoßen, die in einer Seitenstraße geparkt hatten, und hatte den Kerl zu Tode erschreckt, als er vor das Auto gesprungen war. Der Typ hatte geschrien und seine Freundin von sich geschubst, was ihm eine wohlverdiente Ohrfeige eingebracht hatte.

Dann wäre er fast von einem Lastwagen angefahren worden, als er über die Bahngleise sprang. Das Arschloch musste entweder getrunken oder Drogen genommen haben, denn er lehnte sich aus dem Fenster und zeigte ihm den Mittelfinger. Es schien dem Kerl nichts auszumachen, dass er gerade einen riesigen Wolf gesehen hatte.

Zanes Pfoten schlugen in einem schnellen Rhythmus über den Boden. Seine Lunge schmerzte bei jedem Atemzug und jedem Schritt. Er konnte den Herzschlag in seinen Ohren hören und das Bedürfnis, Skylar zu finden, in seinem Körper spüren.

Und wenn er sie fand, würde er sie über sein Knie legen und …

Sein Körper erwärmte sich bei dem Gedanken. Nicht vom Gedanken, sie zu verletzen, sondern von der Idee, sie über die Küchentheke – oder besser noch über das Waschbecken im Badezimmer – zu beugen und seinen Schwanz in ihrem engen kleinen Körper zu versenken.

Er schüttelte den Kopf und setzte seine halsbrecherische Reise in die Richtung fort, von der er wusste, dass sie dorthin fahren würde.

Sie war zu verdammt stur, um auf irgendetwas zu hören, was er sagte. So spät in der Nacht hierherzukommen war eine wirklich schlechte Idee. Selbst wenn sie eine Waffe bei sich trug.

Der Vollmond leuchtete auf das weiße Bauernhaus in der Ferne. Wellen der Erleichterung überfluteten ihn, als er sah, wie ihr Transporter in die Einfahrt einbog und zum Stehen kam. Sie ließ die Scheinwerfer an, als sie aus dem Wagen stieg.

Es war ein Schachzug, den er ihr zumindest hoch anrechnete.

Er hielt seinen Blick fest auf sie gerichtet, als er durch das Reisfeld rannte. Unruhe machte sich in seinem Körper breit und warnte ihn vor einer unsichtbaren Gefahr.

Von der Rückseite des Hauses kam ein Rascheln, gefolgt von einem großen dunklen Schatten. Wer oder was auch immer es war, es war schnell. Skylar spürte die Gefahr und hob ihre Waffe in Richtung des Geräusches.

Zanes Herz zog sich in seiner Brust zusammen.

Er drängte seinen Körper, so schnell zu rennen, wie seine Beine ihn nur tragen konnten. Er ignorierte den stechenden Schmerz seiner Lunge und knurrte, als er nur so dahinflog, um die Distanz zwischen sich und der Gefahr, die Skylar bedrohte, zu verringern.

Der Schatten rannte direkt auf Skylar zu und warf sie zu Boden. Der scharfe Knall eines Schusses zerriss die stille Dunkelheit.

Zanes Magen drehte sich um, als ihm das Blut in den Adern gefror.

Bitte lass Skylar in Ordnung sein. Bitte lass es ihr gut gehen.

Er verließ das Reisfeld und rannte in den Hof. Als er näherkam, wurde ihm aufgrund seiner Größe klar, dass der Schatten eine Art Werwolf sein musste.

Zane sprang durch die Luft und riss den Angreifer von Skylar. Sie rollten in einem Gewirr von Gliedmaßen über den Boden. Er verdrehte seinen Körper und drückte den Angreifer zu Boden.

Der Typ war definitiv ein Wolf, wie die Farbe seiner Augen bewies, die sich von Blau zu Gelb veränderte. Es signalisierte seine bevorstehende Verwandlung.

Der Werwolf riss seinen Arm zurück und schlug mit der Faust gegen Zanes Gesicht. Er traf seine Nase mit einem schmerzenden Schlag und schaffte es, ihn von sich zu stoßen. Wut trieb Zane vorwärts und er sprang auf, während sich der Typ in seine Wolfsform verwandelte. Er hatte nur für einen kurzen Moment die Oberhand. Sobald sich der Kerl verwandelt hatte, wären sie einander ebenbürtig.

Er sprang auf ihn und packte den Kerl am Hals. Ein ersticktes Gurgeln glitt von seinen Lippen, als Zane fester zubiss. Der Kerl fiel zu Boden.

Mordlust schoss durch seinen gesamten Körper, als das Blut des Angreifers in sein Maul tropfte. Er sehnte sich nach dem kupferartigen Geschmack. Er wollte mehr.

Ein Wimmern hinter ihm ließ ihn erstarren. Er ließ den Werwolf los und sah sich nach Skylar um. Sie lag nur ein paar Meter von ihm entfernt. Auf dem Boden ausgestreckt und vollkommen regungslos stieß sie erneut ein leises Wimmern aus.

Er sprang von dem Angreifer ab und eilte an ihre Seite. Er hob seine Pfote an ihr Gesicht und zuckte dann zusammen. Er brauchte seine menschliche Form. Er musste ihr helfen. Warum zum Teufel verwandelte er sich nicht zurück? Er suchte verzweifelt nach Anzeichen von Verletzungen. War sie angeschossen worden? War sie verletzt? Und wie zur Hölle sollte er ihr in seiner Wolfsform helfen?

Er blickte zurück zu dem Werwolf, der zu Fuß die Straße hinunter flüchtete. Er hatte es geschafft, sich vor seiner Flucht wieder in seine menschliche Form zu verwandeln, was Zane noch mehr ärgerte.

Er wandte seine Aufmerksamkeit wieder Skylar zu und senkte seine Nase zu ihrem Gesicht. Er stieß ein leises Knurren aus und hoffte, dass sie aufwachen und mit ihm sprechen würde.

Seine Nase berührte etwas Nasses an ihrer Schläfe. Sein Atem stockte in seiner Kehle, als Angst seinen Körper überkam. Er leckte an der Flüssigkeit.

Blut.

Sie war angeschossen worden und es gab keine verdammte Möglichkeit, wie er ihr in seiner derzeitigen Form helfen konnte.

Er ließ sich neben ihrem regungslosen Körper nieder und legte seinen Kopf auf ihre Brust. Ihre Brust hob und senkte sich langsam bei jedem Atemzug und ihr gleichmäßiger Herzschlag tröstete ihn.

Zum ersten Mal in seinem Leben fühlte er sich verdammt nutzlos.

Er setzte sich wieder auf, hob den Kopf und ließ seine Frustration heraus, indem er laut den Vollmond anheulte.

Skylar blinzelte ein paarmal und öffnete dann ihre Augen. Der Sternenhimmel starrte zu ihr herunter. Sie runzelte für einen Moment ihre Stirn und fragte sich, wie zum Teufel sie am Boden gelandet war. Dann erinnerte sie sich.

Der Angreifer.

Sie versuchte, sich aufzusetzen, aber ein schweres Gewicht auf ihrer Brust drückte sie auf den Boden.

Sie sah hinunter. Und lächelte. Sie würde diesen Wolf überall erkennen.

Zane hob sein pelziges Gesicht von ihrer Brust und sah ihr in die Augen. Er lehnte sich vor und leckte ihr einmal über ihr Gesicht.

„Genug. Du kannst jetzt von mir runtergehen." Sie stützte sich auf ihre Ellbogen, als er seinen Kopf hob. Beim scharfen Schmerz an der Seite ihrer Schläfe zuckte sie zusammen. Sie hob ihre Hand und ihre Finger berührten etwas Nasses.

Sie streckte die Hand aus und runzelte angesichts ihrer blutverschmierten Finger die Stirn.

„Ich erinnere mich nicht daran, dass ich meinen Kopf gestoßen habe."

„Das liegt daran, dass du dich nicht gestoßen hast. Du wurdest angeschossen. Die Kugel hat deinen Kopf gestreift. Du hast Glück, überhaupt am Leben zu sein." Zanes tiefe Stimme hallte in der Dunkelheit wider. Sie sah in seine Richtung.

Er hockte neben ihr, zusammengekauert wie ein Raubtier, und sein nackter Körper schimmerte im hellen Mondlicht. Sie war so sehr auf ihre Verletzung konzentriert gewesen, dass sie nicht bemerkt hatte, dass er sich in seine menschliche Form zurückverwandelt hatte.

Ein kalter Schauer lief ihr den Rücken hinunter. Angeschossen? Ihr Körper begann unkontrollierbar zu zittern.

„Heilige Scheiße." Das war alles, was sie über ihre Lippen bringen konnte. „Ich wusste nicht, dass er eine Waffe hatte. Ich dachte, er wäre ein unbewaffneter Crack-Junkie, der versucht, meine Ausrüstung zu stehlen." Sie zwang sich auf ihre Füße. Ihre Beine gaben nach und plötzlich war Zane da, seine starken Hände legten sich um ihre Taille. Er hielt sie hoch und teilte seine Kraft mit ihr.

„Langsam. Geht es dir gut? Vielleicht hast du von dem Sturz eine Gehirnerschütterung." Seine Augen starrten sie voll Sorge an. Mit zarten Fingern tastete er ihre Kopfseite ab, als ihr Atem in einem Zug ihre Lunge verließ.

„Es geht mir gut. Ich bin nur etwas erschüttert, das ist alles." Sie atmete tief ein, um ihr außer Kontrolle geratenes Herz zu beruhigen.

„Skylar, was hast du dir dabei gedacht?" Sein Griff um ihre Taille wurde enger und er starrte sie an. Selbst ohne die blendenden Scheinwerfer ihres Transporters hätte sie, lediglich aufgrund seines Tons, noch immer klar erkennen können, wie sauer er auf sie war.

„Ich habe gedacht, dass ich mein Geschäft schützen muss", feuerte sie zurück. Ihre Stimmung änderte sich und ihre Angst wurde durch Irritation ersetzt.

„Es war eine dumme Idee, so spät in der Nacht alleine hierherzukommen", knurrte er.

Ärger durchflutete ihre Adern. Sie war ihr ganzes Leben lang von Männern herumgeschubst worden und sie hatte es verdammt noch mal satt. Sie drückte ihre Hände gegen seine stählerne Brust, aber er rührte sich nicht.

„Du hast keine Ahnung, wie es ist, dein eigenes Geschäft zu führen. Du würdest nicht verstehen, wie es sich anfühlt, wenn es scheint, als ob du nie vorwärtskommst." Sie drückte einen Finger in die Mitte seiner Brust.

„Alles, was du je hattest, wurde dir einfach gegeben. Deine Familie, deine Zukunft, deine Position im Leben. Es geht nicht jedem so. Nicht jeder wurde in eine Familie geboren, die sich um einen kümmert. Manche von uns wurden in eine beschissene Familie hineingeboren. Manche von uns sollten noch nicht einmal überleben und taten es aber trotzdem. Durch unsere Hölle finden wir eine Bestimmung und versuchen, etwas Erlösung zu finden."

Sie war noch nie in ihrem ganzen Leben so verdammt wütend gewesen. Nicht, als ihr Vater, als sie fünf Jahre alt war, vergessen hatte, sie zu füttern. Nicht, als ihr Vater sie höllisch zusammengeschlagen hatte, als sie acht Jahre alt war, weil sie das Abendessen nicht nach seinem Geschmack zubereitet hatte. Noch nicht einmal, als ihr Vater zugelassen hatte, dass seine Drogenfreunde sie im Tausch gegen etwas Gras befummelten, als sie in die Pubertät kam.

„Also plustere dich bloß nicht so auf und versuche mir zu sagen, was ich verdammt noch mal tun oder lassen soll! Du hast kein Recht dazu. Ist das klar?" Sie stieß die letzten Worte zischend aus, als ihre Hand mit der Versuchung kribbelte, sein perfektes wohlgeformtes Gesicht zu schlagen.

Er riss die Augen auf, bevor er sie zusammenkniff und sie hart gegen seine Brust zog. Ihr Körper wurde fest gegen seinen gepresst und sie spürte, wie sich ihre Brustwarzen an seiner Brust verhärteten.

Sie hasste den Einfluss, den er auf ihren Körper und ihre Gefühle hatte. Und obwohl sie Angst vor diesem Alphamännchen haben sollte, war das das Letzte, was sie fühlte.

Ihr Körper wurde unter seinem Druck heiß und sie kämpfte nicht länger gegen den Drang an, sich wie eine Katze gegen seinen Körper zu wölben.

Zane Steele würde ihr Tod sein. So viel wusste sie.

Er hatte gedacht, dass sie erschossen worden war. In dem Moment, in dem er den Schuss in der Nacht gehört hatte,

hatte sein Kopf sich in lebendigen Farben das schlimmste Szenario ausgemalt.

Sein Herz war in diesen furchterregenden Sekunden des Unwissens stehengeblieben.

Als er zu ihr gesprungen war und das Arschloch angegriffen hatte, das sie verletzt hatte, war alles, was er gewollt hatte, sein Blut zu schmecken und ihm die Kehle herauszureißen. Es war ihr kleines Wimmern gewesen, das ihn gestoppt hatte, als der Wolf flüchtete.

Er war noch nie in seinem ganzen Leben so erleichtert und dankbar gewesen. Noch nie.

Als er seinen Kopf auf ihre Brust gelegt hatte und ihre Atmung spürte, hatte er die Hoffnung gehabt, dass es ihr wieder gut gehen würde.

Und jetzt stand sie hier, lebendig und feurig wie immer. Seine Sky.

Sein Körper spannte sich an, als sie sich wie ein wildes Tier an ihm rieb, und sein Schwanz wurde so hart, dass es schmerzte. Alles, woran er denken konnte, war, sie direkt hier unter dem heißen Mond von Arkansas zu nehmen.

Er drückte seinen Mund auf ihren und stöhnte, als ihr süßer Geschmack wie Bonbons in seinem Mund explodierte. Er legte seine Hand um ihren Kopf und neigte sich zu einem tieferen Kuss, während seine andere Hand an ihr hinunterglitt, um ihren perfekten Hintern zu greifen. Auf der Baustelle zu arbeiten, hatte ihren Körper an genau den richtigen Stellen gestählt und gestrafft.

„Zane", stöhnte sie in seinen Mund, als sie ihre Arme um seinen Hals schlang und ihn näher an sich zog.

Verdammt, sie würde ihn hier zum Explodieren bringen, wenn er nicht bald in sie eindringen konnte.

Er ließ seine Hände zu ihrem Hintern gleiten und hob sie hoch. Ihre Beine schlangen sich um seine Taille, als er mit ihr zum Transporter hinüberging. Seine Hand strich über die

Tür, um sicherzustellen, dass das Metall nicht zu heiß für ihr zartes Fleisch war, bevor er sie gegen die Tür des Transporters drückte. Seine Erektion drückte nach vorn gegen ihren flachen Bauch. Er musste unbedingt in sie eindringen.

„Jetzt. Ich will dich jetzt", forderte sie, als sie mit ihrem heißen Mund über die Seite seines Halses glitt und daran saugte.

„Fuck, Skylar." Schübe der Lust schossen hinunter zu seinem Gemächt.

Sie griff nach unten und öffnete den Reißverschluss ihrer Jeans. Er küsste sie weiter, als sie die Hose abschüttelte und nach ihrem T-Shirt griff.

Er hielt ihren Kopf zwischen seinen Händen und sah sie prüfend an. Verlangen füllte ihre erweiterten Pupillen und ihre Nasenflügel bebten. Sie roch ihn und nahm seine starke Erregung wahr. Enttäuschung breitete sich in ihm aus. Er konnte sie noch immer nicht riechen.

„Bist du dir sicher?" Er blickte in ihr Gesicht hinunter und betete, dass sie ihre Meinung nicht ändern würde. Wenn sie dies täte, würde er einen Teich finden und hineinspringen müssen.

„Ja, jetzt." Sie zog ihn zu einem weiteren tiefen, sehnsüchtigen Kuss an sich. Weder in ihren Augen noch in ihrem Körper gab es ein Anzeichen des Zögerns.

Seine Fingerspitzen berührten ihren BH und er fummelte am Verschluss herum.

Als es ihm schließlich gelang, den BH zu öffnen, seufzte er erleichtert auf. Er war dem Himmel einen Schritt näher.

Sie streifte den weißen Spitzen-BH ab, hakte ihre Finger in beide Seiten ihres Höschens und zog es über ihre schmale Hüfte hinunter.

Sie warf es zur Seite.

Er trat einen Schritt zurück und ballte die Hände, um sie nicht sofort zu berühren. Ihre weiße Haut schimmerte im

Schein des Vollmonds. Ihr Haar, so rot wie die Wüstensonne, fiel über ihre Schultern, als sie ihn mit diesen wunderschönen Augen anstarrte. Ihre rosa Zunge strich über ihre vollen Lippen. Sein Schwanz wurde sogar noch härter. Sein Blick fiel auf ihre hübschen rosafarbenen Brustwarzen und ihm lief das Wasser im Mund zusammen.

Sie versuchte nicht, sich wie eine unerfahrene Jungfrau zu bedecken, und doch lag in ihrem weit aufgerissenen Blick eine Unschuld, die sein Herz in seiner Brust höherschlagen ließ.

„Warum berührst du mich nicht?" Sie hob ihr Kinn, als würde sie sehen wollen, ob er log.

„Ich will dich sehen, mir deine Schönheit einprägen, bevor ich dich nehme. Und ich will, dass du mich auch siehst. Ich will, dass du dich daran erinnerst, wie hart ich dich zum Kommen bringen werde. Und ich will, dass es sich in dein Gedächtnis einbrennt, bis es das Erste ist, woran du am Morgen denkst, wenn du aufwachst, und das Letzte, bevor du nachts schlafen gehst. Ich will, dass du es niemals vergisst, Skylar."

Ihre Lippen öffneten sich bei seinen rauen Worten für eine kurze Sekunde, bevor ihre Pupillen noch größer wurden.

„Dann komm her und zeige es mir." Ihre raue Stimme ließ keinen Zweifel an ihrem Verlangen für ihn.

Lust strömte durch seinen Körper, als er sie hochhob. Sie schlang ihre Beine um seine Taille und erinnerte ihn daran, wie köstlich sie sich zusammen anfühlten. Sie hob sich mithilfe ihrer Schenkel hoch und schob seinen Schwanz gegen ihre feuchte Hitze.

„Ich will dich in mir, jetzt." Sie umklammerte seine Schultern.

Sie strich mit den Lippen über seinen Hals, zog sein Ohrläppchen in ihren heißen Mund und knabberte daran.

Er knurrte, von ihrer Lust angefeuert, und griff zwischen ihre Körper, um seine Länge in sie zu führen.

Er sah ihr in die Augen, als er vor ihrem Eingang innehielt. Sie ließ sich auf seinen Schwanz hinunter und vergrub ihn tief in sich.

„Oh Gott", stöhnte sie und ihr Kopf fiel zurück. „Hör nicht auf."

„Baby, ich könnte nicht aufhören, selbst wenn ich es wollte." Er umschlang ihre Hüften noch fester und drückte sie gegen die Seite des Transporters. „Es fühlt sich zu verdammt gut an."

Ihre Muskeln spannten sich wie eine samtige Hitze um seinen Schwanz. Sie hob ihr Becken und senkte sich wieder auf seinen Schwanz hinunter, wobei sein ganzer Körper vor Erwartung zu zittern begann.

Er packte ihre Hüften und zwang sie, langsamer zu machen. Er bedeckte ihren Mund mit seinem und küsste sie lang und tief.

Er glitt ganz hinaus und stieß dann wieder hinein, bis er zu den Eiern tief in ihrem Paradies versunken war. Schweiß floss über seinen Körper, während er versuchte, seinen eigenen bevorstehenden Orgasmus unter Kontrolle zu halten. Ihr süßer Körper machte es schwer, sich auf etwas anderes zu konzentrieren als darauf, wie gut sich ihre enge Pussy um seinen pulsierenden Schwanz anfühlte.

Er neigte seinen Kopf, als sich sein Mund um ihre hübsche rosafarbene Brustwarze schloss und saugte. Sie umklammerte seinen Kopf und drückte ihn gegen ihre Brust.

„Das fühlt sich so gut an." Sie stöhnte, als sie sich enger um seinen Schwanz zusammenzog.

„Langsam, Baby. Ich will, dass du kommst, aber du musst langsam machen." Er saugte fester an der hübschen rosa Knospe.

Eine dünne Schweißschicht überzog ihre Körper, während sich ihr Liebesspiel in Raserei verwandelte.

Sie wimmerte gegen seinen Mund und klammerte ihre Beine fester um seine Taille. Er konnte sein Herz in seinem Kopf schlagen hören, als sich seine Eier zusammenzogen. Er griff zwischen ihre Körper und rieb die Perle zwischen ihren Schenkeln. Sie stöhnte und zitterte gegen ihn.

„Gefällt dir das?"

„Ja." Sie hauchte das Wort, als ihre Augen glasig wurden.

Er beschleunigte seine Stöße in ihre enge, feuchte Hitze. Ihr Stöhnen wurde in der Stille der Nacht immer lauter.

„Komm für mich, Skylar. Komm auf meinem Schwanz", knurrte er, während er seine Hüften noch schneller bewegte.

„Zane", schrie sie auf. Sie warf ihren Kopf zurück und ihr Körper zitterte, als ihr Höhepunkt über sie kam. Er bewegte sich während ihres Orgasmus weiter, während er sein eigenes bevorstehendes Vergnügen noch zurückhielt.

„Fuck." Er festigte seinen Griff um ihren Körper, als er sich tief in ihr vergrub. Sein Höhepunkt überkam ihn so stark, dass er Sterne vor seinen Augen aufblitzen sah. Er knurrte, als sein Samen tief in ihren Körper schoss. Er drückte sie an sich und weigerte sich, sie loszulassen.

So blieben sie, ihre verschwitzten Körper ineinander verschlungen, während sie versuchten, wieder zu Atem zu kommen.

Befriedigt hob er seinen Kopf und starrte zu ihr hinunter.

Ein zufriedenes Lächeln umspielte ihre wunderschönen Lippen, als sie ihn unter schweren Lidern ansah.

„Du bist ein Mann, der zu seinem Wort steht, Zane Steele." Ihr Grinsen wurde breiter.

„Das bin ich ganz sicher." Er drückte seine Lippen in einer sanften, langsamen Bewegung auf ihre.

„Ich bin noch nie so schnell gekommen", flüsterte sie und vergrub ihr Gesicht in seiner Halsbeuge.

Er lächelte mit männlicher Befriedigung, als er mit seiner Hand ihren Rücken hoch und runter streichelte. Verdammt, er liebte es, wie sie sich unter seiner Berührung anfühlte. Es war, als könne er nicht genug von ihr bekommen – davon, wie sie aussah, wie sie schmeckte und wie sie sich anfühlte.

Er schob seine Brust gegen sie. Ihre harten Brustwarzen strichen über seine Haut und ließen seinen Schwanz zucken.

Er wollte sie noch einmal. Das konnte er nicht abstreiten.

Aber das nächste Mal wollte er sie im Bett, wo er sich Zeit lassen konnte, jeden Zentimeter ihres herrlichen Körpers mit seinen Fingern und seinem Mund zu erforschen.

Sie schaute in die Richtung, in die der Angreifer geflohen war. Angst flackerte in ihren blauen Augen auf.

„Keine Sorge. Er ist weg." Er nahm ihren Kopf zwischen seine Hände und zog sie an seine Brust.

„Für den Moment. Aber er wird wiederkommen." Sie lehnte sich in seine Umarmung und seine Arme glitten um sie herum und drückten sie eng an sich.

Der Gedanke, dass Skylar verletzt werden könnte oder sogar noch Schlimmeres, erschütterte ihn bis aufs Mark. Er hielt sie noch fester, als bräuchte er die Vergewisserung, dass sie noch immer hier war, hier bei ihm und in Sicherheit.

„Und wenn er wiederkommt, werde ich hier sein. Und beim nächsten Mal werde ich ihn töten."

„Ich habe Frühstück."

Damon verzog sein Gesicht, als er aus einem tiefen Schlaf gerissen wurde. Auf der Suche nach Ava tastete er das Hotelbett neben sich ab, aber seine Hand griff ins Leere. Er setzte sich auf und sah sich im Hotelzimmer um.

Kein Zeichen von ihr.

Also wer hatte etwas gesagt?

„Mach die Tür auf! Ich habe Kaffee und Donuts und alles", rief Grannys Stimme von der anderen Seite der Hoteltür.

„Leck mich am Arsch." Damon knurrte und schob das Laken von seinem nackten Körper.

Er griff sich seine Jeans vom Fußboden und lächelte, als er sich daran erinnerte, wie Ava letzte Nacht auf die Knie gegangen war, um ihm beim Ausziehen zu helfen. Sie war dortgeblieben, bis er fast explodiert war, bevor er sie auf dem Boden genommen hatte.

Er knöpfte seine Jeans zu, trampelte zur Tür hinüber und spähte durch den Türspion. Granny hielt ihr Auge direkt vor die winzige Öffnung des Spions, als könne sie dadurch hineinsehen. Er schüttelte seinen Kopf und öffnete die Tür.

„Ich habe Frühstück mitgebracht", sagte die alte Frau strahlend. Sie drängte sich ins Zimmer und stellte das Tablett mit Kaffee und der Tüte mit Donuts auf die Kommode.

„Wie spät ist es? Und wo ist Ava?" Er schaute durch die Tür in den Flur, aber der Gang war leer.

„Sie ist unten und sitzt am Hotelcomputer. Sie sagte, sie würde ihrer Bauunternehmerin eine E-Mail schicken." Granny sah sich im Raum um.

Ihr Blick landete auf Avas Höschen, das über einem Lampenschirm hing. Sie runzelte die Stirn.

Damon schnappte sich einen mit Zuckerguss überzogenen Donut aus der braunen Papiertüte und steckte ihn bis zur Hälfte in seinen Mund. Er war erwachsen, aber Granny hatte eine Art, die ihn sich wie ein unartiger Teenager fühlen ließ.

„Mach nur und iss sie alle." Granny deutete mit der Hand auf die Tüte. „Ava hat sich schon zwei Donuts und eine Tasse Kaffee genommen." Sie nahm sich den zweiten Styroporbecher und entfernte den Deckel. Sie zog ein paar pinkfarbene Päckchen Zuckerersatz und winzige Päckchen Kaffeesahne heraus und machte sich an ihrem Kaffee zu schaffen, bevor sie das Gebräu probierte.

Sie setzte sich in den Sessel am Fenster und nahm einen Schluck. „Bist du bereit dafür, dass Ava ihr Haus fertigstellt?" Sie starrte ihn mit erwartungsvollen Augen an.

„Mehr als bereit." Er verschlang gerade seinen zweiten Donut und fischte mit seiner Hand in der Tüte herum, um noch einen herauszuziehen.

„Du weißt, dass das Mädchen nirgendwo hingeht." Ihre Augen funkelten frech.

„Ich habe nicht gesagt, dass sie das würde." Damon schob das Stück Donut in seinen Mund und verlagerte nervös sein Gewicht. Er mag zwar mit der Liebe seines Lebens verpaart sein, aber seine Vergangenheit und die Gedanken daran, wie er verlassen wurde, kamen wieder hoch.

„Sie ist das Beste, was mir je passiert ist." Er stellte den Kaffee ab und ging zum Fenster.

„Nicht nur ihr gebührt all die Anerkennung, mein Sohn." Granny stand auf und klopfte ihm auf den Rücken. „Sie hat auch Glück, dich zu haben, Damon. Ich hoffe, dass du das weißt. Du solltest wissen, dass auch du das Beste bist, was ihr je passiert ist." Sie ging in Richtung Tür.

„Granny." Damon drehte sich zu der Frau um, die ihn den größten Teil seines Lebens aufgezogen hatte. Sie waren vielleicht nicht blutsverwandt, aber ihre Verbindung ging viel tiefer und sie war sehr wohl Teil seiner Familie.

„Ja?"

„Ich glaube, dass ich mit allen Frauen in meinem Leben Glück habe." Er nickte sie respektvoll an.

Ihr verwittertes Gesicht formte ein breites Grinsen. „Ich denke, da hast du recht." Sie deutete mit einem Nicken auf den Höschen-behangenen Lampenschirm. „Weißt du, wenn du meine essbare Unterwäsche bestellt hättest, gäbe es keine Anzeichen von Avas Wäsche, die überall herumliegt."

„Kopfschmerzen, Kleidung, die nach Zigarettenrauch stinkt, und die Unterwäsche irgendeiner hässlichen Tussi. Das ist alles, was ich nach unserem kleinen Recherche-Ausflug in den Nachtklub gestern Abend vorzeigen kann." Lucien blickte finster, als er seinen in Leder gekleideten Arm zu seiner Nase hob und schnupperte. „Gott, ich hasse Zigarettenrauch."

„Die Kopfschmerzen und den Rauch kann ich verstehen, aber wie zum Teufel bist du an die Unterwäsche gekommen?" Jaxon grinste, nahm einen Schluck seines Kaffees und lehnte sich in seinem Sessel im Hinterzimmer des ‚Mondgöttin'-Tattoo-Studios zurück.

„Sie hat sie an der Bar ausgezogen und in die Gesäßtasche meiner Jeans gestopft." Luciens Augen waren vor Entsetzen weit aufgerissen. „Kumpel, sie hat sogar ihre Nummer in den Schritt geschrieben."

„Die Mädchen werden also mit ihrer Visitenkarte kreativ." Jaxon nickte anerkennend. „Das gefällt mir. Vielleicht sollte ich mir meine Boxershorts herunterreißen, meine Nummer auf den Gummizug kritzeln und sie dem nächsten Mädchen geben, das ich aufreißen möchte."

„Du trägst noch nicht mal Unterwäsche, Schwachkopf." Lucien schüttelte den Kopf und nahm einen Bleistift von der Theke. Er benutzte den Bleistift, um den Tanga vom Boden aufzuheben und in den Papierkorb in der Ecke zu werfen. Er hatte in seiner Arschtasche nach seinem Telefon gesucht und stattdessen den Slip herausgezogen. In dem Moment, in dem er erkannt hatte, was er in der Hand hielt, hatte er das

Höschen wie eine heiße Kartoffel auf den Boden fallen lassen.

„Du bist doch sonst nicht so zimperlich mit Tangas", schnaubte Jaxon.

„Du hast das Mädchen nicht gesehen, das den anhatte. Außerdem hat sie geraucht." Er neigte seinen Kopf. „Selbst du hättest nicht versucht, die zu vögeln. Und du nimmst normalerweise alles."

„Ich ärgere mich über diese Aussage." Jaxon nahm einen Schluck Kaffee und schüttelte den Kopf. „Es ist nicht meine Schuld, dass die Damen mich lieben."

„Warte nur ab, Arschloch. Es wird eines Tages ein Mädchen geben, das dein Herz bricht. Du wirst genauso hörig werden wie Damon, Braxton und Jayden."

„Sag so etwas nicht. Du verhext mich noch oder so." Jaxon setzte sich gerade auf und riss seine Augen weit auf.

Lucien schüttelte den Kopf, als sein Handy in der Tasche zu summen begann. Er zog es heraus und biss die Zähne zusammen.

„Scheiße, es ist Barrett."

„Kumpel, irgendwann musst du mit ihm reden. Du kannst ihn nicht noch länger hinhalten", warnte ihn Jaxon.

Lucien drückte auf den Antwortknopf und hob das Stück Plastik an sein Ohr.

„Was ist los, Boss?" Lucien machte sich bereit für Barretts Flut von Fragen.

„Schön zu wissen, dass du dein Telefon nicht verloren hast. So, wie es scheint, lassen es eine Menge meiner Werwölfe zur Gewohnheit werden, ihre Telefone zu verlieren, damit ich sie nicht kontaktieren kann." Barretts tiefe Stimme knurrte in der Leitung.

„Boss, ich weiß nicht, wo Zane ist. Ich bin mir sicher, dass er tief verdeckt arbeitet, wenn er dich nicht anruft." Lucien blickte auf die Theke, auf der Zanes Telefon lag. Er hatte

Matt überredet, Zanes Harley hinten auf dem abgeschlossenen Parkplatz abzustellen. Er wusste, dass Zane zu seiner Harley zurückkommen würde, und er wollte, dass sie für ihn verfügbar war, wenn er dies tat.

Stell dich niemals zwischen einen Werwolf und seine Harley.

„Was ist dein Standort?", donnerte Barrett.

„Die ‚Mondgöttin'."

„Ich finde es paradox, dass du zufällig gerade an dem letzten Ort bist, an dem Zane tatsächlich gesehen wurde, bevor er angeblich aufgestanden und verschwunden ist, ohne dass sein Rudelführer weiß, wohin er ging."

Lucien zuckte zusammen. „Ich bin mir sicher, dass das, was auch immer mit Zane los ist, … bald zu Ende geht."

„*Es geht zu Ende*? Klingt wie die perfekte Beschreibung, für seinen zukünftigen Status als Wächter."

Der Anruf wurde unterbrochen, bevor Lucien noch ein weiteres Wort sagen konnte.

„Wie schlimm war es?" Jaxon sah aus, als würde er sich auf schlechte Nachrichten gefasst machen.

„Lass es mich so sagen, wenn wir Zane nicht finden, und das bald, dann wird er nicht länger Teil des Wächterteams sein."

Zane wachte im Bett mit Skylars nacktem Körper an sich gedrückt auf. Ein Lächeln breitete sich auf seinen Lippen aus und er strich mit seinen Fingerspitzen ihren schlanken Rücken entlang. Er liebte es, wie sie sich unter seiner Berührung anfühlte.

Nachdem sie es nach Hause geschafft hatten, hatte er sie direkt ins Bett getragen. Sobald er ihre Kopfwunde verarztet hatte, hatten sie sich noch zweimal geliebt, bevor sie gesättigt und zufrieden eingeschlafen waren.

Sein Schwanz wurde hart und die Lust regte sich tief in seinem Bauch. Er wollte sie schon wieder. Er konnte sich einfach nicht helfen. Sie war unwiderstehlich.

Sie stöhnte im Schlaf und drehte sich um. Er schlang seinen Arm um ihre Taille und zog sie an seine Brust. Seine Erektion stieß gegen ihren Eingang.

Seine Finger fanden ihre Brustwarze und er neckte ihre Knospe. Ein leises Stöhnen entglitt ihren Lippen.

„Ich mag die Art, wie du ein Mädchen weckst." Skylars raue Stimme ließ seinen Schwanz vor Lust pulsieren.

„Ich bin, ehrlich gesagt, noch nie mit einem Mädchen im Bett aufgewacht." Er küsste ihre rosa Ohrmuschel und rieb seinen Schwanz zwischen ihren Schenkeln. Sie war nass und bereit für ihn.

„Wirklich? Du wirfst sie immer vor dem Morgengrauen raus?" Sie kicherte.

„Ich hatte noch nie eine Frau, die nach dem Sex geblieben ist." Er drückte seinen Mund in ihre Halsbeuge und liebkoste ihr weiches Fleisch. Was er nicht dafür geben würde, ihr Verlangen nach ihm riechen zu können.

Sie versteifte sich in seinen Armen und sah ihn über ihre Schulter an.

„Was?" Er runzelte die Stirn.

„Du hast noch nie mit einer Frau die Nacht verbracht?"

„Nein. Ich habe es noch nie vorher gewollt." Er senkte seinen Kopf und biss mit seinen Zähnen sanft in ihre Unterlippe, als er knurrte.

Bei seinen Worten klopfte ihr Herz heftig in ihrer Brust.

Zane war noch nie neben einer Frau aufgewacht? Sie wusste, dass er keine Jungfrau gewesen war, bei Weitem nicht. Wegen der Art, wie er seinen Körper bewegte und welch wundersame Dinge er mit seiner Zunge tun konnte, wusste sie, dass er kein Anfänger war. „Ich bin fassungslos."

„Nicht die Reaktion, auf die ich gehofft hatte. Es würde

mir besser gefallen, wenn du atemlos wärst und meinen Namen schriest." Er grinste, als er seinen Kopf senkte und eine Brustwarze in seinen heißen Mund saugte.

Ihr Atem stockte, als sich ihr Körper vor Verlangen erhitzte. Sie rieb ihre Beine zusammen, um den Schmerz der Lust, die er in ihr erweckt hatte, zu lindern.

„Habe ich letzte Nacht deinen Namen etwa nicht geschrien?" Sie bemühte sich, sich auf ihre Worte zu konzentrieren, als das Verlangen durch ihren Körper strömte.

„Tatsächlich hast du das – viele, viele Male." Er wandte seine Aufmerksamkeit der anderen Brust zu.

Sie drehte sich zu ihm um. Sie wollte in seine Augen sehen, wenn er in ihren Körper glitt. Sie wollte – nein, sie brauchte – diese Verbindung. Das hatte sie noch nie gehabt. Jemanden, der fürsorglich und sanft und dennoch in der Lage war, ihren Körper zu kontrollieren und ihm das zu geben, was er brauchte, wenn selbst sie nicht einmal wusste, was das war.

Sie drückte ihre Handfläche gegen seine Brust und erstarrte, als sie ihm in die Augen sah.

„Was ist los?" Er sah sie stirnrunzelnd an, seine Augen leuchteten gelb.

„Wie fühlst du dich?", flüsterte sie. Das einzig andere Mal, als sie einem Werwolf im Moment seiner Verwandlung so nah gewesen war, war entsetzlich gewesen.

„Geil. Wie fühlst du dich?" Er neigte seinen Kopf.

„Zane, deine Augen." Die Worte glitten heraus, als sie sich anspannte.

Er riss seine Augen vor Entsetzen weit auf. Er stieß sie von sich weg, sprang vom Bett und stellte Abstand zwischen ihnen her. Er warf einen Blick in den Spiegel und ballte die Hände zu Fäusten.

Sie vergaß ihre Nacktheit, kletterte auf ihre Knie und streckte eine Hand zu ihm aus.

„Zane."

Sein Blick schweifte über ihren Körper und seine Nasenflügel bebten. Seine Muskeln spannten sich an, als er scheinbar Schwierigkeiten hatte, sie nicht zu berühren.

Sie griff nach dem Laken, zog es um ihren Körper und stand auf. Ihr Herz schlug heftig in ihrer Brust und sie trat einen Schritt auf ihn zu.

„Fass mich nicht an. Ich habe keine Kontrolle, Skylar. Ich möchte dir nicht wehtun." Er trat einen Schritt zurück und schloss die Augen.

„Selbst als Werwolf bezweifle ich, dass du mir wehtun würdest", sprach sie leise.

„Meinst du das verdammt noch mal ernst?" Er warf ihr einen hitzigen Blick zu. „Skylar, ich habe keine Kontrolle über meinen Körper mehr und wenn ich keinen Weg finde, um das zu heilen, bin ich so gut wie erledigt."

„Was meinst du damit?" Sie runzelte die Stirn. War er kranker, als er es zugab?

„Was wird deiner Meinung nach passieren, wenn ich mich vor Menschen verwandle? Dieses Verbrechen kann mit dem Tod bestraft werden."

„Ja, aber du bist ein hochrangiger Wächter. Sie werden dich nicht für etwas bestrafen, das du nicht kontrollieren kannst."

„Ja? Und wie soll ich beweisen, dass ich es nicht kontrollieren kann? Gibt es irgendeinen Werwolf-Schnelltest in der verdammten Apotheke zu kaufen, bei dem du nur auf ein Stäbchen pinkeln musst?", knurrte er.

Irritation breitete sich in ihrem Bauch aus und sie kämpfte darum, nicht ihre Beherrschung zu verlieren.

„Ich verstehe, dass du über deinen Zustand frustriert bist, aber du hast kein Recht, mit mir zu reden, als wäre ich ein Idiot."

„Dann zieh deinen Kopf aus deinem Arsch und verstehe

endlich, was los ist." Er schlug mit der Faust auf die Kommode. Das Holz riss und splitterte.

„Du musst mit dieser Scheiße sofort aufhören, Zane Steele. Du bist vielleicht ein Mann, aber ich werde nicht einfach hier stehen und mir deine Scheiße reinziehen. Ist das klar?" Ihr Körper zitterte vor Wut und sie wollte nichts lieber, als ihm den Arsch zu versohlen.

Und so, wie es aussah, würde sie ihre Chance bekommen.

KAPITEL SECHS

Ein tiefes Knurren brummte in seinem Hals, als er seinen Kopf zurückwarf und seine Augen zusammenkniff. Sein Geist kämpfte mit seinem Körper, um die Verwandlung aufzuhalten, aber es war ein Kampf, den er schnell verlor.

Schweiß bildete sich auf seinem Körper, als sich seine Muskeln anspannten, um sich für seine neue Form bereitzumachen. Er fiel auf die Knie und Adrenalin rauschte durch ihn, was die Verwandlung zum Wolf vorantrieb. Seine Muskeln dehnten und verlängerten sich, als sich seine Sehnen in seinen neuen Körper umwandelten. Warum zum Teufel konnte er seinen gottverdammten Körper nicht kontrollieren? Er konnte nicht weiter so leben. Das würde er nicht. Er hob seinen Kopf und öffnete seine Augen in der Hoffnung, dass Skylar genug Verstand gehabt hatte, sich von ihm zu entfernen, bevor er sie verletzen konnte.

„Zane."

Er riss seinen Kopf zu der Ecke im Zimmer herum, in der sie wie eine Göttin, mit nichts als dem verdammten Laken um sich gewickelt, dastand. Ihr wunderschönes rotes Haar hing wie Seide ihre Schultern hinunter und sie sah ihn mit ihren blauen Augen an.

Er knurrte, zeigte seine Zähne und hoffte, dass sie den Hinweis verstehen und wie der Teufel rennen würde. Sie ließ sich auf ein Knie nieder und streckte ihre Hand aus. „Ich weiß, dass du mich nicht verletzen wirst. Ich vertraue dir."

Wut und Zorn pulsierten durch seinen Körper. Der Drang, Blut zu schmecken, überkam ihn. Wie zum Teufel sollte er sie nicht verletzen? Er hatte all seine Kontrolle verloren. Warum verstand sie das nicht?

Er kniff die Augen zusammen und versuchte, die Verwandlung zurück zum Menschen zu erzwingen. Aber sein Körper konnte einfach nicht kontrolliert werden. *Er* konnte nicht kontrolliert werden. Er öffnete seine Augen und sah sein Ziel. Und stürzte los.

Skylar hatte sich mental darauf gefasst gemacht, dass Zane jeden Moment zu Sinnen kommen und sich hoffentlich zurück in seine menschliche Form verwandeln würde. Oder im besten Fall in der Lage wäre, seine Wut in Wolfsform zu kontrollieren.

Sie wusste, dass sie falsch gelegen hatte, als sich seine Augen öffneten und die Pupillen sich weiteten. Das Einzige, was sie jetzt tun konnte, war, sich für den Angriff bereitzumachen.

Er stürzte los und stieß sie zu Boden, sein massiver Körper drückte sie hinunter. Beim Aufschlag atmete sie tief ein. Sein heißer Atem war nur wenige Zentimeter von ihrem Hals entfernt, als er tief und tödlich knurrte.

Blutrausch. Er wollte Blut. Er wollte ihr Blut.

Diese Erkenntnis ließ sie verzweifelt nach einem Objekt auf dem Boden suchen, mit dem sie sich verteidigen konnte. Ein Schuhkarton stand nur ein paar Zentimeter von ihrem Gesicht entfernt auf dem Boden.

Sie hatte nie Schuhe gekauft und sie konnte sich auch nicht erinnern, was zur Hölle sie in dieser Schachtel verstaut hatte. Hoffentlich etwas Schweres, wie einen Ziegelstein.

Sie streckte die Hand aus und griff nach dem Karton.

Überraschenderweise war er ziemlich schwer. Ihre Finger tasteten die Oberseite ab und sie versuchte, den Deckel zu öffnen, aber er bewegte sich nicht. Er war mit einer Schnur festgebunden.

Zane hob seinen Kopf und knurrte und sie wusste, was als Nächstes kommen würde. Er würde ihr die Kehle herausreißen. Sie war lange genug von Alphamännchen umgeben gewesen, um zu wissen, wie es ablief. Sobald sie von dem Blutrausch besessen waren, würde sie nichts anderes befriedigen. Sie brauchten den Geschmack. Sehnten sich danach.

Sie packte den Schuhkarton mit ihrer Hand und schlug ihn kräftig gegen Zanes pelzigen Kopf. Er fiel von ihr ab und brach auf dem Boden zu einem Häufchen zusammen.

Oh, Scheiße. Ich habe ihn getötet. Ihr Herz rutschte ihr in die Kniekehlen. *Bitte Gott, sag mir, dass ich ihn nicht getötet habe.*

Eine Träne löste sich aus ihrem Augenwinkel und rollte ihre Wange hinunter. Sie vergaß ihr Laken, kroch zu seinem leblosen Körper und legte ihren Kopf auf seine Brust.

Er war so regungslos.

Sie hielt den Atem an, während sie darauf wartete, sein Herz schlagen zu hören.

Als sie den starken, gleichmäßigen Schlag gegen ihre Wange spürte, ließ sie den Tränen freien Lauf.

Sie legte sich neben ihn und schluchzte gegen seinen pelzigen Körper.

„Mir gefällt dieses hier, Ava." Granny zeigte auf das Gemälde in Grün-, Gelb- und Grautönen, das an der Backsteinmauer von Ande Allisons Kunstatelier hing. „Es erinnert mich daran, wieder nach Hause zu kommen."

„Mich erinnert es an einen heißen Sommertag, an dem man nackt im Gras liegt." Ava nickte und wandte sich an Damon.

„Damon, woran erinnert es dich?"

„Es erinnert mich daran, dass ich auf einer Mission für Barrett sein sollte, anstatt in einem Schickimicki-Kunstatelier herumzuwandern", spottete er und stemmte seine Hände gegen seine Hüften.

„Aber ich möchte etwas Kunst für unser Haus kaufen", schmollte Ava und schmiegte sich an ihn.

Verdammt, er schmolz jedes Mal dahin, wenn sie ihn berührte.

„Ich habe ja nicht gesagt, dass du keine kaufen kannst. Ich sage nur einfach, dass ich nicht dabei sein muss." Er strich mit einem Finger über ihre Wange.

„Ich will dich aber hier bei mir haben." Sie legte die Arme um seinen Hals und lächelte ihn an.

Er zog sie fester in seine Umarmung, einmal mehr von der Realisierung erschüttert, dass sie seine war.

„Ich weiß, Baby, aber ich habe einen Job, den ich erledigen muss."

„Welche Art Arbeit tun Sie denn, Mr. Trahan?" Ande Allison, die Künstlerin und Inhaberin des Ateliers, warf ihm ein freundliches Lächeln zu.

„Man könnte sagen, dass ich im Sicherheitsbereich tätig bin." Er sah die kleine Blondine an.

„Oh, wie ein Leibwächter. Wie aufregend." Ihr Lächeln wurde breiter.

Ava schnaubte und schüttelte den Kopf, bevor sie aus seinen Armen rutschte. „Ande, ich glaube, ich möchte die beiden dort drüben haben. Ich weiß schon genau, wo ich sie aufhängen werde."

„Perfekt. Ich werde sie für Sie einpacken." Die Künstlerin begann, die Bilder von der Wand zu nehmen.

„Das hier gefällt mir auch", verkündete Granny von der anderen Seite des Raumes. „Es erinnert mich an etwas Vertrautes."

Damon folgte Ava dorthin, wo Granny stand.

Damon lachte verächtlich, als sein Blick auf das an die Wand gelehnte Gemälde fiel.

„Es ist etwas, was du bestimmt in den letzten fünfzig Jahren nicht mehr gesehen hast", sagte Damon, als er das Gemälde ansah, das eindeutig einem ein Meter großen Penis ähnelte.

„Granny, bist du dir sicher, dass du das haben willst?" Ava sah Damon an.

„Natürlich, meine Liebe. Warum würde ich es nicht wollen?"

„Weil es aussieht wie ein Schwanz." Damon lachte bellend.

„Damon." Ava stieß ihren Ellbogen in seine Rippen.

„Oh je." Ande kam zu ihnen hinübergeeilt und lächelte sie entschuldigend an. Es entging ihm nicht, dass ihre Wangen leicht errötet waren.

„Ich befürchte, das steht nicht zum Verkauf. Sehen Sie, eine meiner Schülerinnen hat es gemalt und es stellte sich heraus, dass es nicht ganz das geworden ist, was sie sich vorgestellt hatte." Ihr Gesicht wurde noch roter.

„Sollte es ein Schwanz sein?", fragte Damon.

Ava stieß ihn hart gegen die Seite.

„Ich glaube, sie hat versucht, einen Baum zu malen." Ande legte einen Arm um Granny und versuchte, die alte Dame von dem Bild wegzubewegen. Aber Granny wollte nicht. Sie schüttelte den Arm der Frau ab und schüttelte dann ihren Kopf.

„Aber ich möchte dieses Stück wirklich gerne kaufen." Granny spitzte die Lippen und sah das Gemälde weiter an.

„Es tut mir leid, aber ich kann es wirklich nicht verkaufen."

Ande knabberte auf ihrer Unterlippe, als sie Ava hilfesuchend ansah.

„Das willst du nicht, Granny", erwiderte Damon. Das Letzte, was diese Frau brauchte, war das Bild von einem riesigen Schwanz, der über ihrem Esstisch hing. Thanksgiving würde nie wieder das Gleiche sein. „Außerdem gehört es ihrer Schülerin und legal betrachtet kann sie nicht verkaufen, was ihr nicht gehört."

„Also gut." Granny spitzte ihre schrumpeligen Lippen und sah Ande mit einem strengen Blick an, der die meisten Menschen zwingen würde, nachzugeben. Aber Andy rührte sich nicht, so viel musste man ihr lassen. Sie stand einfach mit einem fröhlichen Lächeln im Gesicht dort.

„Ich habe im Hinterzimmer etwas, was Ihnen gefallen könnte. Sie sagten, Sie stammten aus Louisiana?"

„Das stimmt." Granny neigte den Kopf und war ganz offensichtlich interessiert daran, was die Künstlerin hatte, das ihr Interesse wecken könnte.

„Ich bin gleich wieder da."

Ein paar Sekunden später kehrte Ande mit einer ansehnlichen Leinwand zurück und lehnte sie gegen die Backsteinmauer. Hinter einem scheinbar abstrakten schwarzen, schmiedeeisernen Zaun waren abstrakte, leuchtend rote und fuchsienfarbene Farbwirbel mit grünen Strichen gemalt.

„Es ist wunderschön. Und es erinnert mich an einen der Gärten im Gartenviertel von New Orleans." Grannys begeistertes Lächeln zog ihre Falten breit.

„Dort habe ich meine Inspiration bekommen." Ande klatschte die Hände zusammen, als ein Ausdruck unverhohlener Freude über ihr Gesicht kam. „Bei meinem letzten Besuch in New Orleans habe ich dort in einem Bed and Breakfast übernachtet."

„Es ist perfekt. Ich nehme dieses stattdessen." Granny zog ihre Brieftasche aus ihrer weißen Plastik-Handtasche.

„Ich packe es für Sie ein, damit es auf der Fahrt nicht beschädigt wird."

Damon seufzte und sah noch einmal auf seine Luminox-Uhr.

„Was ist mit dir eigentlich los?" Ava trat hinter ihn und schlang ihre Arme um seine Hüfte. Ihre kleinen, kessen Brüste drückten sich gegen seinen Rücken und lösten eine Reaktion in seinem Körper aus.

„Nichts. Kunst ist einfach nicht mein Ding. Das weißt du doch, Ava." Er drehte sich um und zog sie in eine Umarmung.

Sie sah zu ihm auf und kniff ihre scharfsinnigen Augen zusammen. „Du bist nicht einfach nur zum Spaß hier, nicht wahr? Hat Barrett dich auf eine Mission hierhergeschickt?"

Er presste seine Lippen zu einer dünnen Linie zusammen und warnte sie, nichts zu sagen, besonders nicht in der Gegenwart von Granny. Das Letzte, was er brauchte, war, dass sie sich in eine Aufklärungsmission für seinen Rudelführer einmischte.

„Ava ...", warnte er sie.

„Ich weiß, ich weiß. Du kannst es mir nicht sagen", schmollte sie.

„Stimmt. Du wusstest, worauf du dich einlässt, als du dich

mit mir verpaart hast." Er grinste und drückte seine Lippen zu einem heißen Kuss auf ihre.

Ihre Lippen öffneten sich und er ließ sich die Gelegenheit nicht entgehen, ihren süßen Mund zu schmecken. Er stöhnte, als er seine Zunge zwischen ihre Lippen schob und sie fest an seinen Körper zog. Ihre Hände glitten seine nackten Arme hinauf und umschlangen seinen Hals, um ihn für den Kuss noch näher an sich heranzuziehen. Sein Körper begann mit dem vertrauten Bedürfnis zu summen, das immer in ihm aufstieg, wenn sie in seinen Armen lag. Nichts fühlte sich je so gut an wie Ava. Nichts.

„Ähem." Granny räusperte sich hinter ihnen. Widerwillig löste er sich von seiner Gefährtin und sah die ältere Frau an.

„Na, na. Ihr beide solltet bessere Manieren haben, als es wie zwei Kaninchen hier zu treiben. Mrs. Allison wird noch denken, ich hätte ein wildes Tier großgezogen."

Ava lachte über die ironische Bedeutung, während Granny sie anlächelte. „Niemand würde das denken, Granny."

„Das will ich doch hoffen. Ich muss meinen guten Ruf schützen, weißt du." Sie schob ihre weiße Handtasche auf ihre Schulter und bedeutete ihm, dass er die Gemälde tragen sollte, die die Künstlerin für sie eingewickelt hatte.

„Herzlichen Dank. Ich hoffe, Sie werden Ihre neuen Kunstwerke genießen", sagte Ande, als sie Damon die Gemälde reichte und lächelte.

Er atmete erleichtert auf, als sie durch die Tür nach draußen gingen. Ein Tag in der Kunstgalerie reichte ihm ein Leben lang.

Schmerz dröhnte in seinem Kopf, als Zane die Augen öffnete und an die weiße unebene Decke starrte.

Er hielt seine Hand hoch.

Er hatte sich in seine menschliche Form zurückverwandelt, während er bewusstlos gewesen war.

Er zuckte zusammen und sah auf das schwere Gewicht hinunter, das gegen seine Brust drückte. Der Hauch eines Lächelns flog über seine Lippen, als er sah, wie Skylars dunkelrotes Haar seine Haut bedeckte. Ihre schlanken Schultern zitterten, während Tränen über ihr Gesicht strömten und auf seiner nackten Brust landeten.

Er nahm ihren Kopf zwischen seine Hände. „Skylar." Sie riss den Kopf hoch und sah ihn an.

„Oh mein Gott. Ich dachte, ich hätte dich getötet. Und dann habe ich gesehen, dass du atmest, und ich dachte, dass du vielleicht einen Hirnschaden davongetragen hast, weil du nicht wieder aufgewacht bist. Du warst den ganzen Tag bewusstlos." Sie vergrub das Gesicht in seiner Halsbeuge und klammerte sich verzweifelt an ihn.

„Nein. Kein Schaden." Er zuckte zusammen, als ein erneuter Schmerz durch seinen Schädel schoss. Er rieb sich die Seite seines Kopfes. „Was hast du überhaupt in dieser Kiste? Einen Ziegelstein?"

„Nein. Felsgestein", sagte sie mitleidig.

„Na klar. Was sonst würde man in einem Schuhkarton aufbewahren?" Er wollte lachen, aber es tat einfach zu weh.

Sie löste sich von ihm und sah ihn an. Ihre Lippen zitterten, als sie ihn todernst anstarrte. „Sophia hat sie mir gegeben. Sie sammelt Steine und wollte, dass ich auch eine Sammlung habe."

Er stützte sich auf seine Ellbogen und blickte auf seine Nacktheit hinunter. Skylar sah seine Erektion und ihr Gesicht färbte sich hübsch rosa. Sie schaute weg, als sie versuchte, die Unterhaltung fortzusetzen.

„Wer ist Sophia?"

„Eine ganz besondere Freundin." Skylar lächelte ihn ehrlich an.

Wer auch immer Sophia war, sie machte Skylar glücklich. Er war froh, dass sie eine Freundin hatte, auf die sie zählen konnte. Obwohl er sich schon etwas darüber wunderte, dass eine erwachsene Frau Steine sammelte. Es schien irgendwie unreif.

Aber jedem das Seine.

Er schaffte es, sich auf seine Füße zu stemmen, während Skylar ihren Arm um seine Hüfte legte, um ihn zu stabilisieren. Er machte sich nicht die Mühe, ihr zu sagen, dass sie sein Gewicht auf gar keinen Fall halten könnte, wenn er stürzte – er mochte die Art, wie sie sich neben ihm anfühlte zu sehr, um etwas zu sagen.

Er begab sich langsam ins Wohnzimmer und ließ sich auf der Couch nieder. Obwohl er kein Blut an seinem Kopf spüren konnte, wusste er, dass er höchstwahrscheinlich geprellt war. Er warf einen Blick aus dem Fenster in die Dunkelheit. Sie musste ihn ziemlich hart getroffen haben, dass er für fast zwölf Stunden sein Bewusstsein verloren hatte.

„Du kannst auf dich selbst aufpassen, so viel muss ich dir lassen." Er warf ihr ein Lächeln zu.

„Gott, Zane, es tut mir so leid. Es war nur – du hattest diese Mordlust in deinen Augen und es war, als könntest du mich noch nicht einmal mehr sehen …"

Er legte eine Hand unter ihr Kinn. Sein Daumen strich über ihre volle Unterlippe, als er in ihre Augen blickte. „Es muss dir nicht leidtun. Du hast getan, was du tun musstest. Ich bin derjenige, der sich entschuldigen muss."

Seine Brust schmerzte vor Reue. Er hätte sie töten können. Und er hätte sich an nichts davon erinnert.

„Es tut mir so leid, Skylar. Während ich so bin und meine

Verwandlung oder meine Handlungen nicht kontrollieren kann, stelle ich eine Gefahr für dich dar." Er stand auf, schüttelte seinen Kopf und sah sich in ihrer Wohnung um. „Ich kann nicht aufhören, die Klamotten zu ruinieren, die du mir besorgst, aber ich kann auch nicht hierbleiben."

Er hasste es. Er hasste es, keine verdammte Kontrolle über irgendetwas zu haben. Er lebte sein Leben nach den Rudelgesetzen und er hatte sich sein ganzes Leben lang bemüht, seinen Körper kontrolliert und diszipliniert zu halten.

Zur Hölle, Kontrolle und Disziplin waren, was ihn zu einem guten Soldaten machten. Das war es, was ihn zu einem höllischen Wächter machte.

„Du kannst nicht gehen." Sie sprang auf ihre Füße. „Wo zum Teufel willst du denn hin? Jemand wird sehen, wie du dich verwandelst, und wo landest du dann?" Ihre Augen wurden bei jedem ihrer Worte größer.

„Wenn die Gefahr besteht, dass ich die Kontrolle verliere und dich verletzen könnte, kann ich auch nicht hierbleiben. Das weißt du." Seine Worte kamen härter heraus, als er es gewollt hatte, aber es drehte ihm noch immer den Magen um, wenn er daran dachte, was hätte passieren können, wenn Skylar ihn nicht bewusstlos geschlagen hätte.

„Ich kann auf mich selbst aufpassen. Das hast du selbst gesagt. Du musst dich nicht um mich sorgen." Sie schob ihre Hände in ihre Jeanstaschen und hob ihr Kinn auf diese herausfordernde Art und Weise, die sie bereits als Kind gehabt hatte.

„Ich könnte mir niemals vergeben, wenn ich dich verletzen würde oder wenn irgendetwas passiert. Verstehst du das nicht?" Er packte ihre Arme und schüttelte sie leicht in der Hoffnung, dass der Ernst der Situation in ihren dicken Schädel sinken würde.

„Tu das nicht. Sag mir nicht, was ich tun soll." Sie löste

sich aus seinem Griff und trat einen Schritt zurück, während sie ihn mit ihrem Blick durchbohrte.

„Hör auf, so unvernünftig zu sein. Du weißt genauso gut wie ich, wenn ich die Kontrolle verliere, könnte ich dich verletzen."

„Und du weißt, dass ich mich verteidigen kann. Ich musste das schon, seitdem ich ein Kind war."

„Das ist etwas anderes. Das hier ist gefährlich."

„Was glaubst du, woraus meine Kindheit bestand? Welpen und Zeichentrickfilme?" Sie ballte ihre Hände zu Fäusten und lehnte sich ihm entgegen. „Als ich alt genug war, um zu laufen, wusste ich bereits, dass ich mir Verstecke suchen musste, damit mein Vater mich nicht schlug, wenn er betrunken war. Zu der Zeit, als ich in die Schule kam, wusste ich bereits, wie ich ihm aus dem Weg gehen konnte und das Essen, das ich aus eurem Haus gestohlen hatte, unter meinem Bett verstecken musste, damit ich nicht tagelang ohne etwas zu essen bleiben würde. Und als ich in die Pubertät kam und begann, wie eine junge Frau auszusehen, musste ich lernen, wie man hart genug zuschlägt, damit ich nicht von den Freunden meines Vaters vergewaltigt werden würde. Also stell dich nicht hin und sag mir, ich wäre ein hilfloses Weibchen, wenn es um Werwölfe geht, die außer Kontrolle geraten sind und sich um nichts anderes kümmern als um sich selbst."

Ihre Brust hob sich und ihre Augen blitzten vor Wut, als sie sich auf der Ferse umdrehte und ins Badezimmer stürmte.

Zane fühlte sich, als wäre er mit einem Kantholz in der Mitte der Brust getroffen worden.

Er hatte gewusst, dass ihr Leben nicht einfach gewesen war, aber niemals in einer Million Jahren hätte er vermutet, dass sie körperlich misshandelt worden war.

Wut sprudelte in seinem Körper wie Lava in einem

Vulkan. Das Bild ihres Scheiß-Vaters, der versuchte, sie zu schlagen – oder noch schlimmer, der es zuließ, dass seine Freunde sich an ihr vergingen – ließ Zorn durch seinen Körper schießen.

Er verlor schnell die Kontrolle und dieses Mal war es ihm verdammt egal. Er hob seinen Kopf und knurrte, als die Verwandlung seinen Körper überkam. Er wollte nichts mehr, als ihre Peiniger aufzuspüren und sie mit seinen Zähnen auseinanderzureißen, bis sie nichts weiter als eine Blutspur auf dem Boden waren.

Die Badezimmertür flog auf und Skylar stürzte heraus, als ein lautes Brüllen durch die kleine Wohnung hallte.

„Zane, was zum Teufel machst du denn? Sei leise oder die neugierige alte Mrs. Nelson wird die Polizei rufen!", zischte sie ihn an. Er hatte sich wieder in Wolfsform verwandelt und begann, in dem winzigen Wohnzimmer auf und ab zu streunen. Er schaffte lediglich zwei Schritte, bevor er sich wieder umdrehen musste. Er sah eher aus wie ein in einem Käfig gefangener Tiger als ein Werwolf.

„Das Letzte, was ich brauche, ist, dass sie sich einmischt." Sie hatte keine Zeit, sich eine andere Wohnung zu suchen, und sie bezweifelte stark, dass sie eine so günstige finden würde wie diese. Jeder übrig gebliebene Cent floss zurück in ihr Geschäft. Sie wollte unauffällig bleiben, ihr Geschäft solide aufbauen und ihr Projekt für die Mädchen auf den Weg bringen, die eine sichere Bleibe brauchten.

Das war ihre Priorität und jetzt würde Zane mit seinem ganzen Alphamännchen-Gehabe alles ruinieren.

Klopf, klopf, klopf.

Sie versteifte sich und Zane erstarrte. Wenn sie ruhig blieben, würde derjenige, der dort draußen stand, vielleicht wieder verschwinden.

Klopf, klopf, klopf.

Sie warf ihm einen bösen Blick zu, als sie erkannte, dass das nicht passieren würde.

„Geh ins Schlafzimmer und bleib dort", flüsterte sie.

Für ein paar Sekunden bewegte er sich nicht und sie fragte sich, ob sie ihn an seinem haarigen Schwanz packen und ins Nachbarzimmer ziehen musste.

Er starrte sie mit seinen intensiven Wolfsaugen an und sie unterdrückte einen winzigen Schauer der Angst, der bei der Erinnerung an das, was bei seiner letzten Verwandlung geschehen war, durch ihren Hinterkopf schoss.

Sie wollte ihn nicht verletzen, aber auch keine Aufmerksamkeit darauf lenken, dass sie ihn hier bei sich hatte.

„Bitte", flehte sie ihn an.

Er knurrte leise und stapfte dann zurück ins Schlafzimmer. Sie schloss die Tür hinter ihm.

Sie nahm die Fernbedienung von dem kleinen Tisch neben der Couch und schaltete die Stereoanlage ein.

Sie war froh, sich ihren Bademantel angezogen zu haben, und ging langsam zur Tür. Sie wischte sich ihre schweißnassen Handflächen an ihren Oberschenkeln ab, bevor sie nach dem Türknauf griff.

Sie öffnete die Tür und blinzelte überrascht.

„Hector, was machst du denn hier?" Er stand dort und hielt seine Tochter Sophia in seinen Armen. Skylar sah über seine Schulter hinweg, wie Mrs. Nelson ihren Kopf aus ihrer eigenen Tür streckte, die Stirn runzelte und sie dann wieder zuknallte.

Gott sei Dank wollte die alte Frau nicht mit ihr reden.

„Was zum Teufel geht denn hier vor sich?" Er neigte seinen Kopf und blickte in ihre Wohnung.

„Ich höre nur Radio, das ist alles", sagte sie etwas zu schnell. Sie hielt die Luft an und hoffte, er würde nicht darum bitten, hereinzukommen. Sie wusste nicht, wie Zane auf einen anderen Mann in ihrer Wohnung reagieren würde.

„Schau mal, Maria liegt in den Wehen und Sophia muss heute Nacht bei dir bleiben." Er starrte sie mit weit aufgerissenen, verzweifelten Augen an, als das verschlafene Kind den Kopf von seiner Schulter hob und ihre Arme zu ihr ausstreckte, damit Skylar sie ihm abnehmen konnte.

Ihr Herz zog sich zusammen, als sie Sophia in die Arme schloss. Das kleine Mädchen legte ihren Kopf auf ihre Schulter.

„Wo sind deine anderen Kinder?" Sie blickte hinter ihn, um sicherzustellen, dass er sie nicht auch im Schlepptau hatte, aber er war allein.

„Sie sind im Haus der Nachbarn. Ich konnte Sophia nicht dort lassen, weil sie auf die Katze des Nachbarn allergisch ist. Das letzte Mal, als sie dort war, hatte sie über eine Woche lang einen allergischen Ausschlag." Sein Atem wurde schneller.

„Was ist mit Hunden? Ist sie allergisch auf Hunde?" Zane hatte wahrscheinlich genug Haare verloren, um einen Mantel daraus herstellen zu können. Sie wollte nicht, dass Sophia auch darauf eine Reaktion haben würde.

„Nein, nur Katzen." Hector schüttelte seinen Kopf. „Sieh mal, Skylar, ich verstehe, dass es wirklich schlechtes Timing ist, aber ich habe wirklich niemanden, den ich sonst anrufen könnte." Er drückte ihr einen kleinen pinkfarbenen Prinzessinnenrucksack in die Hand und begann sich zu entfernen.

„Ich komme morgen wieder, um sie abzuholen. Meine Mutter kommt aus Louisiana, um nach den Kindern zu sehen." Er rannte zu seinem Transporter und rief, bevor er in seinen Fahrersitz sprang: „Ich schulde dir was, Boss." Mit einem Winken startete er den alten Wagen, fuhr rückwärts aus einer Parklücke und raste vom Parkplatz. „Skylar, ich bin müde." Sophia schloss ihre Arme noch fester um Skylars Hals und kuschelte sich an ihre Schulter.

Sie konnte nicht anders, als zu lächeln, als sie den kleinen Rücken des Kindes tätschelte. Ihre Finger strichen über den weichen Baumwollschlafanzug, der die Farbe von Zuckerwatte hatte. Sie trat ein und schloss die Tür.

„Hundi", sagte Sophia in ihrer verschlafenen Stimme, als sie ihren Kopf hob und über Skylars Schulter blickte.

Sie wirbelte herum. Zane stand mitten in der offenen Schlafzimmertür.

„Wie bist du herausgekommen?" Sie riss ihre Augen weit auf.

Er neigte seinen Kopf und starrte Sophia in ihren Armen an.

„Scheiße." Sie schlug sich mit der Hand über den Mund. Sie fluchte nie und schon gar nicht vor Kindern. Aber Zane ließ sie viele Dinge tun, die sie normalerweise nicht tat.

„Skylar hat ein böses Wort gesagt."

„Ich weiß, Süße. Das tut mir leid." Sie drückte das kleine Mädchen fester an sich. Zane war ihr vielleicht wichtig, aber sie würde es auf gar keinen Fall zulassen, dass er Sophia verletzte.

„Hundi." Offensichtlich war Skylars böses Wort schnell vergessen, als Sophia sich wieder Zane zuwandte. Sie versuchte, ihren anderen Arm von ihr zu lösen, um nach dem Tier zu greifen, aber Skylar verstärkte ihren Griff um das Kind.

„Hundi", wimmerte Sophia.

Skylar blickte in seine Wolfsaugen und kniff die Augen zusammen. „Wag es ja nicht, sie zu berühren."

Zu ihrer Überraschung senkte er den Kopf und rollte sich auf dem Boden zusammen, während er seinen Blick auf die beiden gerichtet hielt.

Seine Augen funkelten nicht mehr gelb oder schrien Mordlust. Stattdessen hatten sie ihre normale blaue Farbe.

Sie drehte sich langsam um, damit Sophia den „Hundi" anschauen konnte.

Er legte seine lange Schnauze zwischen seine ausgestreckten Pfoten. Sein dunkles Fell wurde leicht aufgewühlt, als der Luftstrom der Klimaanlage die kühle Luft über ihm zirkulieren ließ. Er hielt ihrem Blick stand und unterbrach ihn nur, um zu blinzeln. Seine Brust hob und senkte sich in einem gleichmäßigen Rhythmus, den sie nach seiner Verwandlung vorher noch nicht gesehen hatte. Merkwürdig. Normalerweise war er nervös, wütend und gefährlich. Aber jetzt sah er so aus, als könnte er seine Gefühle etwas besser kontrollieren.

„Zane." Sie sprach seinen Namen ruhig aus und trat etwas näher. Im Moment befand er sich zwischen ihr und der Schlafzimmertür. Sie musste Sophia ins Bett bringen, denn sie hatte nicht vor, mit einer Vierjährigen auf der Couch zu übernachten. Sie hatte zu viel Arbeit, die sie morgen erledigen musste, da sie bereits jetzt einen Tag zurücklag.

„Du musst dich bewegen, damit wir ins Bett gehen können."

Zane hob den Kopf und blickte sie an. Ihr Herz stoppte in ihrer Brust und sie zwang sich, tief durchzuatmen. Wütend zu werden und Angst zu zeigen, war das Schlimmste, was sie jetzt tun konnte.

„Beweg dich", wiederholte sie und drückte Sophia näher an ihre Brust.

Ein leises Grollen entwich seinen geschlossenen Lippen, aber er zeigte keine Zähne. Er sah so aus, als wäre er sauer, weil er seinen großen Körper aus dem Weg räumen musste.

Langsam stand er auf und stieß einen Seufzer aus, als würde sie ihn belästigen. Er ging in eine Ecke, drehte sich im Kreis und legte sich wieder hin.

Sie zog eine Augenbraue hoch und wartete ein paar Sekunden, bevor sie ins Schlafzimmer ging und die Tür hinter sich schloss. Sie griff nach dem Türknauf, um die Tür zu verriegeln. Ihre Finger streiften über etwas Nasses.

Also so öffnet er die Tür. Mit seinem Maul. Sie wischte ihre Hand am Bademantel ab, als sie zum Bett hinüberging. Sie zog die Bettdecke hinunter und legte Sophia in das weiche Bett, bevor sie sie mit der Decke zudeckte.

„Ich bin gleich wieder da." Sie strich die Haare aus dem Gesicht des Kindes, als sich ihre Augenlider wieder schlossen.

Sie drehte den Wasserhahn auf und putzte sich schnell ihre Zähne. Sie warf einen Blick um die Ecke, um sicherzustellen, dass Sophia nicht wieder aufgestanden war.

Ein Lächeln breitete sich auf ihrem Gesicht aus, als sie das kleine Mädchen tief schlafen sah. Ihre Arme waren über ihren Kopf ausgestreckt und ihre süßen Lippen waren leicht geöffnet. Ihr rosafarbener Schlafanzug war hochgerutscht und zeigte ihren runden kleinen Bauch.

Auf Zehenspitzen schlich sie durchs Zimmer, öffnete vorsichtig eine Schublade und zog ein altes T-Shirt und ein paar Shorts heraus. Sie schlief normalerweise nicht bekleidet, aber mit Sophia hier und Zane im Nachbarzimmer musste sie sich heute etwas anziehen.

Nachdem sie das T-Shirt und die Shorts angezogen hatte, schlüpfte Skylar unter die Decke und achtete darauf, ihre kleine Bettgefährtin nicht zu wecken. Draußen in der Ferne hörte sie den ersten Donner und ein kurzer Blitzschlag erhellte den Nachthimmel.

Skylar kuschelte sich im Bett ein und lächelte bei dem Gedanken an Regen. Zumindest würde es eine gute Nacht zum Schlafen sein. Nach den heutigen Ereignissen brauchte sie das wirklich.

Zane erwachte zu dröhnendem Donner, der die kleinen Fenster der Wohnung erschütterte. Er setzte sich auf und verzog aufgrund seiner Nacktheit sein Gesicht.

Er erhob sich vom Boden und sah sich um. Sein Blick fiel auf eine grüne Tüte, die auf der Küchentheke lag. Er erinnerte sich, wie Skylar sich darüber beschwert hatte, dass sie ihm schon wieder neue Kleidung kaufen musste.

Draußen hallte eine weitere Runde von Donner.

Trotz ihres eigenen hektischen Lebens schien sie immer genau vorauszusehen, was er als Nächstes brauchen würde.

Er öffnete die Tüte und zog ein weißes T-Shirt heraus, das auf der Vorderseite mit dem Logo einer Achtzigerjahre-Band bedruckt war, und dann eine Jeans. Sie war genau seine Größe. Zumindest musste er die Stiefel, die sie ihm vorher schon gekauft hatte, nicht wieder ersetzen. Das war das Einzige, was er bei seiner Verwandlung niemals kaputtmachte.

Er zog die Jeans an und grinste, als er merkte, dass sie ihm keine Unterwäsche gekauft hatte. Vielleicht war das ein ihr unbewusster Gedanke gewesen.

Blitze breiteten sich wie Krallen über dem Nachthimmel aus.

Er ging zum Fenster hinüber und zog den weißen Vorhang zurück. Mit einer Hand gegen das Fensterbrett gelehnt blickte er hinaus auf den sich annähernden Sommersturm.

Der Parkplatz war halb voll und die Fenster aller anderen Mieter waren dunkel. Das einzige Licht waren die Blitze am trüben Nachthimmel. Er sah auf die Uhr an der Mikrowelle. Es war zwei Uhr nachts.

In wenigen Stunden würde es hell werden. Und wenn die Sonne aufging, würde er gehen müssen. Er musste das Heilmittel gegen das finden, was ihn daran hinderte, seine Verwandlung zu kontrollieren.

Er drückte sich vom Fenster weg und setzte sich auf die Couch. Sie war zu kurz, als dass er sich darauf hätte ausstrecken können, aber wenn er die Knie anzog, sollte er in dieser Position schlafen können.

Er hatte schon unter schlimmeren Bedingungen als dieser geschlafen.

Zum Teufel, zumindest war er drinnen und nicht draußen dem Wetter ausgesetzt.

KAPITEL SIEBEN

Skylar gähnte und streckte sich im Bett aus, als das Licht der Morgensonne durch ihr Fenster funkelte. Sie drehte sich um und sah, dass der Himmel hell und klar war, ohne irgendwelche Anzeichen vom Regen der letzten Nacht zu zeigen.

Sie drehte sich, um nach Sophia zu sehen. Ihr Herz blieb in ihrer Brust stehen, als sie sah, dass das Bett leer war.

Sie sprang aus dem Bett und riss die Schlafzimmertür auf. Sie schaffte es nur wenige Schritte weit, bevor sie vor dem, was sie auf der Couch sah, erstarrte.

Zane hatte sich wieder in seine menschliche Gestalt verwandelt und lag auf dem Rücken auf der Couch. Die kleine Sophia lag ausgestreckt auf seiner nackten Brust und er hatte einen Arm um ihren Rücken gelegt, um sicherzustellen, dass sie nicht hinunterfallen würde.

Ihr Herz und ihre Gebärmutter flatterten bei dem herzigen Anblick.

Sie ließ einen Seufzer über ihre Lippen gleiten, während sie die Hand auf ihr Herz legte.

Zane rührte sich und blinzelte. Er sah zu dem Kind in seinen Armen hinunter und dann zu ihr auf.

„Guten Morgen." Seine heisere Stimme ließ ihren Bauch vor Verlangen warm werden.

Sie räusperte sich und deutete auf den kostbaren Schatz, den er in seinen Armen hielt.

„Wie ist sie denn hier gelandet?" Sie blickte ihm wieder in seine schläfrigen Augen.

„Nicht sicher. Sie kam in der Nacht hier raus, als der Donner schlimmer wurde. Sie muss wohl gedacht haben, dass ich ihr Vater bin. Das Nächste, woran ich mich erinnere, ist, dass sie auf mich geklettert ist und sich hingelegt hat." Er versuchte, sich aus seiner liegenden Position zu erheben. „Ich wollte sie nicht stören, also habe ich sie schlafen lassen."

„Oh." Sie schluckte. Ihre Kehle war wie Sandpapier, während all ihre anderen Teile ihres Körpers heiß wurden.

„Wann hast du, du weißt schon" – sie deutete mit der Hand auf ihn – „dich zurückverwandelt?"

„Gegen zwei." Er legte beide Arme um Sophias winzigen Rücken und setzte sich auf. Seine Muskeln spannten sich an und bewegten sich wie in einem wunderschönen Tanz.

Er stand auf und hielt sie noch immer in seinen Armen. Barfuß und nur in Jeans gekleidet sah er aus wie etwas aus einer weiblichen Fantasievorstellung.

„Wohin gehst du?", schaffte sie es zu quietschen, als er an ihr vorbeiging.

„Ich bringe sie ins Bett", flüsterte er über die Schulter des Kindes.

Er mochte zwar ein Wächter sein, aber er wusste, wie man mit einer Frau umging, egal wie alt sie war.

Sie lächelte, als er ihr den Rücken zukehrte und ins Schlafzimmer ging. Sie folgte ihm und beobachtete, wie er das Kind sanft hinlegte und das Laken bis zu ihrem Kinn hochzog. Sophia murmelte etwas in ihrem Schlaf und drehte sich auf die Seite. Er drehte sich um und warf ihr einen Blick zu. „Was?" „Du siehst aus wie ein Naturtalent." Sie grinste.

„Lass deine Gebärmutter nicht zu rührselig werden. Das Kind hatte Angst vor dem Donner und dachte, ich wäre ihr Vater. Es ist nichts Persönliches." Nervös schwankte er ein wenig und steckte die Hände in seine Jeanstaschen.

„Ich hätte nie gedacht, dass du so gut mit einem kleinen Mädchen wärst. Als wir klein waren, schienst du so distanziert zu sein. So zurückhaltend."

„Ich hatte keine Zeit, mich von kleinen Kindern wie dir und meiner Schwester nerven zu lassen." Er ging in Richtung Küche. „Willst du einen Kaffee?"

„Sicher. Ich wollte gerade welchen machen." Sie streifte an ihm vorbei und versuchte, ihren Herzschlag zu beruhigen. Wie konnte es sein, dass er noch immer so verdammt gut roch, ohne dass er geduscht hatte? Es war absolut nicht fair. Sie zog die Filtertüten und den Kaffeebehälter aus dem oberen Schrank. Sie beschäftigte sich damit, die Kaffeemaschine zum Brühen des Kaffees fertigzumachen. Sie seufzte beim bitteren Geruch der gemahlenen Bohnen. Sie würde viel Koffein brauchen, um es durch diesen Tag zu schaffen.

Der Kaffee kochte und begann langsam die Kanne zu füllen. Sie holte zwei große Kaffeetassen mit großen blauen Blumen darauf aus dem Schrank und stellte sie neben den Kaffeebehälter auf den Küchentisch.

Sie griff in den Kühlschrank, nahm die Kaffeesahne heraus und stellte sie daneben.

Nachdem die Kanne ausreichend Kaffee für eine Person hatte, goss sie eine Tasse Kaffee ein und reichte sie ihm.

„Nein. Nimm du sie." Er schob die Tasse sanft zu ihr zurück. „Ich kann warten."

„Danke." Sie runzelte die Stirn. Noch nie in ihrem Leben hatte jemand sie an erste Stelle gestellt. Aber Zane behandelte sie anders, so als wäre sie mehr als ein paar Brüste in Arbeitsstiefeln.

Sie schüttelte das dumme, nostalgische Gefühl ab und

widmete sich wieder ihrem Kaffee. Sie goss eine großzügige Menge Kaffeesahne hinein. Dann holte sie einen Behälter aus dem Schrank und sah ihn an, als sie den Deckel öffnete.

Er kniff die Augen zusammen, als sie einen großzügigen Haufen dunkles Pulver in ihren Kaffee löffelte.

„Ist das, was ich denke, was es ist?" Er neigte seinen Kopf.

Sie konnte fühlen, wie er sie mit seinen Blicken verurteilte. Sie hatte schon jahrelang Vorkehrungen getroffen, um ihre Identität zu verbergen. Sie wollte sich anpassen, einfach normal sein. Wenn das bedeutete, sich nicht zu verwandeln, dann sei dem eben so.

„Die roten Wölfe werden dem Ruf nach von den übrigen Wölfen in Arkansas nicht sonderlich herzlich begrüßt. Ich kann es ihnen nicht vorwerfen. Unsere Art hat sich wie Arschlöcher verhalten. Ich ziehe es lieber weiterhin vor, Vorsichtsmaßnahmen zu treffen, um mich nicht zu verwandeln, als mit ihnen in eine Schublade gesteckt zu werden. Je weniger andere Wölfe von mir wissen, desto besser."

Sie sah ihn an und nahm einen Schluck. „Es schadet ja niemandem, richtig?"

Sie wartete einen Moment, um einen Vortrag von ihm zu hören, dass sie leugnete, was sie war. Aber der Vortrag kam nicht. Sein Blick wurde weich, so als würde er ihre Gründe verstehen.

„Also, was ist mit dem Mädchen?" Er deutete in Richtung Schlafzimmer, als er seine schlanke Hüfte gegen den Küchentisch lehnte.

„Sie ist die Tochter einer meiner Bauarbeiter, Hector. Er war letzte Nacht in einer Zwickmühle und brauchte mich zum Babysitten." Sie zuckte mit den Achseln und nahm einen Schluck von ihrem Kaffee. Die heiße Flüssigkeit glitt mit wohliger Wärme ihren Hals hinunter. Auf Kaffee konnte sie sich immer verlassen.

„Läuft zwischen euch beiden irgendwas?" Er runzelte die Stirn und die Muskeln seiner Arme spannten sich an.

Sie lachte laut los. „Mit Hector? Er ist verheiratet und hat einen Haufen Kinder. Er musste Sophia hier absetzen, weil seine Frau Maria in den Wehen lag."

„Oh." Er entspannte sich wieder. Die Stressfalten um seine Augen verschwanden.

„Hector hat mit mir zusammengearbeitet, seitdem ich mein Unternehmen gegründet habe. Er ist immer pünktlich, hat eine Menge Arbeiter zu mir gebracht und er ist loyal. Seine Frau ist eine ganz Liebe. Sie lädt mich immer zum Abendessen ein und versucht, mich aufzupäppeln." Skylar lachte, als sie an das letzte Abendessen dachte, das sie mit der Familie geteilt hatte. Maria hatte Skylar erzählt, dass Männer Frauen mit etwas Fleisch auf den Knochen mochten, bevor sie ihr ein weiteres Stück Heidelbeer-Käsekuchen angeboten hatte.

Die Kaffeemaschine war nun durchgelaufen. Sie zog die Kanne heraus und füllte seine Tasse.

„Sahne oder Zucker?" Sie sah ihn an.

„Nein. Nur schwarz."

„Ah, so wie dein Herz", witzelte sie.

„Klugscheißer." Er nahm die heiße Tasse und trank einen Schluck. „Guter Kaffee."

„Danke. Ich mag ihn kraftvoll."

„Wie deinen Sex." Er grinste.

Ihr Gesicht wurde heiß.

„Leise. Darüber kannst du jetzt nicht reden. Sophia ist im Nachbarzimmer." Sie schlug ihn spielerisch gegen den Arm.

„Sie schläft. Außerdem bezweifle ich, dass sie wüsste, wovon wir sprechen." Er kicherte.

„Man weiß es nie. Das letzte Mal, als sie zur Baustelle kam, hat sie ein schmutziges Wort von einem der Arbeiter gelernt. Ihr Vater war ewig sauer auf mich."

„Was hat sie gesagt?"

„‚Scheiße'. Und sie hat es in der Vorschule wiederholt." Zane lachte laut los.

„Hector hat mich dafür verantwortlich gemacht, als er den Anruf von der Schule erhielt. Dabei hatte sie es noch nicht einmal von mir gehört." Sie runzelte die Stirn, als er grinste. „Es ist nicht lustig."

„Irgendwie schon. Ich kann mir gar nicht vorstellen, dass das kleine Ding etwas so Schlimmes sagt." Seine Augen funkelten, als ein langsames Grinsen über seine Lippen kroch. Sein Blick senkte sich zu ihren Oberschenkeln. Sie hatte die engen, knappen Shorts vergessen, in denen sie letzte Nacht geschlafen hatte. „Also, was ist dein Plan für heute?" Sie zog ihr T-Shirt hinunter, aber es bedeckte ihren Bauch trotzdem nicht völlig.

„Ich muss meine Harley holen." Er kniff die Augen etwas zusammen und schaute dann weg.

„Wo steht sie denn?"

„Bei der ‚Mondgöttin'."

„Glaubst du, sie ist immer noch da?" Sie kannte das Studio gut. Es war an der Hauptstraße gelegen und die College-Studenten gingen oft dorthin, um sich ihr erstes Tattoo stechen zu lassen, wenn sie zu viel getrunken hatten. Sogar ein paar ihrer Arbeiter hatten sich die Arme dort tätowieren lassen. Sie wusste, dass es nicht viele Parkplätze gab, und wenn er sein Motorrad dort gelassen hatte, bestand die Möglichkeit, dass es abgeschleppt worden war.

„Es ist immer noch da. Matt ist der Tätowierer für die Wächter. Da ich nicht zurückgekommen bin, hat er es wahrscheinlich in den abgeschlossenen hinteren Parkplatzbereich gebracht."

„Also bekommen alle Wächter ihre Tätowierungen hier? Das wusste ich gar nicht." Sie nahm noch einen Schluck und schaute auf seinen Rücken, als er sich umdrehte, um seine

Tasse nachzufüllen. Die charakteristischen schwarzen Flügel und Augen, die seinen Rücken umspannten, waren wirklich beeindruckend. Die Flügel waren gezackt und strahlten definitiv nichts Gutes aus, so wie sie sich um seinen Rücken bogen. Dann waren da noch die Augen, die zwischen den Flügeln hervorblickten, als würden sie sie beobachten. Die Tätowierung war einschüchternd.

„Ja. Die gleiche Familie sticht sie bereits seit Generationen." Er drehte sich um und sah sie an, bevor er einen weiteren Schluck trank.

„Schon immer in Jonesboro? Ich hätte gedacht, dass sie jemanden in Little Rock haben würden, weil es sich näher an der Wächterbasis befindet."

Er schüttelte den Kopf. „Der Rat und der Rudelführer wollen es nicht in der Nähe der Basis haben. Jonesboro ist weit genug weg, aber trotzdem noch nah genug, um es in ein paar Stunden zu erreichen." Er trank noch einen Schluck. „Jonesboro ist klein genug, um unauffällig zu wirken, und groß genug, dass wir nicht zu viel Aufmerksamkeit auf uns ziehen, wenn wir in die Stadt gefahren kommen."

„Ich bin mir sicher, dass ihr eine Menge Aufmerksamkeit auf euch zieht, insbesondere bei den College-Mädchen." Sie grinste. Sie konnte sich nur vorstellen, wie fantastisch er aussehen würde, wenn er auf seiner Harley-Davidson in die Stadt gefahren kam. Sie hatte noch nie einen Wächter gesehen, der nicht wie ein Cover-Modell für eine Zeitschrift aussah. Ihr Sex-Appeal allein machte sie schon zu einer Zielscheibe für jede heißblütige Frau in einem Umkreis von einhundert Kilometern.

Ihr Magen zog sich zusammen, als sie daran dachte, mit wie vielen Frauen er bereits zusammen gewesen war. Wahrscheinlich mit Tausenden.

„Ich habe keine Zeit, kleine Mädchen und ihre Fantasien zu unterhalten. Mein Job steht an erster Stelle."

Der Knoten in ihrem Bauch löste sich etwas. Vielleicht waren es Hunderte statt Tausende.

Sie fühlte sich deshalb jedoch nicht viel besser.

Sie strich sich mit den Fingern durch die Haare und stellte ihre Kaffeetasse ab. Sie musste heute tausend Dinge erledigen, angefangen davon, ihre Baustelle zu prüfen, bis hin zu sehen, wie es Maria ging. Sie durfte wirklich nicht auch noch über Zanes viele Eroberungen nachdenken.

„Du musst mich zur ‚Mondgöttin' fahren." Seine raue Stimme riss sie aus ihren vernebelten Gedanken.

„Ich muss zum Krankenhaus fahren, um zu sehen, was mit der Babysitting-Situation ist. Die Großmutter sollte heute in die Stadt kommen, dann kann ich Sophia dort abgeben und dich dann zum Studio bringen, sodass du dein Motorrad abholen kannst, bevor ich zur Baustelle fahre."

„Hört sich gut an. Warum gehst du nicht schon mal duschen? Ich fange an, das Frühstück vorzubereiten, und wenn du rauskommst, ist vielleicht schon ein bisschen was fertig." Seine Muskeln spannten sich an, als er sich hinunterbeugte, um eine Pfanne aus dem Schrank zu nehmen. Er bewegte sich mühelos in ihrer Küche, nahm Eier und Speck aus dem Kühlschrank und holte dann Teller aus dem Schrank. Er schien sich in einer Küche eindeutig wohlzufühlen. Für sie war es ein seltsamer Anblick.

„Was?" Er verzog das Gesicht, als er sie dabei erwischte, wie sie ihn anstarrte.

„Ich habe einfach nicht erwartet, dass du weißt, wie man kocht. Ich weiß noch damals, als wir Kinder waren, hatte deine Familie ein Dienstmädchen." Die Haushälterin der Familie Steele hatte keinen Hehl daraus gemacht, was sie über Skylar dachte. Sie hatte es den Steeles gegenüber klar ausgedrückt, dass Skylar unter ihrem Niveau war und dass Catty nicht mit ihr spielen sollte.

„Meinst du Hildie?", prustete er los. „Sie hat geputzt, aber nie einen Fuß in die Küche gesetzt. Meine Mutter wollte niemanden in ihrer Küche haben. Das war ihr Gebiet." Er lächelte mit aufrichtiger Zuneigung.

„Das wusste ich nicht. Ich dachte immer, deine Mutter wäre zu beschäftigt damit, Wohltätigkeitsveranstaltungen zu organisieren und auf euch aufzupassen. Ich war einfach davon ausgegangen, dass sie keine Zeit zum Kochen hatte."

„Meine Mutter hat sich Zeit für die Dinge genommen, die ihr wichtig waren. Sie hat mir immer gesagt, dass die Familie an erster Stelle steht und vor allem anderen kommt." Er schlug das Ei gegen die Kante des Küchentischs und ließ den flüssigen gelben Inhalt in die kleine Schüssel fließen, die er aus dem Schrank genommen hatte. Er schlug noch einige weitere auf, bevor er eine Gabel in die Mischung tauchte und sie umrührte, bis die Eier schaumig geschlagen waren.

Skylar nickte. „Deine Mutter war eine sehr kluge Frau." Ihre erste Erinnerung daran, dass ihr jemand Freundlichkeit entgegengebracht hatte, war an Victoria Steele. Sie glaubte nicht, dass sie diese Frau jemals vergessen würde.

„Ja, das ist sie." Er sah sie an. „Sie hat Catty im Laufe der Jahre immer wieder nach dir gefragt. Sie wollte wissen, wie es dir geht."

„Wirklich?" Ein Anflug von Schuldgefühl breitete sich in ihrem Bauch aus. Sie hätte die Verbindung zu seiner Mutter aufrechterhalten sollen – zumindest hätte sie einen Brief schicken oder sich die Zeit für einen Anruf nehmen können. Aber sie war sich nicht sicher gewesen, wie das aufgenommen werden würde, und sie hatte die Frau nicht belästigen wollen.

„Ja. Sie wusste immer, dass du mit allem, was du dir vornimmst, erfolgreich sein würdest." Er grinste. „Und jetzt schau dich mal an. Du hast deine eigene Baufirma. Das ist etwas, worauf du stolz sein kannst."

„Vielen Dank." Sie meinte es ernst. Es fühlte sich gut an,

ihn das sagen zu hören. „Ich habe auch viel an sie gedacht. An deine ganze Familie", gab sie zu.

Er hielt inne und drehte sich zu ihr um. „Wirklich? Hast du an mich gedacht?" Er kam einen Schritt näher und strich ihr eine Haarsträhne aus den Augen.

Ihr Atem stockte in ihrem Hals, als ihr Herz so laut klopfte, dass sie sich sicher war, er würde jeden Schlag hören können.

Sein würziger männlicher Duft überschwemmte sie und drängte sie, näherzukommen. Sie kämpfte nicht dagegen an. Es war, als würde man von der Sonne angezogen werden, und man wusste, dass man sich verbrennen würde, sobald man sie berührte, man war aber nicht in der Lage, ihr zu widerstehen.

„Vielleicht", flüsterte sie.

„Vielleicht? Das klingt nicht sonderlich überzeugend." Er trat näher, nahm eine ihre Haarsträhnen zwischen seine Finger und spielte damit. „Natürlich habe ich an dich gedacht. Du warst Teil meines Lebens, als ich klein war."

Ein langsames, vielsagendes Lächeln umspielte seine Mundwinkel und breitete sich auf seinen Lippen aus. Ihr Unterleib wurde heiß, als sich ihr Blick auf diese Lippen und das Vergnügen, das sie bereiten konnten, konzentrierte.

„Was war, nachdem du groß geworden bist? Du bist kein kleines Mädchen mehr, Skylar. Hast du dann auch noch an mich gedacht?"

Sie begegnete seinem heißen Blick und griff nach der Hand, die neben ihrer Wange mit der Haarsträhne spielte.

„Ja. Das habe ich. Ich habe oft an dich gedacht, Zane", gab sie zu.

„Hmmm." Sein Stöhnen war dunkel und kehlig und sie wollte ihm am liebsten mit den Zähnen seine Jeans herunterreißen, um ihn in den Mund zu nehmen.

„Ich würde lügen, würde ich sagen, dass ich es nicht tat.

Hast du an mich gedacht?" Sie machte sich gedanklich für die Wahrheit bereit.

„Ich habe mich gefragt, was mit dem kleinen Mädchen geschehen ist, das ich einst kannte. Ich habe Catty nach dir gefragt, aber wie du weißt, ist sie immer sehr vage, wenn es darum geht, Antworten zu geben." Seine Pupillen weiteten sich, als er langsam an ihrem Körper hinabsah. „Aber du kannst deinen Arsch darauf verwetten, dass ich, hätte ich gewusst, in was für eine Schönheit du dich verwandelt hast, Himmel und Hölle bewegt hätte, um dich aufzuspüren."

Sie konnte seine Erregung riechen und spürte, wie ihre eigene Lust ihr Höschen befeuchtete. Eine Welle der Enttäuschung überkam sie, als sie sich daran erinnerte, dass er sie nicht riechen konnte. Wenn er es könnte, würde er sie trotzdem noch wollen? Oder fühlte er sich nur zu ihrem Äußeren hingezogen?

Er legte seine große Hand um ihre Taille und zog sie fest an sich. Ihre Brüste drückten sich gegen seinen Oberkörper und die Hitze seines Körpers ließ sie noch weiter gegen seine massive Brust sinken. Seine stacheligen Haare piksten durch ihr dünnes Hemd und neckten ihre Brustwarzen bei jedem schweren Atemzug.

Seine Hand glitt ihren Rücken hoch und legte sich um ihren Nacken. Er beugte sich hinunter und neigte seinen Kopf zu einem Kuss.

„Skylar." Die winzige Stimme war, als würde man kaltes Wasser über einen heißen, sexgeladenen Körper schütten.

Sie räusperte sich und trat einen Schritt von Zane zurück, als Sophia in die Küche kam und sich die Augen rieb.

„Hallo, Süße. Wie hast du geschlafen?" Sie kniete sich vor dem Kind auf den Boden und strich ihr das verworrene Haar aus der Stirn. Mit den dunklen Haaren, die zu ihren Augen passten, sah sie aus wie eine Puppe.

Ihre aufmerksamen Augen wanderten von Skylar zu Zane, bevor sie ihren Blick wieder auf Skylar richtete.

„Das ist mein Freund, Zane." Sie sah zu Zane auf und hoffte, dass seine Größe das Mädchen nicht einschüchtern würde. Im Dunkeln war er schon groß, aber am helllichten Tage war er für ein kleines Mädchen ein Riese.

„Hi." Er hockte sich vor dem kleinen Mädchen hin und stützte die Ellbogen auf seine Knie. „Ich glaube, du hast mich letzte Nacht mit einem riesigen Teddybären verwechselt."

Skylar sah ihn finster an und schlug ihm spielerisch gegen den Arm. Er lachte und streckte Sophia seine Hand entgegen.

Die Kleine blickte auf seine große Hand und sah Skylar wieder an.

„Es ist in Ordnung. Er ist mein Freund. Er mag vielleicht groß sein, aber er ist wirklich nett."

Vorsichtig legte sie ihre Hand in die Mitte von Zanes. Ein Bild von ihm, wie er ein Baby gegen seine Brust drückte, schoss durch Skylars Gedanken.

Wollte er Kinder? Hatte er jemals darüber nachgedacht, sich niederzulassen und sich zu paaren? War das etwas, was er wollte? Oder war sein Job seine Priorität und das Einzige, was er je vom Leben wollte?

„Was ist los?" Zanes Stimme riss sie aus ihren Tagträumen. „Du siehst aus, als hättest du gerade einen dieser herzerweichenden Werbespots mit Pferden und Hunden gesehen." Er sah sie finster an.

„Nichts ist los." Ihr Gesichtsausdruck wurde härter, bevor sie das kleine Mädchen wieder anlächelte.

„Hast du Hunger, Sophia?"

„Wo ist der Hundi?"

„Der Hundi ist heute Morgen gegangen", antwortete Skylar schnell. Sie entschied sich, dass Ablenkung die beste Vorgehensweise war. „Bist du hungrig?"

„Ich will Pfannkuchen."

„Ich habe keine Pfannkuchen. Aber ich habe Eier und Speck. Wie klingt das?", lächelte Skylar.

„Ich will Pfannkuchen." Ihre Unterlippe zitterte.

Skylar hielt den Atem an. „Vielleicht können wir losgehen und etwas holen …"

„Wie wäre es, wenn du mir beim Frühstückmachen hilfst, während Skylar duschen geht?" Zane neigte seinen Kopf.

„Zane, ich weiß nicht." Sophia war normalerweise nicht sonderlich gut mit Fremden. Sie war ein so schüchternes und introvertiertes Kind, das es liebte, mit ihren unsichtbaren Spielgefährten zu spielen. Skylar hatte sich Sorgen um das kleine Mädchen gemacht, seit ihre Mutter mit diesem letzten Baby schwanger geworden war. Was war, wenn sie sich nicht mehr besonders fühlte?

„Du weißt, dass Prinzessinnen jeden Tag Eier und Speck zum Frühstück essen, nicht wahr?" Zane schenkte dem kleinen Mädchen seine ganze Aufmerksamkeit.

Die Augen des kleinen Mädchens weiteten sich für einen Moment. Und einfach so hörte ihre Unterlippe auf zu zittern. Anstatt des Stirnrunzelns lag nun ein Lächeln auf ihrem kleinen gebogenen Mund.

„Die Prinzessinnen wissen, dass sie, wenn sie Eier und Speck zum Frühstück essen, den Bauern helfen, Geld zu verdienen. Jedes Mal, wenn sie etwas essen, das die Bauern für uns gezüchtet oder aufgezogen haben, bringt das Geld in ihre Taschen. Wenn du Pfannkuchen isst, hilft das lediglich der Firma, die die Pfannkuchenmischung verkauft. Also genau genommen tust du eine gute Tat als Prinzessin, wenn du anderen hilfst." Zane richtete sich zu seiner vollen Größe auf.

„Ich will Eier und Speck." Ein strahlendes Lächeln zeigte sich auf ihrem Gesicht.

Skylars Mund klappte auf. Zanes Hand legte sich auf ihren Rücken und schob sie in Richtung Badezimmer.

„Jetzt geh und wasch dich und wenn du wiederkommst, sollten wir das Frühstück für dich auf dem Tisch haben."

Er schloss die Tür. Sie blinzelte ein paar Sekunden lang auf die geschlossene Tür, bevor sie ihren Kopf schüttelte.

Für jemanden, der so distanziert war und der sich dermaßen unter Kontrolle hatte, war Zane mit Sophia unglaublich liebevoll.

Sie hatte geglaubt, dass sie ihn kannte, aber jetzt war sie sich nicht mehr so sicher. Sie musste einfach sehen und abwarten.

Zane behielt das Kind im Auge, als sie sich auf dem Küchenstuhl zu ihm hinüberbeugte. Er hatte den Küchenhocker in die Nähe der Herdplatten gezogen, damit sie helfen konnte, die Speckstreifen in die Pfanne zu legen. Nachdem das Fett begonnen hatte zu spritzen, hatte er die Pfanne abgedeckt und ihren Hocker in eine sichere Entfernung gezogen, damit sie vom heißen Fett nicht verbrannt werden konnte.

„Langsam. Nicht zu nah dran. Erinnerst du dich daran, was ich über das Braten von Speck gesagt habe?" Er sprach leise, um das Kind nicht zu erschrecken.

Er erinnerte sich daran, wie das verängstigte kleine Mädchen letzte Nacht auf seine Brust geklettert war, als der Donner den Himmel erschüttert hatte. Er hatte versucht, ihr zu erklären, dass sie zurück zu Skylar ins Bett gehen musste, aber sie war zu schläfrig gewesen und hatte schlappgemacht, sobald ihr kleiner Kopf auf seiner Brust lag. Ohne eine andere Möglichkeit hatte er sich damit abgefunden, ein lebender Schlafsack zu sein. Es erinnerte ihn an die Zeiten, als Catty als Kind in sein Zimmer gekommen war. Sie hatte

Angst vor dem Sturm gehabt und hatte bei ihm Schutz gesucht.

Als Kinder von Richard Steele aufzuwachsen, bedeutete, dass sowohl Zane als auch Catty gewusst hatten, sobald die Lichter im Zimmer ihrer Eltern aus waren, durften sie sie nicht mehr stören. Wenn Catty also Angst bekam, suchte sie stattdessen nach ihrem großen Bruder.

Er hatte immer so getan, als würde sie ihn stören. Aber in Wirklichkeit war er dankbar für die gemeinsame Zeit gewesen.

„Ist der Speck schon fertig?" Sophia sah ihn mit ihren riesigen braunen Augen an.

„Noch nicht. Wir müssen warten, bis er auf beiden Seiten knusprig ist." Er hob den Deckel an und drehte die Speck-streifen mit seiner Gabel um. Das Fleisch brutzelte in der Pfanne und das Aroma ließ seinen Magen knurren.

„Dein Bauch klingt wie ein Drache." Sie tätschelte seinen Bauch mit ihrer kleinen Hand.

Er lachte laut los. „Ich wurde schon viele Dinge genannt, aber noch nie ein Drache."

Er zog einen weißen Teller aus dem Schrank und stellte ihn vor ihr auf den Tisch. Dann zog er ein paar Papiertücher von der Rolle und reichte sie ihr.

„Kannst du die bitte für den Speck auf den Teller legen?"

Sie nahm die Papiertücher aus seiner Hand und sah den Teller nachdenklich an. „Warum?"

„Damit das Fett vom Speck abfließen kann und von den Papiertüchern aufgesaugt wird." Er sah den Speck noch einmal an.

„Der Speck braucht eine Windel?" Sie blickte mit einem leichten Stirnrunzeln zu ihm auf. Er kämpfte nicht gegen sein Grinsen an. „Ich habe noch nie gehört, dass es jemand damit verglichen hat, aber, ja. Wie eine Windel."

Sophia verschwendete keine Zeit und legte mehrere Papierstreifen auf den Teller.

„Perfekt. Gerade zur richtigen Zeit, Mädchen." Er hob den Deckel von der Pfanne und nahm den Speck mit der Gabel heraus. Er legte die Speckstreifen nebeneinander und richtete seine Aufmerksamkeit wieder auf die leere Pfanne. Mit seiner Gabel rührte er die Eier ein letztes Mal um, bevor er die Flüssigkeit in die heiße Pfanne goss. Die Eier sprudelten und spritzten im heißen Fett, während sie kochten.

„Ich hoffe, du magst Rührei."

Sie nickte und beugte sich über den Speckteller.

„Wie läuft es? Braucht ihr Hilfe?" Skylar kam in einer Jeans, einem weißen T-Shirt und mit nassen Haaren aus dem Schlafzimmer.

Seine Brust schmerzte vor Verlangen. Sie war verdammt atemberaubend.

„Wir haben alles im Griff." Er räusperte sich. Er griff nach einem Pfannenwender, schnitt die Eier in Stücke und drehte sie um, um sie von der anderen Seite zu braten. Nach ein paar Sekunden griff er nach einer Schüssel und schob die Rühreier hinein.

„Sophia, was machst du da?" Skylar trat hinter das Mädchen und umarmte sie.

„Helfen. Das ist es, was Prinzessinnen tun."

„Was ist denn mit dem Speck passiert?", fragte Skylar.

„Magst du keinen knusprigen Speck?" Zane blickte finster drein. Er konnte sich nicht daran erinnern, wie Skylar früher, als sie noch klein war, ihren Speck gegessen hatte.

„Das meinte ich nicht. Ich meinte, warum sieht der Speck wie ein Baby aus?" Sie blickte auf und sah ihm in die Augen. Ein verwirrtes Lächeln lag auf ihrem Gesicht.

„Was?" Er schaute über Sophias Schulter auf den Teller mit Speck. Er kicherte. Jedes Stück Speck war in sein eigenes Papiertuch eingewickelt.

„Nun, ich habe ihr gesagt, dass der Speck eine Windel braucht." Er schüttelte den Kopf. „Ich dachte nicht, dass sie es so wörtlich nimmt."

„Sie ist vier. Alles ist wörtlich für sie." Skylar grinste, als sie den Kopf des kleinen Mädchens küsste.

„Windel oder nicht, lasst uns essen. Ich bin am Verhungern." Er hob Sophia von ihrem Hocker. „Wie sieht es mit dir aus, Prinzessin? Bist du hungrig?"

Sie nickte, rannte zur Küchentheke hinüber und kletterte auf ihren Stuhl.

Während des Frühstücks konnte Skylar einfach nicht aufhören, Zane anzustarren. Er war so sanft und lieb mit Sophia gewesen. Sie erinnerte sich nicht daran, dass er, als sie noch Kinder waren, so fürsorglich gewesen war. Andererseits hatte er sie wahrscheinlich als die nervige Freundin seiner Schwester angesehen.

Sobald sie ihre Mahlzeit beendet hatten, ließ sie Sophia an der Kücheninsel sitzen, während sie selbst zum Herd hinüberging. Sie gab Sophia ein Malbuch und Buntstifte, während sie die Küche aufräumte und Zane duschen ging. Sie war froh, dass sie sich daran erinnert hatte, zusätzliche Kleidungsstücke für ihn zu kaufen. So, wie er sich dauernd verwandelte, würde sie sonst jeden Tag in den Laden gehen und mehr Kleidung für ihn kaufen müssen.

Sie erstarrte mit den Händen im Spülwasser und warf einen Blick auf Sophia.

Was wäre, wenn er sich vor Sophia verwandelte?

Oder noch schlimmer, was wäre, wenn er versuchen würde, ihr wehzutun?

Sophia hörte auf zu malen und sah zu Skylar auf.

Skylar zwang sich zu einem Lächeln und wusch weiter den Teller ab.

„Hast du genug gegessen?"

Sophia nickte und malte das Hühnchen weiter blau aus.

„Ich vermute, du bist aufgeregt, dass du heute deine Großmutter siehst?"

Sie nickte, konzentrierte sich jedoch darauf, innerhalb der Linien zu malen.

Skylar würde nie wissen, wie es war, eine Großmutter zu haben. Ihr Vater hatte niemals irgendwelche lebenden Großeltern erwähnt. Die wenigen Male, an denen sie gefragt hatte, ob sie eine Großmutter hatte, war ihr missbräuchlicher Vater in Rage geraten und hatte sie mit einem Gürtel ausgepeitscht.

Sie war damals nicht älter als Sophia gewesen.

Das war ihre erste Lektion darin gewesen, wie ihre Kindheit aussehen würde.

Sie trocknete sich ihre Hände mit dem Geschirrtuch ab und nahm das kleine Mädchen bei der Hand.

„Dann lass uns dich mal aus deinem Schlafanzug holen und dich fertigmachen, um deine Großmutter zu sehen."

„Was geht, Arschlöcher?" Damon betrat das Schnellrestaurant und nickte Jaxon und Lucien zu, bevor er seinen großen Körper in der Sitzecke niederließ.

Luciens Magen verkrampfte sich, als sein Wächter-Kollege ihm gegenübersaß. Er hatte sich gedacht, dass Barrett jemanden schicken würde, um nach ihnen zu sehen. Er hatte nur nicht erwartet, dass es Damon sein würde. Der Kollege mochte es nicht, von seiner Gefährtin, Ava, getrennt zu sein. Lucien konnte es ihm nicht vorwerfen. Ava Trahan war umwerfend.

„Damon, was machst du hier?" Lucien runzelte die Stirn und schob seine Kaffeetasse weg.

„Ich sehe nur nach, was in diesen Gefilden so los ist."

Damon winkte einer vorbeilaufenden Kellnerin zu und bestellte sich einen Kaffee.

Lucien konnte Jaxons Augen auf sich spüren, wagte es aber nicht, ihn anzusehen. Er wusste, dass Damon hier war, um Zane zu finden.

„Wo ist Zane?" Damon verschränkte die Arme vor der Brust und starrte ihn an. „Und sag verdammt noch mal nicht, dass du es nicht weißt."

„Scheiße." Jaxon seufzte schwer.

Damon beugte sich vor und sah sie beide mit zusammengekniffenen Augen an. „Versteht ihr beide, was die Strafe ist, wenn ihr Informationen vor eurem Rudelführer verbergt?"

„Ich gehe davon aus, dass es nichts Gutes ist." Lucien schüttelte den Kopf und sah dem anderen Wächter in die Augen. „Schau, Mann, du bittest uns, unseren Bruder zu verraten, dem wir geschworen haben, treu zu sein."

„Ich bitte euch, eurem Rudel treu zu sein." Damon knurrte langsam und tief. Die Gäste, die hinter ihnen saßen, standen schnell auf und gingen zur Tür.

Luciens Herz rutschte in seine Kniekehlen. In dieser Situation konnte niemand gewinnen. Entweder würde er Zanes Situation für sich behalten und damit seine Loyalität zum Rudel brechen oder er würde seinen Bruder verraten.

„Was wäre, wenn es Jayden wäre? Was würdest du tun?" Jaxon fuhr sich mit der Hand durch sein Haar.

„Ich würde das Richtige tun. Das ist es, was ich verdammt noch mal tun würde", konterte Damon.

„Aber was ist, wenn beides die richtigen Dinge wären?", beharrte Lucien. „Was ist, wenn, egal was wir tun, jemand verletzt werden wird?"

Damon lehnte sich in der Sitzecke zurück und schaute sie beide mit einem abschätzenden Blick an. Die Narbe auf seiner Wange schien unter der Café-Beleuchtung zu zucken.

„Ich bin nicht alleine hier." Damon legte den Kopf schief.

„Scheiße." Lucien hielt den Atem an. „Also ist Barrett mit dir hier." Perfekt. Einfach verdammt perfekt. Jetzt gab es aus dieser Scheißsituation keinen Ausweg mehr. Zane war verloren und jetzt würden er und Jaxon ihre Jobs als Wächter verlieren, weil sie versucht hatten, ihren Bruder zu schützen.

„Nicht Barrett."

„Damon, da bist du." Ava kam zu ihrer Sitzecke hinüber. „Ich dachte, du hast gesagt, du würdest im Restaurant nebenan essen?" Sie runzelte die Stirn und sah auf seine Begleiter.

„Jaxon, Lucien. Ich wusste nicht, dass ihr in Jonesboro seid." Sie lächelte.

„Hallo, Ava", sagten sie gleichzeitig.

„Sie mussten ein paar Wächter herbringen, damit sie ihre Tätowierungen bekommen." Damon starrte sie weiter an. „Und sie haben sich entschieden, etwas länger zu bleiben."

„Oh ja?" Sie ließ sich von Damon auf sein Knie ziehen. „Gibt es hier irgendetwas zu tun, das Spaß macht? Ich habe gehört, dass es auf der anderen Seite der Stadt einen Nacht-klub gibt."

„Den würde ich nicht empfehlen." Lucien schnupperte an seiner Lederjacke und zuckte zusammen. „Dort sind haupt-sächlich College-Mädchen, für die Nein keine Antwort ist. Außerdem wird dort geraucht."

„Das muss ich mir merken." Sie warf Damon einen warnenden Blick zu.

Damon kicherte leise und legte eine Hand um ihre Taille. „Um mich musst du dir keine Sorgen machen."

„Das tue ich nicht. Ich mache mir Sorgen, dass dich irgendeine zufällige Schlampe anfasst und ich dann Hand bei ihr anlegen muss. Vorzugsweise um ihren Hals." Ava warf ihm ein hübsches Lächeln zu.

„Also, was machst du hier, Ava?", fragte Lucien.

„Ich bin hier, um die Renovierung meines Hauses zu prüfen."

„Das stimmt. Ich hatte vergessen, dass du ein Haus hier hast." Er erinnerte sich daran, wie ihr Haus nach ihrer Entführung durch rote Wölfe bombardiert worden war. „Ich wusste nicht, dass davon noch etwas übrig war."

„Es wurde ziemlich schwer beschädigt, aber ein großer Teil des Hauses ist unversehrt." Sie zuckte mit den Schultern. „Nach ein paar Nachforschungen hat sich herausgestellt, dass es eine gute Investition ist, es wiederaufzubauen und auf den Markt zu stellen. Es ist ja nicht so, als würde ich planen, wieder hierher zurückzuziehen." Sie sah Damon an und grinste.

„Das ist klug. Ich hoffe, du hast einen guten Bauunternehmer gefunden. Du weißt, dass sie berüchtigt dafür sind, einen über den Tisch zu ziehen." Lucien trank einen Schluck Kaffee und entspannte sich ein wenig. Das war gut. Wenn Ava im Dunkeln tappte, warum Damon wirklich hier war, hatten sie vielleicht noch etwas Zeit, um Zane zu finden und ihm zu helfen, bevor Barrett davon erfuhr.

Er brauchte nur etwas mehr Zeit.

Und eine ganze Menge Glück.

KAPITEL ACHT

„Was meinst du damit, du kannst sie nicht nehmen? Du weißt, dass ich heute auf der Baustelle arbeiten muss. Vor allem, weil du auch nicht dort bist und ich bereits gestern versäumt habe." Skylar hatte einfach zu viele Ablenkungen und sie konnte ihre Verpflichtungen nicht weiter vor sich herschieben. Sie musste das Haus fertigstellen, bezahlt werden und das Wohnhaus kaufen, bevor es ihr jemand anderes wegschnappte.

Das war von Anfang an der Plan gewesen und sie wollte ihn für nichts und niemanden ändern.

„Ich kann nicht, Skylar. Ich kann Maria noch nicht alleine lassen. Die Geburt war kompliziert und die Ärzte sagen, dass ich in der Nähe bleiben muss." Seine Augen waren groß vor Besorgnis und die Ringe darunter ließen darauf schließen, dass er die ganze Nacht nicht geschlafen hatte.

„Kompliziert? Was meinst du damit?" Ihr Magen drehte sich um.

Hector drückte seine Tochter an seine Brust und rieb seine Hand in kleinen Kreisen über ihren Rücken. Sie war so glücklich gewesen, ihren Daddy zu sehen, als sie im Krankenhaus ankamen, und war ihm im Flur entgegengerannt.

„Sie hat bei der Geburt viel geblutet. Die Blutung hat vorläufig aufgehört, aber sie behalten noch immer ein Auge darauf. Sie mussten ihr am Ende eine Bluttransfusion geben."

„Oh, Hector. Ich hatte ja keine Ahnung. Warum hast du mir das nicht erzählt?" Sie war eine schreckliche Person. Sie machte sich Sorgen um einen Job, während er sich Sorgen um das Leben seiner Frau machte.

„Du hast schon so viel für mich getan. Ich hasse es wirklich, dir zur Last zu fallen, Skylar."

„Wir sind Freunde. Du kannst mich um alles bitten, das weißt du, ja?" Er hatte durch dick und dünn an ihrer Seite gestanden und manchmal sogar einen anderen Job abgelehnt, der mehr bezahlte, damit er mit ihr arbeiten konnte. Sie würde das nie vergessen.

„Dann muss ich dich bitten, Sophia noch für einen Tag zu behalten." Er zuckte zusammen, als er die Worte sagte.

„Wo ist Oma?"

„Oma hatte Probleme mit dem Auto. Sie lässt es heute reparieren und wird hoffentlich spätestens heute Abend oder morgen früh hier sein." Er schüttelte den Kopf.

Sie streckte die Hände aus. Sophia kam bereitwillig in ihre Arme und steckte ihren Finger in ihren Mund. „Wir werden klarkommen, nicht wahr, Sophia?" Das kleine Mädchen nickte.

„Skylar, bist du dir sicher? Ich meine, ich kann sie zu den Nachbarn bringen, sie bitten, ihr Antihistamin zu geben und auf sie aufzupassen."

„Bist du verrückt? Du weißt, dass sie Ausschlag oder vielleicht sogar noch eine stärkere allergische Reaktion haben wird, wenn sie dorthin geht. Ich kann sie mitnehmen." Sie sah Sophia in ihre großen braunen Augen. „Es macht dir nichts aus, noch eine Nacht bei mir zu bleiben oder?"

„Ich mag dein Zuhause. Du hast einen Hundi."

Hector lachte laut los. „Einen Hundi? Ich hatte keine Ahnung, dass du einen Hund hast."

„Nicht die ganze Zeit. Er kommt nur zu mir, wenn er Hunger hat." Sie grinste über ihren Insiderwitz.

„Danke, Skylar. Ich weiß es wirklich zu schätzen." Er runzelte die Stirn. „Was machst du wegen der Arbeit heute?"

„Mach dir keine Sorgen darum. Bleib einfach hier und konzentrier dich darauf, dass es deiner Frau besser geht." Sie lächelte. „Wie geht es dem Baby?"

Ein Grinsen breitete sich auf seinem Gesicht aus. „Sie ist wunderschön. Genau wie ihre Mutter."

„Aha, noch ein Mädchen. Ich hoffe, sie wird dir das Leben schwer machen." Sie lachte.

„Ich bin mir sicher, dass sie das wird. Wir haben sie Sky genannt."

Skylar hielt Sophias Hand, als sie das Krankenhaus verließen. Sie wurde sofort von der heißen, stickigen Hitze begrüßt, als sie nach draußen traten. Sie blinzelte gegen das helle Sonnenlicht, als sie zum Transporter hinübergingen.

Sie war noch immer geschockt, dass sie sie gern genug hatten, um das Baby Sky zu nennen. Sie waren nicht blutsverwandt, aber sie hatten eine Freundschaft aufgebaut, die den Prüfungen des Lebens standhielt, und diese Art Bindungen waren manchmal genauso stark.

Sie wischte sich eine Träne von der Wange, als sie die Tür zu ihrem Transporter öffnete.

„Was ist los?", fragte Zane mit gerunzelter Stirn.

„Nichts."

„Es ist nicht nichts. Du weinst. Was ist los?"

„Sie haben das Baby Sky genannt."

„Nach dir. Sie muss wunderschön sein." Sein Blick wurde weicher.

Sie erstarrte, fasziniert von der Aufrichtigkeit in seinem Gesicht. Es war ihr unbehaglich und sie wandte sich ab.

„Warum machst du das?"

„Was mache ich denn?", fragte sie, während sie das Kind in ihren Transporter hob und sie in ihrem Autositz anschnallte. Sie hatte den Kindersitz auf einem Flohmarkt gekauft und hielt ihn immer bereit für den Fall, dass sie ihn für Hectors Kinder brauchte.

„Warum siehst du so aus, als würdest du dich unwohl fühlen, wann immer ich dir ein Kompliment mache? Du musst doch wissen, wie wunderschön du bist." Er griff nach ihrer Hand. Seine Fingerspitzen strichen über ihren Arm und sandten Schauer ihren Rücken hoch und runter.

Lügen war wirklich nie Skylars Stärke gewesen. Es war das gewesen, was sie als kleines Mädchen in Schwierigkeiten gebracht hatte, und sie sah keinen Grund jetzt, als erwachsene Frau, mit dem Lügen zu beginnen.

„Ich habe rote Haare. Ich bin keine Blondine oder Brünette. Ich habe Eigenschaften, die Männer nicht für schön halten. Wenn du also solche Sachen sagst, ist mir das unangenehm, weil ich weiß, dass sie nicht stimmen."

Er kniff die Augen zusammen und die Luft zwischen ihnen schien sich zu verdichten, bis es schwer war, einen Atemzug zu nehmen.

Wortlos ging er um den Transporter herum. Er bewegte sich mit langsamer Besonnenheit, bis er nur noch wenige Zentimeter von ihr entfernt stand.

„Hör mir gut zu, wenn ich das sage. Ich lüge nicht. Das habe ich noch nie." Seine eisblauen Augen funkelten vor Wut und seine Brust hob sich mit jedem sorgfältig ausgewählten Wort. „Wer auch immer dir diese Scheiße erzählt hat, dass du nicht schön bist, ist und wird immer ein Lügner sein. Eifersucht bringt Leute oft dazu, unwahre Dinge zu sagen. Die Eigenschaften, von denen du so wortgewandt sprichst, sind einzigartig. Haare, so feurig wie die Sonne selbst, und Augen in der Farbe seltener Edelsteine sind Eigenschaften, die nicht jede Frau besitzt. Aber es sind Eigenschaften, die jede Frau begehrt. Und du bist die Fantasie eines jeden Mannes. Wenn ich dich ansehe, verliere ich jegliche Kontrolle, die ich geglaubt hätte zu haben. Allein hier neben dir zu stehen, macht es mir schwer, dir nicht die Jeans herunterzureißen und dich, gegen den Transporter gedrückt, zu nehmen."

Ihr Mund klappte auf.

Ihr Körper kribbelte an all den richtigen Stellen. Sie lehnte sich an ihn.

„Fange nichts an, was du nicht zu Ende bringen kannst, Zane." Sie wollte ihn bis zu dem Punkt reizen, an dem es kein Zurück mehr gab.

„Skylar", knurrte er, bewegte sich jedoch nicht. Er blieb vor ihr stehen und sein Blick fiel auf ihren leicht geöffneten Mund.

„Skylar, ich bin durstig", rief Sophia aus dem Transporter.

Sie widerstand einem Stöhnen und trat einen Schritt zurück. „Okay, Süße, wir halten irgendwo an und kaufen dir etwas zu trinken."

„Was ist mit der halben Portion? Ich dachte, du wolltest sie bei ihrem Vater absetzen."

„Planänderung. So wie es scheint, ist die Oma noch nicht da. Also behalte ich sie noch ein kleines bisschen länger." Sie stieg in den Transporter und lächelte das kleine Mädchen an, bevor sie Zane wieder anschaute. „Nachdem wir bei der Tankstelle angehalten und etwas zu trinken gekauft haben, fahre ich dich rüber, damit du dein Motorrad holen kannst, und dann geht's los zur Baustelle."

Sie hatte eine Vierjährige im Schlepptau, einen Werwolf, der seine Verwandlung nicht kontrollieren konnte, als er in ihrer Wohnung war, und sie hinkte mit der Arbeit im Zeitplan hinterher.

Sie seufzte, startete den Motor und fuhr vom Parkplatz. So viel zum Thema, dass alles nach Plan lief.

Zane sah zu, wie Skylar vom Tattoo-Studio wegfuhr. Er wandte seinen Blick nicht von ihr ab, bis sie außer Sichtweite war. Dann richtete er seine Aufmerksamkeit auf sein Motorrad.

Matt war ein Mann seines Wortes. Er hatte Zanes Harley auf dem Parkplatz hinter dem ‚Mondgöttin'-Tattoo-Studio weggeschlossen. Nachdem er von Matt erfahren hatte, dass sowohl Lucien als auch Jaxon noch immer in der Stadt waren, um nach ihm zu suchen, wusste er, dass er keine Zeit verschwenden konnte. Jetzt, da er sein Motorrad hatte, brauchte er eine heiße Spur zu denjenigen, die in Jonesboro Meth vertickten. Er hatte die Vorahnung, dass ihn das zu dem Werwolf führen würde, der in der Nacht ihrer Drogenrazzia entkommen war.

Er griff nach der Plane, unter der sein Motorrad verborgen war, und riss sie hinunter.

Ein Lächeln breitete sich auf seinem Gesicht aus, als er das Motorrad liebevoll ansah.

„Hey, Baby. Ich habe dich vermisst." Er strich mit seiner Hand sanft über die blutrote Harley-Davidson Breakout. In Knallrot und Chrom war sie wirklich verdammt heiß. Manche der anderen Wächter, wie Damon und Jayden, hatten Farben wie Schwarz und Grau für ihre Breakouts gewählt, aber nicht er. Er hatte schon immer eine Vorliebe für Rot gehabt. Er verband diese Farbe mit Mut und Furchtlosigkeit.

Er grinste, als Skylars Gesicht vor seinem geistigen Auge auftauchte. Anscheinend mochte er seine Frauen genauso, wie er seine Harleys mochte. Heiß, rot und voller Feuer.

Er setzte sich auf sein Motorrad und startete den Motor. Der Motor brüllte auf und knurrte zwischen seinen Beinen.

Sein Blut wurde heiß, als er den Motor aufdrehte. Er liebte das. Der Klang seines Screamin-Eagle-Auspuffs, der Geruch von Leder und Metall und das Gefühl von Freiheit und Kraft. Dies war sein Büro, rittlings auf einer Harley.

Er ließ den Motor knallen und fuhr auf die Straße hinaus. Ihm entgingen die Blicke nicht, die ihm die Frauen auf dem Bürgersteig zuwarfen, als er die Straße hinunter-fuhr. Menschliche Frauen liebten Biker. Was sie nicht wussten, war, dass sie mit ihm einen Werwolf-Biker bekamen.

Er bog an der Ecke rechts ab und hielt seine Geschwin-digkeit unter der Begrenzung, bis die Straße zur Autobahn wurde. Er fuhr in die Richtung von Skylars Bauprojekt, raste die Autobahn entlang und ließ den Wind und die Sonne seine Seele auftanken.

„Ich habe Hunger." Sophia schaute Skylar unter dem Schutzhelm an, den sie dem kleinen Mädchen aufgesetzt hatte. Eine Schweißperle rann von ihrer Schläfe über ihre runde Wange. Sie strich sich mit ihrem schmutzigen Hand-rücken über ihr Gesicht und hinterließ braun verschmierte Schmutzflecken.

Das kleine Mädchen hatte fröhlich unter dem Baum im Hinterhof gespielt und dabei weggeworfene Holzklötze wie

Autos durch den Dreck geschoben, während Skylar die weiteren Arbeiten in der Küche beaufsichtigte.

„Ich hole uns unser Mittagessen aus dem Transporter und wir essen etwas, in Ordnung?" Sie rannte zu ihrem Transporter und öffnete die Tür. Zum Glück hatte sie beim Laden angehalten, um Sandwich-Zutaten, Snacks, Getränke und eine Kühlbox zu kaufen, bevor sie zur Baustelle zurückgekehrt war. Bereits jetzt hatte sie Sophia zwei Packungen Kekse gegeben und es war noch nicht einmal Mittag.

Sie zog die Kühlbox und ihre Tasche aus dem Transporter und ging zurück unter den Baum.

Sie fand eine kleine Grasfläche und setzte sich, bevor sie das Desinfektionsspray aus der Tasche zog. Sie verteilte eine großzügige Portion auf ihren Händen und reichte Sophia die Flasche, die ihre Handflächen ausstreckte. Sie drückte eine freigiebige Menge in ihre Hände und zeigte ihr, sie aneinander zu reiben. Sie zog ein paar Papiertücher heraus und wischte die Überreste des Sprays von den Händen des Mädchens ab.

Nachdem sie das erste Schinken-Käse-Sandwich gemacht hatte, reichte sie es Sophia. Sie öffnete eine Tüte Chips und stellte sie zwischen die beiden. Dann schnappte sie sich zwei eiskalte Wasserflaschen aus der Kühlbox.

Schnell machte sie sich selbst auch ein Sandwich und sah zu, wie Sophia schweigend aß. Das kleine Mädchen riss die braunen Ränder des Brotes ab, bevor sie ihren ersten Bissen nahm.

Skylar lächelte. Sie hätte es besser wissen sollen, als einer Vierjährigen ein Sandwich mit Kruste zu geben. Sie hatte so viele Familien im Park gesehen, die ein Picknick machten, und nicht ein einziges Mal hatten die Kinder ein Sandwich mit Kruste gehabt.

Sie nahm einen Bissen von ihrem eigenen Brot und fragte

sich, ob sie Sophia vielleicht später in den Park mitnehmen sollte, wenn das Projekt abgeschlossen war.

Es war schwer zu wissen, wie man ein Kind gut behandelte, wenn ihr doch von ihrem eigenen Vater nie auch nur ein klein wenig Freundlichkeit gezeigt worden war, als sie aufwuchs.

Ihre Gedanken wanderten zu Zane zurück.

Seine Familie war die Einzige gewesen, die sie jemals so behandelt hatte, als wäre sie etwas wert. Wären sie nicht gewesen, wer weiß, was mit ihr passiert wäre? Vielleicht wäre sie drogensüchtig oder obdachlos geworden oder vielleicht sogar gestorben.

Mädchen wie sie brauchten einen sicheren Ort, zu dem sie vor missbrauchenden Familien fliehen konnten, die das System nicht im Auge behielt. Sie war fest entschlossen, das in ihrem Leben zu erreichen. Das war ihre Mission. Einen sicheren Zufluchtsort zu schaffen.

Sophia nahm sich einen Chip und knabberte daran wie ein kleines Häschen.

„Hey, Skylar, du musst dir das hier ansehen", rief Sanchez, einer ihrer Bauarbeiter, von der Küchentür aus.

„Ich komme gleich." Sie strich das Haar aus Sophias Gesicht und sprang auf.

Sie rannte hinüber zur Rückseite des Hauses, wo Sanchez auf sie wartete. Der junge Mann war nur ein paar Jahre älter als sie, aber er war verheiratet und hatte zwei Kinder. Er war ein Werwolf und hatte sich direkt nach der Highschool mit seiner Jugendliebe verpaart und war nie aufs College gegangen. Er sagte, er sei nie einer gewesen, der hätte studieren wollen, also arbeitete er als Bauarbeiter. Er war ein harter Arbeiter und außerdem klug.

Sie hatte ihm gesagt, dass er in ein paar Jahren seine eigene Baufirma führen würde.

„Was ist los?" Sie kam in die Küche und sah Sanchez an.

„Die Schränke haben die falsche Farbe." Er deutete mit der Hand auf die Küchenablagen, die mitten im Zimmer auf dem Boden lagen. „Was? Das ist unmöglich." Ihr Herz sank in ihrer Brust.

„Wir haben ahornfarbene Schränke bestellt, aber die hier sind cremefarben mit einer Lasur."

„Das kann nicht sein." Ihre Brust zog sich zusammen, als sie auf die Schränke starrte. „Selbst wenn wir bis zum Ende der Woche die richtigen Schränke erhalten, würden wir es nicht schaffen, unsere Frist noch einzuhalten."

„Was willst du machen?" Sanchez stemmte seine Hände in die Hüften und wartete auf ihre nächste Anordnung. So war Sanchez immer. So verdammt ausgeglichen.

Sie atmete tief ein und beugte sich hinunter, um die Schutzfolie von einem der Schränke abzuziehen. Die Schränke waren wirklich cremefarben lasiert.

Sie sahen völlig anders aus als der Stil, den die Besitzerin ausgesucht hatte. Sie legte den Kopf schief. Sie mochte sie sogar noch lieber als die, die die Besitzerin ursprünglich ausgesucht hatte.

„Weiß der Lieferant, dass er die falschen Schränke geschickt hat?"

„Noch nicht." Sanchez hob eine Augenbraue. „Aber das wird er."

Sie stand auf und schaute sich das Muster der Granitplatte auf dem Arbeitstisch an.

Sie nahm das Muster und hielt es neben den Schrank. Die Schränke unterstrichen die Creme- und Grautöne des Granits und betonten es.

Sie griff in ihre Jeanstasche, zog ihr Handy heraus und machte ein paar Fotos.

„Um ehrlich zu sein, denke ich, dass sie mit dieser Arbeitsplatte besser aussehen." Sie suchte in ihren Kontakten.

„Also, was sollen wir tun?", fragte Sanchez. Zu diesem Zeitpunkt waren auch die anderen Arbeiter in die Küche gekommen. Sie standen da und warfen sich besorgte Blicke zu.

„Ich möchte, dass ihr alle schnell Mittagessen geht. Und danach möchte ich, dass ihr diese Schränke einbaut."

„Aber es sind nicht die, die die Besitzerin haben wollte", sagte Sanchez.

„Ich werde ihre Meinung darüber ändern. Aber zuerst werde ich den Händler anrufen, um ihn wissen zu lassen, dass er mir diese Schränke zum gleichen Preis wie die anderen Schränke überlassen muss. Es ist immerhin sein Fehler gewesen."

„Was ist los?" Damon konnte den Stress auf Avas Gesicht sehen, sobald sie den Hörer auflegte.

„Die Küchenschränke sind gekommen, aber es sind die falschen." Ihr Telefon piepste und sie warf einen Blick darauf.

„Dann muss die Bauunternehmerin den Fehler beheben." Er schüttelte den Kopf. „Ich wusste, dass es eine schlechte Idee war, jemanden einzustellen, ohne ihn persönlich kennenzulernen. Du kannst keinen Umbau durchführen, ohne bei all den verdammten Details dabei zu sein."

„Sie hat mir gerade ein Foto geschickt." Ava knabberte auf ihrer Unterlippe. „Sie sagt, dass die neuen Schränke teurer sind."

„Ich zahle keinen Cent mehr." Er verschränkte die Arme.

„Nun, sie sagte, da es ein Fehler war, würden sie uns die Schränke für den gleichen Preis wie die Originalschränke geben." Sie hielt das Telefon hoch. „Schau dir das Bild an. Ich denke, diese Schränke sehen tatsächlich viel besser aus. Was denkst du?"

Er nahm das Handy und studierte das Bild.

„Trotzdem haben sie einen Fehler gemacht. Ich möchte nicht, dass jemand, mit dem du Geschäfte machst, Profit aus dir schlägt." Er gab ihr das Telefon zurück.

Sie grinste. „Also magst du sie. Ich wusste es."

„Wann fahren wir zum Haus raus?" Er musste sich diese Bauunternehmerin ansehen.

„Jetzt sofort, wenn du dich von dem streng geheimen Geschäft freimachen kannst, womit Barrett dich beschäftigt?" Sie schenkte ihm ein zuckersüßes Lächeln.

„Leck mich am Arsch."

„Du meinst, du willst meinen Arsch lecken", witzelte sie.

„Du hast recht. Ich liebe deinen Arsch." Er streckte die Hände aus, legte sie auf ihren Hintern und zog sie in seine Arme.

Sie kicherte, als sie sich an seine Brust kuschelte.

„Also lass uns jetzt gehen." Sie schlang ihre Arme um seinen Hals und zog ihn zu einem Kuss hinunter.

Er drückte seinen Mund auf ihren und ließ sich Zeit, ihren süßen Geschmack zu genießen. Er liebte sie mit einer Intensität, die ihn manchmal erschreckte.

„Also gut. Lass uns gehen." Er kniff ihr in die Pobacken.

Sein Handy summte in seiner Jeanstasche.

„Ach. Ignorier es." Sie kniff die Augen zusammen.

„Kann ich nicht, Baby. Könnte Arbeit sein."

Widerwillig löste er sich von ihr und griff in seine hintere Tasche, um sein Handy herauszuziehen. Er seufzte, sobald er sah, dass Barrett anrief.

„Ignorier es." Sie versuchte, ihre Brüste gegen seinen Oberkörper zu reiben, um ihn abzulenken.

„Es ist Barrett. Ich muss rangehen." Sie runzelte die Stirn, als er den grünen Knopf drückte.

„Hallo."

„Was zum Teufel hat da so lange gedauert? Ich habe schon angefangen zu glauben, dass du mit den anderen drei Arschlöchern durchgebrannt bist, die es nicht schaffen, an ihre verdammten Handys zu gehen", polterte Barrett.

Damon musste ein Lächeln unterdrücken. Sein Rudelführer war dafür bekannt, immer cool zu bleiben, aber die letzten paar Tage mussten ihn ziemlich sauer gemacht haben, um Barrett so aus der Ruhe zu bringen.

„Ich habe Ava hier, die mich ablenkt. Ich habe nicht vor, mit irgendjemand anderem durchzubrennen." Er zwinkerte. „Keine bildhaften Beschreibungen, bitte." Damon lachte.

„Was hast du herausgefunden? Wo sind meine Wächter?"

Damon holte tief Luft. „Ich habe Lucien und Jaxon heute Morgen in einem Café getroffen, wo sie aussahen, als hätten sie entweder einen verdammten Kater oder ihr Hund wäre gestorben."

„Dieser Hund sollte besser nicht Zane sein", knurrte Barrett.

Damon schüttelte seinen Kopf. „Sieh mal, Boss, ich bin mir nicht sicher, was mit den beiden los ist, aber ich habe das Gefühl, dass sie etwas verbergen."

„Ist Zane abtrünnig geworden?" Barretts Stimme war auf unheimliche Weise ruhig. Damon wusste, dass sein Rudelführer die größte Hochachtung vor Zane hatte. Er war schließlich sein Stellvertreter.

„Ich bin mir nicht sicher", antwortete Damon so ehrlich, wie er konnte. „Aber ich bin hier, um das verdammt noch mal herauszufinden."

Lucien fuhr sich mit der Hand durch sein Haar und biss seine Zähne zusammen.

„Kumpel, du siehst aus, als hättest du Verstopfung." Jaxon lief auf dem müllübersäten Hof eines verlassenen Apartmentgebäudes an ihm vorbei und blieb am Eingang stehen. Sie hatten den Tipp von einer weiblichen Kassiererin an der Tankstelle erhalten, die sagte, dass man sich hier Meth besorgen konnte. „Fick dich, Jaxon." Lucien runzelte die Stirn und sah sich in seiner Umgebung um. Das Wohnhaus befand sich in einem industriellen Teil der Stadt in der Nähe der Eisenbahnschienen. Die Fenster waren von außen mit Sperrholzplatten vernagelt worden, die mit Graffiti verziert waren. Über den dunklen tristen Backsteinziegeln wuchs eine dicke grüne Decke aus Efeu, die die Seite des Hauses hinaufrankte. Der Hof war kahl ohne Gras. Noch nicht einmal Unkraut wollte an diesem deprimierenden Ort Wurzeln schlagen.

„Die Tür ist mit einem Vorhängeschloss abgesperrt." Lucien hob den Kopf. Sein Blick fiel auf das Dach, wo ein großer Teil der Dachziegel weggeblasen worden war.

„Lass mich zur Rückseite gehen und nachsehen, ob es einen anderen Weg hinein gibt." Jaxon rannte hinter das verlassene Wohnhaus.

Die Sonne von Arkansas brannte unerbittlich auf Lucien hernieder. Schweißperlen bildeten sich an seiner Schläfe und er wischte die Feuchtigkeit mit seinem Handrücken ab. Wahrscheinlich war es nicht die beste Idee gewesen, heute seine Lederjacke zu tragen.

Lucien ballte die Fäuste. Er hatte das Gefühl, er würde

Zane im Stich lassen. Er schien sich in Luft aufgelöst zu haben und niemand hatte eine Spur.

Er musste sich beeilen, ihn zu finden, bevor Damon es tat.

„Ich habe hier hinten etwas", rief Jaxon.

Lucien ging um das Gebäude herum. Sein Blick fiel auf etwas, das im Efeu vergraben lag. Er blieb stehen, bückte sich und schob die Ranken der Pflanze zur Seite.

Verborgen im Grünzeug lag eine kleine Plastiktüte. Er hob sie auf und hielt sie sich an die Nase. Obwohl sie leer war, war der Geruch des Crystal Meth für seine empfindliche Werwolfnase überwältigend.

„Also haben wir doch noch eine Spur gefunden." Er griff sich die Tüte und ging zu Jaxon hinüber.

Jaxon runzelte die Stirn, als er ihm die Tüte unter die Nase hielt.

„Gott, Alter. Die Scheiße stinkt", sagte Jaxon und trat einen Schritt zurück.

„Zumindest folgen wir den richtigen Brotkrumen. Oder sollte ich ‚Methkrumen' sagen?" Er warf die Tüte auf den Boden. „Was hast du gefunden?"

„Hier ist ein Kellerfenster." Er deutete auf das vernagelte Fenster, das zu klein war, als dass eine normale Person hindurchpassen würde, geschweige denn ein Werwolf.

„Machst du Witze? Ich glaube, nicht mal ein Sechsjähriger würde da durchpassen."

„Warte. Ich bin noch nicht fertig." Jaxon ging zu dem Fenster und griff nach dem Brett, das das Fenster versperrte. Ein Klicken ertönte und dann öffnete sich das Brett zusammen mit einem beträchtlichen Teil der Ziegel. Die Öffnung war ungefähr anderthalbmal einen Meter groß.

„Was zum Teufel?" Luciens Mund klappte auf.

„Stimmt, oder? Ich meine, wie genial ist es denn, am kleinsten Fenster des ganzen Gebäudes eine verborgene Tür zu verstecken? Niemand würde jemals daran denken zu versuchen, hier hineinzukommen." Jaxon grinste und zog sein Handy heraus. Er schaltete die Taschenlampe ein und leuchtete in den dunklen Keller hinein.

„Was bedeutet, dass wir es mit hoch motivierten Drogendealern zu tun haben." Lucien zog sein Handy heraus und machte ein Foto von der verborgenen Tür. Sein Rudelführer würde sehr interessiert daran sein, das hier zu sehen.

Lucien ging in den Keller und Jaxon folgte ihm.

Der Geruch jahrelangen Schmutzes und Dreckes mischte sich mit Schimmel und ließ ihn vor Ekel die Nase rümpfen. Der schwache Geruch von Crystal Meth und Sex hing in der anderen Ecke des Raumes in der Luft.

„Ja. Mit Sicherheit ein Drogenhaus. Ich bin überrascht, dass der Geruch nicht überwältigend ist." Jaxon hielt das Telefon in die hintere Ecke des Raumes. Alte Decken und leere Säcke lagen auf dem Betonboden. Alles Beweise, dass die Junkies hier high wurden und Party machten.

„Ich denke, es ist schon ein paar Tage her, seit hier zuletzt jemand Drogen genommen hat." Lucien hielt seine eigene Taschenlampe hoch und durchsuchte den Raum. Abgesehen von Müll gab es in dem Raum nicht viel.

„Lass uns nachsehen, was dort oben ist." Lucien deutete auf die Treppe, die in den ersten Stock führte.

Jaxon folgte ihm.

Die Tür am oberen Ende der Treppe war verschlossen. Lucien rammte seine Schulter gegen das Holz, die Tür gab nach und sprang auf.

Er trat in den dunklen Flur des Gebäudes und blinzelte, sodass sich seine Augen an die Dunkelheit des Raums gewöhnen konnten. Winzige Lichtstrahlen drangen durch die Risse der Bretter an den vernagelten Fenstern.

Wortlos wanderten sie durch die mit Müll gefüllten Flure und blieben nur stehen, um in die Räume zu schauen, an denen sie vorbeikamen. In manchen

Zimmern befanden sich alte, schimmelige Matratzen, was darauf hindeutete, dass es sich vielleicht einst um eine Obdachlosenhöhle gehandelt hatte, bevor die Drogendealer das Gebäude zu ihrem eigenen Zweck übernommen hatten.

Der Geruch von altem Urin wehte Lucien entgegen und er schluckte die Galle hinunter, die in seinem Hals aufstieg.

„Warum können Leute nicht ein paar Meter mehr gehen, um nach draußen zu gelangen zum Pissen, statt einfach drinnen zu pinkeln?", knurrte Jaxon.

„Vermutlich, weil es sie einen Scheißdreck kümmert." Lucien rümpfte die Nase und setze die Wanderung fort. Als sie den letzten Raum erreichten, deutete er auf die Treppe.

„Willst du nachsehen, was es in den nächsten beiden Etagen gibt?", fragte Lucien und wischte sich die verschwitzte Stirn mit seinem Arm ab.

„Warum nicht? Aber ich vermute, es wird einfach noch mehr vom Gleichen sein. Noch mehr Gestank. Noch mehr Pisse", zischte Jaxon.

„Wahrscheinlich", schnaubte Lucien.

Ein paar Minuten später, nachdem sie ihre Wanderung durch den zweiten Stock hinter sich gebracht und nichts gefunden hatten, zwangen sie sich das dritte und letzte Stockwerk des Wohngebäudes hinauf.

Oben an der Treppe angekommen gingen sie nach links und öffneten die Tür zum ersten Raum.

Was Lucien sah, bewirkte, dass sich seine Nackenhaare aufstellten.

„Jaxon, schau dir diesen Scheiß mal an." Er stieß die Tür ganz auf und trat ein. Jaxon war direkt hinter ihm und murmelte einen Fluch.

Dieses Fenster war anders. Anstatt von außen vernagelt zu sein, war es von innen verdeckt. An beiden Seiten des Fensters standen zwei automatische Sturmgewehre, die gegen die abblätternde Tapete gelehnt waren, und in der Ecke stand eine Kiste Munition.

„Auf was zum Teufel sind wir hier gestoßen?" Jaxons Blick huschte durch den Raum. „Warum würde jemand Tausende von Dollar an Waffen und Munition in diesem Scheißloch zurücklassen?"

„Meine Vermutung ist, weil sie zurückkommen." Lucien rannte in den Flur. „Überprüf alle Räume."

„Wofür?"

Er sah seinen Bruder an. „Ich wette, dass jeder Eckraum ein Fenster mit der gleichen Ausstattung hat. Es ist eine Art Wachposten. Geh und schau dir die Seite dort an und ich schaue hier drüben."

Lucien ging in das gegenüberliegende Zimmer und öffnete die Tür. Er war nicht überrascht zu sehen, dass es dort ein weiteres von innen mit Holzplatten vernageltes Fenster gab und Waffen an der Wand daneben lehnten. Er ging weiter in den Raum hinein und zum Fenster hinüber. Er tastete um die Kanten der Holzplatte herum, die das Fenster bedeckte, bis seine Finger über einen Haken und einen Riegel streiften. Er löste den Haken und zog an der Holzplatte. Die Platte schwang an einem an der Wand festgeschraubten Seitengelenk auf, welches dem Brett erlaubte, frei herum zu schwingen.

Sonnenlicht fiel in den dunklen Raum und er legte seine Hände auf das Fensterbrett und schaute hinaus. Seine Position bot ihm einen ungehinderten Blick auf die Rückseite des Gebäudes und den Hinterhof.

Schwere Schritte hallten durch den Flur, als Jaxon sich näherte.

„Hey, Mann, du hast recht. Die beiden Räume auf der anderen Seite sind genauso aufgebaut. Ich habe in beiden Räumen einen Riegel an der Seite des Fensters gefunden und beide Fenster öffnen sich." Jaxon stemmte die Hände gegen seine Hüften.

„Das hier ist nicht nur das zweitklassige Versteck eines Drogendealers." Luciens Blick ruhte auf den Waffen. „Das hier ist etwas anderes. Und mein Bauchgefühl sagt mir, dass es uns direkt zu Zane führen wird."

„Was zum Teufel macht sie denn?", murmelte Zane vor sich hin, als er in die Einfahrt der Baustelle einbog. Sein Blick verengte sich auf Skylar, die einen großen Küchen-schrank über den Hof trug. Es war offensichtlich, dass sie Schwierigkeiten hatte, den Schrank von der Ladefläche des Lastwagens zum Haus zu schaffen.

Er parkte seine Harley neben ihrem Transporter und stellte den Motor ab. Er drückte den Ständer hinunter, rutschte vom Motorrad und rannte schnell zu ihr hinüber.

„Gib her, lass mich das machen." Trotz ihrer Proteste nahm er ihr den großen Schrank ab.

„So schwer ist der gar nicht. Ich kann ihn alleine tragen." Sie schmollte, als er sie ignorierte.

„Das ist egal. Du solltest ihn sowieso nicht tragen. Nicht mit all diesen Arschlöchern hier, die dir helfen könnten." Er sagte es laut genug, damit ein vorüberlaufender Arbeiter ihn hören konnte und seinen Kopf verlegen senkte.

„Sie haben sich angeboten, aber ich habe ihnen gesagt, dass ich es alleine schaffe."

„Natürlich hast du das", murmelte er, als er in die Küche trat. „Wo willst du ihn hinhaben?" Er drehte sich zu ihr um.

„Dort drüben. Es ist der letzte Schrank, der noch aufgehängt werden muss." Sie deutete mit der Hand auf die andere Seite der Küche.

Er trug den Schrank hinüber und hob ihn zu dem Arbeiter hoch, der auf einer Leiter stand. Er stützte das Gewicht des Schrankes von unten, während er an die Wand geschraubt wurde.

Sobald er gesichert war, trat er zurück und bewunderte die Arbeit.

„Das sieht wirklich gut aus. Hast du die selber ausgesucht?"

Sie grinste. „Nicht wirklich. Die Besitzerin hatte ganz andere Schränke ausgewählt und diese hier wurden aus Versehen geliefert." Das konnte nicht gut sein.

„Schau nicht so besorgt. Ich habe bereits mit der Besitzerin gesprochen und ihr eine Nachricht mit Fotos der neuen Schränke geschickt und erklärt, was passiert ist. Ich glaube, sie mochte die Tatsache, dass ich den Lieferanten dazu überredet habe, uns diese hier für den gleichen Preis zu überlassen wie die anderen." Sie zuckte mit den Schultern. „Am Ende hat alles geklappt."

„Wow. Ich muss sagen, ich bin beeindruckt. Du musst eine höllisch gute Geschäftsfrau sein."

„Nein, ich bin eine höllisch gute Bauarbeiterin."

Er unterdrückte sein Lächeln nicht, als er seinen Blick über ihren Körper schweifen ließ.

Ihre T-Shirt-Ärmel waren bis zu den Schultern aufgerollt und enthüllten ihre durchtrainierten Arme. Schweiß tropfte von ihrem Pferdeschwanz, der über ihre Schultern hing, und ließ den Stoff ihres T-Shirts wie eine zweite Haut an ihr haften. Ihre Jeans war in ihre Arbeitsstiefel gezogen und der Werkzeuggürtel hing schräg über ihrer Hüfte.

„Was?" Sie verschränkte die Arme vor der Brust und wackelte mit der Hüfte.

„Ich hätte nie gedacht, dass ich einmal sagen würde, dass ein Werkzeuggürtel sexy ist." Er grinste.

Sanchez hustete und räusperte sich, während Skylars Gesicht so rot wurde wie ihr Haar.

„Wir müssen uns beeilen, da die Besitzerin heute vorbeikommen will." Sanchez ignorierte Zane weiter und richtete seine Aufmerksamkeit auf sie.

„Ich weiß. Zu viel zu tun und nicht genug Arbeiter." Sie strich sich die Haare aus den Augen.

„Ich kann helfen", bot Zane an.

„Du?" Skylars skeptischer Blick entsprach dem, was er fühlte.

Er hatte noch nie in seinem Leben irgendwelche Bauarbeiten durchgeführt. Aber jetzt fühlte er sich plötzlich wie Bob der Baumeister.

„Sicher. Sag mir einfach, was zu tun ist." Er warf Sophia einen Blick zu, als sie durch die Hintertür hereinkam. Ihre Haare waren unordentlich, ihre Kleidung staubig und sie hielt einen Holzklotz in ihrer pummeligen kleinen Hand.

„Hallo, halbe Portion."

„Hallo, Zane", witzelte Sophia, bevor sie ihre Hand um Skylars Oberschenkel schlang und ihren Kopf dagegen lehnte. „Skylar, ich bin durstig."

„Ich hole dir etwas zu trinken, mein Schatz." Skylars Fingerspitzen fuhren durch die dunklen Haarsträhnen des kleinen Mädchens.

Zanes Herz zog sich vor Verlangen zusammen.

Fasziniert von der Szene konnte er seinen Blick nicht von der süßen Interaktion zwischen Skylar und dem kleinen Mädchen abwenden. Sie war ein Naturtalent mit dem Kind. Ein Bild von Skylar mit einem Baby im Arm schoss durch seine Gedanken. Mit *seinem* Baby in ihren Armen.

Skylar sah auf und kniff die Augen zusammen. „Was? Warum schaust du mich so an?"

„Ich weiß nicht, wovon du sprichst." Er sah schnell weg und zwang seine Gedanken, sich auf etwas anderes wie beispielsweise den Job zu konzentrieren, der zu erledigen war, anstatt sich vorzustellen, wie Skylar wohl schwanger aussehen würde.

„Sag mir, was zu tun ist."

Diese dumme Droge in seinem System machte ihn mit diesen Gefühlen und Bildern noch ganz verrückt. Scheiße, was würde er nicht dafür geben, um zu seinem normalen Selbst zurückzukehren.

„Nun, da alle Schränke angebracht sind, müssen wir neue Maße für die Arbeitsplatte nehmen. Diese neuen Schränke sind größer als die, die wir ursprünglich bestellt hatten." Sie warf einen Blick auf ihr Handy. „Sie machen in einer halben Stunde zu. Wir werden es nicht schaffen, die Bestellung heute noch aufzugeben, aber wenn wir die Maße nehmen und sie gleich am Morgen zu ihnen bringen, dann können sie hoffentlich die Granitplatte innerhalb von ein oder zwei Tagen zuschneiden."

„So schnell?" Zane nahm ein Maßband in die Hand. Sie reichte ihm die Pläne und einen Stift, damit er die neuen Maße aufschreiben konnte.

„Es hilft, dass Jonesboro einen eigenen Granit- und Steinvertrieb in der Stadt hat. Ich kenne den Eigentümer und er versteht, dass ich eine Frist habe. Also hoffe ich, dass er meine Arbeitsplatte priorisiert behandeln wird." Skylar verzog besorgt ihre Lippen.

„Ich bin mir sicher, dass du ihn überzeugen kannst. Du scheinst gut im Verhandeln zu sein." Er ging auf sie zu und wollte sie küssen.

„Skylar, ich habe Durst."

„Oh ja, richtig. Es tut mir leid."

„Hier, ich gehe und hole ihr etwas zu trinken, wenn du mir sagst, wo die Getränke sind."

„In der Kühlbox hinten bei dem Baum." Sie seufzte. „Vielen Dank."

Er ging zur Hintertür hinaus.

Die Hitze traf ihn wie ein Schlag ins Gesicht. Im Haus gab es wenigstens Ventilatoren, die eine leichte Brise aufwirbelten und die Luftfeuchtigkeit in Schach hielten.

Er sah eine Staubwolke, als ein Auto die Einfahrt hinaufraste. Er wusste nicht, was für ein Arschloch hinter dem Steuer saß, aber er würde sie auf jeden Fall darauf hinweisen müssen, nicht so schnell zu fahren, während Sophia hier herumlief …

Er griff ein Getränk aus der Kühlbox und stapfte zum Haus zurück.

„Skylar, jemand ist hier. Und sie sind viel zu schnell gefahren." Er schraubte den Deckel der kalten Wasserflasche auf und reichte sie Sophia. Das kleine Mädchen lächelte, bevor sie einen großen Schluck trank. Ihr verschwitztes Haar hatte sich über ihrem Gesicht verfilzt, aber sie sah nicht so aus, als würde es ihr etwas ausmachen. Sie sah aus, als würde es ihr viel Spaß machen, im Dreck zu spielen. Es erinnerte ihn daran, wie Skylar, als sie noch klein war, in ihrem Vorgarten gespielt hatte.

„Oh Gott. Es ist die Besitzerin. Sie ist früher hier als gedacht." Skylar wischte sich nervös die Hände an den Oberschenkeln ab und sah sich im Raum um, als würde sie sich fragen, wie sie den Rest der Küche in Sekundenschnelle zusammenbauen könnte.

Er kicherte. „Entspann dich. Die Besitzerin weiß, dass es noch nicht fertig ist. Sie erwartet doch nicht, dass es einzugsbereit ist." Er zog sie an seine Brust.

Sie entspannte sich für eine Sekunde, bevor sie sich von ihm löste. „Ich weiß, aber ich hatte gehofft, dass wir noch mehr erledigen können. Ich wollte, dass wir früher fertig werden."

Er hielt ihre Wange zwischen seinen Händen und zwang sie, ihm in die Augen zu sehen.

„Atme."

Sie nickte, schloss ihre Augen und atmete tief durch.

Das Auto fuhr in den Hof und hielt an. Sie löste sich aus seinen Armen und wischte ihr T-Shirt ab.

„Kannst du Bart helfen, den Holzfußboden aus dem Transporter zu holen? Ich möchte, dass die Eigentümerin einen Blick darauf werfen kann, damit ich ihr zeigen kann, wie alles aussehen wird, sobald er verlegt ist."

„Sicher." Er drückte ihr einen Kuss auf ihre Lippen, bevor er durch die Hintertür hinausging, während sie nach vorne ging, um ihre Kundin zu begrüßen.

„Skylar sagte, wir sollen die Bretter für die Böden vorerst ins Wohnzimmer bringen, da sie der Besitzerin eine Besichtigungstour in der Küche gibt." Bart wischte sich seine Stirn mit einem schwarzen Kopftuch ab und ließ die Heckklappe des Transporters herunter. „Ich freue mich schon, wenn wir hier fertig werden. Das war ein verdammt schwerer Job."

„Wie lange arbeitet ihr schon an diesem Projekt?" Zane hob mühelos einen Stapel Kisten hoch, während Bart sich nur zwei Kisten griff. Der Mann grunzte, als er Zane zur Vorderseite des Hauses folgte.

„Seit ein paar Monaten. Es hat sich dramatisch verändert, seitdem wir angefangen haben."

„Es sieht so aus."

„Mann, du verstehst nicht, was ich meine." Bart kicherte, als er die vorderen Stufen zum Haus hinaufging.

„Was meinst du denn?"

„Ich meine, die ganze Rückseite des Hauses war in die Luft gesprengt worden. Wie mit einer gottverdammten Bombe." Er senkte die Stimme und lehnte sich zu Zane hinüber. „Wenn du mich fragst, denke ich, dass die Besitzerin in irgendwelche dreckigen Sachen verwickelt ist. So etwas wie die Mafia. Oder wie sonst würde man einen Bombenanschlag auf ein Haus erklären?"

Unbehagen kroch seine Wirbelsäule und seinen Hals hinauf. Warum hatte Skylar das ihm gegenüber nicht erwähnt? Er hatte wirklich nicht gedacht, dass die Mafia daran interessiert war, ihr Territorium in Arkansas auszuweiten.

Er legte den Holzfußboden ab, als er die Stimmen der Frauen in der Küche hörte. Seine Sinne waren sofort hellwach, als ihm die Vertrautheit der zweiten Frauenstimme bewusst wurde.

Er dachte ein paar Monate zurück, als das Wächtergelände nach der Entführung einer Frau bombardiert worden war. Danach hatten sie erfahren, dass das Haus der Frau ebenfalls bombardiert worden war.

Heilige Scheiße.

Das war nicht das Haus irgendeiner Kundin. Er stand in Avas altem Haus.

Das bedeutete nur eine Sache. Damon war nicht weit entfernt.

Skylar lächelte, als sie durch die Küche ging und Ava Trahan und ihrer Großmutter ihre Fortschritte zeigte. „Wie Sie sehen, sind die Schränke alle fertig und sobald die Arbeitsplatten ankommen, können wir mit den Holzfußböden beginnen."

Skylar hatte nicht erwartet, dass die Besitzerin so wunderschön sein würde, oder gar in ihrem eigenen Alter. Als sie auf Skype miteinander sprachen, hatte es Ava nie geschafft, ihre Kamera zum Laufen zu bringen, deshalb hatte Skylar sie bis heute nicht gesehen.

„Bist du dir sicher, dass du dieses Haus wirklich verkaufen willst, Ava?" Ihre Großmutter spähte aus dem

Fenster, wo schon bald die Spüle stehen würde. „Es ist so ruhig und friedlich. Du und Damon könntet dies zu eurem zweiten Zuhause machen oder es einfach dafür behalten, wenn du mal ein Mädchenwochenende haben möchtest." Granny lächelte.

„Ich brauche kein Mädchenwochenende. Ich möchte ohnehin schon nicht von Damon getrennt sein. Der einzige Grund, warum er mit mir in Jonesboro ist, ist, dass er an einem streng geheimen Drogenfall für Barrett arbeitet." Ava schloss den Mund und zuckte zusammen, als sie Skylar ansah. „Das hätte ich wahrscheinlich nicht sagen sollen."

„Ja, und jetzt müssen wir die hübsche Bauunternehmerin töten, um sie zum Schweigen zu bringen." Granny schob ihre Hand in ihre weiße Handtasche und wühlte darin herum.

Skylar lachte ein wenig über den beiläufigen Kommentar. Ganz sicher hatte die alte Dame nur Spaß gemacht. Sie hatte noch nie zuvor einen Grund gehabt, einem Kunden gegenüber nervös zu sein. Sie hatte sich auch keine Sorgen gemacht, als Ava ihr erzählt hatte, dass das Haus bombardiert worden war. Zur Hölle, sie hatte ihr die Geschichte abgekauft, die Ava ihr über die verrückten Kinder erzählt hatte, die eine Rohrbombe ins Haus geworfen hatten. Sie hatte gesagt, es sei ein schrecklicher Halloweenstreich gewesen.

„Ich mache nur Witze, Schätzchen." Granny zog ein Pfefferminzbonbon aus ihrer Tasche, schob es sich zwischen ihre faltigen Lippen und lächelte.

„Wollen Sie auch eins?" Granny streckte ihr ein zweites Bonbon entgegen.

„Sicher." Sie entspannte sich und griff nach der Süßigkeit.

Grannys Lächeln verflog und sie lehnte sich näher zu ihr hinüber. Ihre Nasenflügel bebten. Die alte Frau kniff die Augen zusammen und sprach: „Wenn ich es nicht besser wüsste, würde ich sagen, dass Sie, mein Schätzchen, ein Wolf sind."

KAPITEL NEUN

„Was haben Sie gesagt?" Skylar spürte, wie das Blut ihr Gesicht verließ, als sie zwischen den beiden Frauen hin und her schaute. Sie atmete tief ein und zum ersten Mal, seit sie das Haus betreten hatten, nahm sie ihren Geruch wahr.

Sie waren Wölfe. Graue Wölfe.

„Wieso ist mir das nicht aufgefallen?" Ava starrte sie jetzt interessiert an.

„Wahrscheinlich, weil Skylar anders riecht. Sie ist nicht grau. Sie ist ein roter Wolf." Granny runzelte die Stirn.

„Ein was?" Angst zeigte sich in Avas weit aufgerissenen Augen. Sie trat einen Schritt zurück und stieß dabei gegen die Ecke eines Schrankes. Sie zuckte wegen des Schmerzes zusammen, ließ Skylar aber für keine Sekunde aus den Augen.

Kalte und erschreckende Furcht umhüllte Skylars Körper. Sie wusste, was andere Werwölfe von roten Wölfen hielten und wie sie auf sie herabschauten. Die einzigen Momente, in denen sie vergessen hatte, dass sie sich von anderen Werwölfen unterschied, waren die gewesen, die sie mit Zanes Familie verbracht hatte. Sie hatten von Anfang an gewusst, was sie war, und hatten sie akzeptiert. Sie waren der Grund, dass sie anderen zeigen wollte, dass nicht alle roten Wölfe schlecht waren.

Aber jetzt, wenn sie sich diese beiden Frauen so ansah, wurde ihr klar, dass es falsch war, auf so etwas zu hoffen.

Sie würden sie als Feindin ansehen.

„Skylar, ich habe Hunger." Sophia kam mit ihrem Holzblock-Auto in die Küche gerannt.

Skylar hob sie in ihre Arme und drückte sie an sich. Sie starrte die Frauen an. Wenn sie auch nur versuchen würden, Sophia anzufassen, würde Skylar nicht zögern, zurückzuschlagen. „In Ordnung, Süße. Nur noch ein paar Minuten. Ich glaube, diese beiden Damen wollten gerade gehen."

„Nun, hallo, Süße." Avas Nasenflügel bebten und sie schnupperte an dem kleinen Mädchen. Mit gerunzelter Stirn sah sie zu Granny hinüber, bevor sie sich an Sophia wandte. „Wie heißt du denn?"

Sophia vergrub ihr Gesicht in Skylars Halsbeuge und sagte nichts.

„Sie ist etwas schüchtern, wenn sie neue Leute trifft", sagte Skylar. Außer bei Zane. Sophia war bei ihm überhaupt nicht schüchtern gewesen. „Ihr Name ist Sophia."

„Ich wusste nicht, dass Sie ein kleines Mädchen haben." Ava warf einen Blick auf Skylars nackten Ringfinger. Und obwohl Werwölfe sich auf Lebenszeit paarten, hatten sie nicht immer eine Hochzeit und trugen nicht immer Ringe. Eheringe waren eine persönliche Präferenz, nicht die Regel.

„Sie ist nicht meine. Ich passe für einen Freund auf sie auf. Seine Frau hat ein Baby bekommen und er ist bei ihr im Krankenhaus", platzte sie zu ihrer Verteidigung heraus.

„Wie nett von Ihnen. Es ist schön, dass er eine Freundin hat, die ihm helfen kann." Ava streckte eine Hand aus und streichelte über die dunklen Locken auf Sophias Kopf.

„Ich habe einen Snack in meiner Handtasche, den sie

haben kann." Ava begegnete Skylars Blick. „Das heißt, wenn es Ihnen recht ist."

„Ich weiß nicht ..." Sie blickte hinunter auf das kleine Mädchen in ihren Armen. Sie hatte das Gefühl, dass die Frauen ihr nicht vertrauten, aber ihr Bauchgefühl sagte ihr auch, dass sie dem kleinen Mädchen keinen Schaden zufügen würden.

Ihr Unbehagen nahm ab. Granny war vielleicht ein bisschen ... seltsam. Aber Ava schien eine ehrliche Haut zu sein. Sie wollte gerne wissen, wo sie bei den Leuten stand.

„Solange es kein Bonbon ist." Das letzte Mal, als Sophia bei Skylar Zuhause übernachtet hatte, hatte Skylar dem kleinen Mädchen vor dem Abendessen ein kleines Bonbon gegeben. Der Zucker hatte sie so aufgedreht, dass sie erst nach Mitternacht eingeschlafen war. Lektion gelernt.

„Es ist ein Donut." Ava lächelte sie verlegen an. „Von heute Morgen."

Sophia blickte auf.

„Es ist nur ein glasierter. Vielleicht haben die glasierten nicht so viel Zucker." Granny zuckte mit den Schultern. „Oder sie kann die Schokolade haben, die ich in meiner Handtasche habe." Die alte Frau tätschelte ihre weiße Tasche.

„Nein", sagten Ava und Skylar gleichzeitig.

„Ich will einen Donut." Sophia sah Skylar erwartungsvoll an. Ihre Augen waren groß, als sie lächelte.

„Nun, ich glaube, ich habe jetzt keine große Wahl, nicht wahr?" Sie streichelte die Stirn des Kindes.

Ava öffnete ihre Tasche und zog die Süßigkeit heraus. Sie nahm den Donut aus dem Papier, in dem er eingewickelt war, und hielt ihn Sophia hin.

„Hier, meine Süße."

Sophia griff den Donut mit beiden Händen und nahm einen großen Bissen.

„Sieht so aus, als hättest du Hunger gehabt." Ava strich eine Haarsträhne aus ihrem Gesicht.

„Was sagt man da, Sophia?", flüsterte Skylar.

„Danke", murmelte sie mit vollem Mund.

„Oh, gern geschehen. Ich liebe Donuts." Ava lächelte.

„Ava liebt alles Süße. Gut, dass du einen Stoffwechsel wie ein Gepard auf Crack hast. Ansonsten wärst du so groß wie ein Haus", sagte Granny.

Skylar ließ Sophia aus ihren Armen gleiten. Das kleine Mädchen rannte zu ihrem Baum und setzte sich dort in den Schatten. Skylar wandte sich wieder den Frauen zu.

„Schauen Sie, ich habe nicht versucht, betrügerisch zu sein, indem ich Ihnen verschwiegen habe, dass ich ein roter Wolf bin, als Sie mich eingestellt haben. Wenn ich gewusst hätte, dass Sie Werwölfe sind, wäre ich mit Ihnen diesbezüglich offen umgegangen." Skylar schluckte den Kloß in ihrem Hals hinunter und hob ihr Kinn. „Ich weiß, wie es zwischen unseren Rassen steht."

„Skylar, haben Sie Familie hier in Arkansas?" Granny legte den Kopf schief. Der finstere Blick lag wieder auf dem Gesicht der alten Frau.

„Die einzige Familie, die ich hatte, war mein Vater. Und der ist tot." Sie zuckte mit den Schultern. „Nachdem ich alt genug war, um von Zuhause wegzuziehen, habe ich den Staat verlassen. Zu diesem Zeitpunkt hatte sich die Mehrheit der roten Wölfe bereits selbst beseitigt. Ich hatte gehofft, ich könnte zurückziehen und ein ruhiges Leben führen. Ohne irgendwelche Dramen." Ihr Hals tat weh, aber sie zwang sich, fortzufahren.

„Ich kann es verstehen, wenn Sie nicht mehr möchten, dass ich weiter an Ihrem Haus arbeite. Wenn Sie damit einverstanden wären, mir nur das zu zahlen, was Sie für die bereits geleistete Arbeit schulden, dann werde ich Ihnen aus dem Weg gehen."

„Wussten Sie, dass es rote Wölfe waren, die dieses Haus bombardiert haben?"

„Was?" Skylar blinzelte und schüttelte ihren Kopf. „Es gibt nicht mehr sehr viele von ihnen. Warum sollten sie so etwas tun?"

„Weil sie wütend waren, als Ava vor ihnen gerettet wurde. Sie haben sie gefangen gehalten. Sie wollten sie dazu benutzen, um ihre Bevölkerungszahl wieder zu vergrößern." Granny sah sie die ganze Zeit mit festem Blick an.

„Oh Gott." Ihre Hand umklammerte ihren Bauch und sie griff nach dem nächsten Schrank, um zu verhindern, dass sie stürzte. Die Übelkeit schwoll in ihrem Bauch an. Sie wusste, wozu rote Wölfe fähig waren. Sie hätte nur einfach nie gedacht, dass sie so mutig wären, ein graues Weibchen zu entführen.

„Das tut mir so leid. Das ist furchtbar."

Ava atmete tief ein und wieder aus. „Was geschehen ist, ist geschehen. Es liegt in der Vergangenheit. Und ich bin hier, um über die Zukunft zu sprechen. Skylar, ich bin begeistert vom Fortschritt im Haus. Ich denke, Sie haben das Unmögliche getan und dieses Haus wieder zu einem lebenswerten Ort gemacht." Ava schüttelte den Kopf. „Nachdem es bombardiert worden war, dachte ich nicht, dass es jemals repariert werden könnte. Aber Sie haben mir bewiesen, dass ich falsch lag." Ava lächelte. „Gute Arbeit."

„Vielen Dank." Skylar war von Avas Großzügigkeit und Lob gedemütigt. Nach allem, was diese Frau durchgemacht hatte, war sie noch immer gewillt, Skylar nicht aufgrund der Handlungen anderer zu verurteilen.

„Soll das heißen, dass Sie möchten, dass ich die Renovierung zu Ende bringe?"

„Definitiv." Ava nickte.

Skylar spürte, wie das Gewicht von ihren Schultern fiel. Sie hatte diesen Job so sehr gebraucht und jetzt hatte sie von

Ava die Bestätigung erhalten, dass sie zufrieden war. Sie wusste, dass sie in der Lage sein würde, ihren Traum zu verwirklichen. Sie war einen Schritt nähergekommen, ihren Gehaltsscheck zu erhalten und die Wohnungen kaufen zu können.

Zane eilte zur Vordertür hinaus und zu seiner Harley. Er musste hier verschwinden, bevor Ava ihn sah.

Tony, einer der jüngeren Bauarbeiter, stand an der Seite und sprach lebhaft in sein Handy.

„Lass ihn heute Abend nicht ausgehen! Du weißt genau, dass er zu dieser Drogenparty gehen und sich zudröhnen wird. Der Scheiß wird ihn noch umbringen." Der junge Mann konnte nicht älter als zwanzig sein, aber er war offensichtlich besorgt darüber, dass jemand Drogen nahm.

Zane blieb stehen und wartete, bis der Typ aufgelegt hatte. Der hispanische Arbeiter runzelte die Stirn, als er Zane entdeckte.

„Sagst du Skylar bitte, dass ich gehen musste? Ich weiß, dass sie bis zum Hals in Arbeit steckt, aber bitte sag ihr, dass es wichtig war." Er fuhr sich mit den Fingern durch sein Haar und zog dann seine Schlüssel aus seiner Tasche. „Warte mal kurz." Zane packte ihn am Ellbogen. „Was ist los bei dir?"

„Das kann ich dir nicht sagen. Ich weiß nicht, wer du bist, aber ich weiß, was du bist." Er runzelte die Stirn und versuchte sich aus seinem Griff loszureißen, aber Zane wollte ihn nicht einfach so gehen lassen.

Aha, also war dieser Bauarbeiter ein Werwolf.

„Du hast recht, du kennst mich nicht. Aber wenn es um Drogen geht, musst du es mir sagen."

„Bist du ein Drogenfahnder oder so etwas?" Die Augen des Mannes weiteten sich und er entfernte sich einen Schritt von ihm. „Ich will wirklich keine Probleme mit dem Rudel kriegen."

„Zur Hölle, nein, ich bin kein Drogenfahnder", knurrte er. „Ich weiß, wie es ist, jemanden zu haben, der drogenabhängig ist. Wenn du weißt, wo sie diese Scheiße verkaufen, musst du es mir sagen, damit ich es stoppen kann." Und wenn er die Infos nicht teilen wollte, würde Zane ihn eben windelweich prügeln, bis er es tat.

„Also gut. Aber du hast es nicht von mir gehört." Er warf einen Blick zurück aufs Haus und stellte sicher, dass niemand sie beobachtete. „Auf der anderen Seite der Gleise befindet sich ein altes verlassenes Wohnhaus. Sie verkaufen dort Drogen, sind aber wirklich vorsichtig, wen sie dort reinlassen. In der Tat ist es so, dass sich die Bullen viel Mühe geben, sich von dem Ort fernzuhalten. Vor ein paar Wochen hat ein Polizist dort herumgeschnüffelt und wurde dann tot im Hof aufgefunden. Mit einer einzelnen Schusswunde an seinem Kopf." Er sah sich um und lehnte sich zu ihm. „Es wird gemunkelt, dass diese Leute keine durchschnittlichen Drogendealer sind. Sie sind riesig. Es müssen Werwölfe sein. Und wenn man zu einer Party hineingelassen wird, kommt man nicht wieder raus. Solange, bis sie dich rauslassen." Er schüttelte seinen Kopf. „Mein jüngerer Bruder glaubt, dass er so toll ist, weißt du, und versucht vor seinen Freunden anzugeben. Er hat gesagt, dass er heute Abend zu der Party gehen will. Ich sagte meiner Mutter, dass sie ihn nicht gehen lassen darf. Das Kind wird noch tot enden, wenn er nicht schnell lernt." Zane hörte zu, ohne ihn zu unterbrechen.

„Wie kommt man bei der Party rein?"

„Man bekommt eine Einladung – so wurde mein Bruder eingeladen. Jemand hat sie ihm in der Schule gegeben. Darauf steht, zu welcher Zeit man auftauchen soll. So wissen sie, ob es jemand ist, der Drogen will, oder jemand, der herumschnüffelt. Wenn du nicht zur richtigen Zeit mit der

Einladung dort ankommst, dann kommst du nicht rein." Der Typ zuckte mit den Schultern. „Oder sie töten dich."

Er nickte. In seinem Kopf legte er sich langsam einen Plan zurecht. Er war alleine und er würde einen Angriffsplan brauchen.

„Bitte erzähl Skylar nichts von meinem Bruder. Sie hat eine Regel, keine Süchtigen oder Leute mit Süchtigen in der Familie einzustellen." Er schüttelt seinen Kopf. „Ich brauche diesen Job. Mein Vater ist vor einem Jahr gestorben und jetzt sind es nur noch ich, meine Mutter und mein Bruder. Außerdem möchte ich nicht, dass sie sauer auf mich ist." Er schwankte leicht. Zane hatte Mitleid mit dem Jungen.

„Ich werde ihr nichts sagen, unter einer Bedingung."

„Und die wäre?"

„Ich brauche die Einladung, die dein Bruder hat. Ich muss in dieses Gebäude gelangen."

Skylar runzelte die Stirn, als sie das Donnern eines Motorrads hörte. Sie entschuldigte sich vor ihren Kunden und ging zur Haustür. Zanes Breakout raste die unbefestigte Straße hinunter und bog auf die Hauptstraße ab.

„Seltsam. Er hat mir nicht gesagt, dass er irgendwohin muss", murmelte sie vor sich hin.

„Machen Sie sich keine Sorgen, Schätzchen. Männer sind so." Granny tätschelte ihre Schulter. „Einen Tag hier und am nächsten weg."

Skylar drehte sich um und zwang sich zu einem aufgesetzten Lächeln. Sie mochte es nicht, dass Zane gegangen war, ohne sich zu verabschieden oder ihr zu sagen, wohin er ging. Es fühlte sich so endgültig an.

„Ja, nun …" Das Donnern eines Motorrads ließ sie erneut umdrehen. Ihr Herz machte vor Hoffnung einen Sprung.

„Oh, das muss er sein. Er muss etwas vergessen haben." *Zum Beispiel, sich von mir zu verabschieden.*

„Dieses Motorrad kommt aber aus der anderen Richtung." Ava trat hinter sie und schaute über ihre Schultern.

Die drei standen zusammen an der Haustür und beobachteten den sich annähernden Motorradfahrer.

„Oh, das ist Damon." Die Aufregung in Avas Stimme war unverkennbar.

„Damon?", fragte Skylar. Sie kniff die Augen zusammen, als sich der Biker näherte. Auch er fuhr eine Harley.

„Mein Gefährte." Ava ging um sie herum und rannte in den Hof, um den Besucher zu begrüßen.

Kaum hatte er sein Motorrad auf den Ständer gestellt und war abgestiegen, zog er sie auch schon in eine enge Umarmung. Er küsste sie, als hätte er sie seit Jahren nicht gesehen.

Der Kerl war genauso groß wie Zane und hatte dunkles Haar, das größtenteils unter einem Bandana-Tuch verborgen war, und eine Narbe quer über seiner Wange. Selbst aus dieser Entfernung umgab diesen Typen ein tödlicher Hauch und es hatte nichts mit seiner Größe zu tun.

Ava sprang hoch und schlang ihre Beine um seine Hüfte, während sie ihren Kuss vertieften.

Skylar räusperte sich und schaute weg, etwas verlegen, dass sie sie zu lange angestarrt hatte.

„Sie sind immer so." Granny kam an ihre Seite und hielt ihr ein Pfefferminzbonbon hin, während sie das Paar beobachtete. „Wie läufige Katzen."

Skylar prustete los und biss sich dann auf die Lippe. Diese alte Dame war keine typische Großmutter, so viel war sicher. Granny hatte Mumm und sagte ihre Meinung. Skylar fragte sich, wie ihre eigene Großmutter wohl gewesen war. Wäre sie am Leben gewesen, hätte sie dann mit Skylar Kekse gebacken oder ihr das Kochen beigebracht? Hätte sie sie auf Picknicks mitgenommen oder ihr vorgelesen?

Hätte sie sie vor ihrem Vater beschützt?

Sie wandte sich an die ältere Dame und lächelte. „Ava hat mir nicht gesagt, dass sie ihre Großmutter mitbringt. Ich bin so froh, dass Sie kommen konnten."

„Nun ja, ich bin nicht ihre leibliche Großmutter." Granny spitzte ihre Lippen und nickte. „Aber ich bin ihre Oma, wenn es drauf ankommt. Und das ist das Wichtigste, nicht wahr?"

„Das stimmt." Sie schüttelte ihren Kopf. „Ich habe meine eigene Großmutter nie kennengelernt. Oder meine Mutter." Die Worte klangen sogar für sie selbst erbärmlich.

„Sie müssen einen wunderbaren Vater gehabt haben, der sie großgezogen hat." Granny tätschelte ihren Arm.

„Genau genommen hatte ich das nicht. Ich musste mich selbst großziehen. Mein Vater war ein Monster." In Wirklichkeit war er ein viel schlimmeres Monster gewesen als alle anderen, denen sie je in ihren Träumen begegnet war.

Sie entzog sich der mitfühlenden Berührung der Frau. Sie wollte kein Mitleid.

Granny sah auf und starrte sie lange und fest an.

„Dann haben Sie das wirklich gut gemacht. Sie haben Ihren Platz in dieser Welt gefunden und so viel mehr erreicht als viele andere Menschen. Sie sollten extrem stolz auf sich sein, Skylar", sagte Granny.

Skylar blinzelte, als es ihr die Kehle zuschnürte. So hatte sie noch nie darüber nachgedacht. Sie war viel zu sehr damit beschäftigt gewesen, zu versuchen, ihre Zukunft besser zu machen, als dass sie Zeit gehabt hätte, alte Geister der Vergangenheit wieder aufleben zu lassen.

„Vielen Dank. Ich weiß das sehr zu schätzen." Sie wandte sich ab, als Damon und Ava hereinkamen.

„Skylar, ich möchte, dass Sie Damon kennenlernen." Ava legte ihren Kopf auf die Brust des großen Mannes und es war Skylar klar, dass sie die Nachricht aussandte, dass er vergeben war.

„Freut mich, Sie kennenzulernen." Damon streckte die Hand aus.

Skylar schüttelte sie. „Es ist mir eine Freude, Sie kennenzulernen. Ich bin froh, dass Sie mit Ava mitkommen konnten, um den Fortschritt im Haus zu sehen."

Sie deutete in Richtung Küche. „Kommen Sie mit und ich zeige Ihnen, wie weit wir sind."

„Es sieht so gut aus, Damon …" Avas Stimme verstummte.

Skylar blieb stehen und drehte sich um, als sie bemerkte, dass das Paar ihr nicht folgte.

„Was ist los?"

Damons Nasenflügel bebten, als er wie erstarrt im Wohnzimmer stand. Sein Blick schweifte durch den Raum, als würde er nach etwas suchen. Seine Brust hob sich und sein Atem wurde schneller.

Er biss die Zähne zusammen und sah sie mit bösem Blick an.

Furcht machte sich in ihrem Magen breit und sie fühlte sich wie eine gefangene Ratte auf einem sinkenden Schiff.

Er wusste, dass sie ein roter Wolf war.

„Wo ist er?", knurrte Damon.

Ihre Angst wandelte sich und wurde zu etwas Tieferem. Das hier hatte nichts damit zu tun, dass sie ein roter Wolf war. Das hier war viel schlimmer. Es hatte mit Zane zu tun.

Übelkeit überkam sie wie eine Flutwelle. Sie sah sich um und suchte nach etwas, womit sie sich verteidigen konnte. Sie war mit wütenden Werwölfen aufgewachsen. Sie wusste, was als Nächstes folgen würde.

Schmerzen.

„Skylar, sieh mal, was ich gefunden habe." Sophia rannte ins Wohnzimmer und direkt auf sie zu.

Ihr Herz zog sich in ihrer Brust zusammen, als sie Sophia hochhob und an sich drückte, ohne Damon aus den Augen zu lassen.

Damons Augen blitzen auf und er sprang auf sie zu.

Skylar kniff die Augen zusammen und neigte ihren Körper so, dass er Sophia nicht schlagen konnte.

„Tun Sie ihr nicht weh", schrie Skylar.

„Wovon reden Sie denn?", knurrte Damon. „Sie wird sich selbst mit der verdammten Schlange in ihrer Hand wehtun." Er wirbelte Skylar herum und griff nach Sophias Hand.

„Was?" Seine Worte erreichten ihr adrenalindurchflutetes Gehirn nicht.

Sophia wimmerte, als sie zu dem großen Mann hinaufstarrte.

Skylar blickte hinunter auf Damons Griff um Sophias Hand. Sie umklammerte eine braune Schlange. Sie hielt den Kopf zwischen ihren Fingern, während sich der Körper um ihre pummelige kleine Hand geschlungen hatte.

„Oh Gott." Skylars Herz klopfte so heftig, dass sie dachte, es würde aus ihrer Brust springen.

„Nicht bewegen", befahl Damon, als er den Kopf der Schlange packte. Sehr vorsichtig begann er damit, den Körper von Sophias Hand abzuwickeln. Sobald er die Schlange im Griff hatte und sie von Sophia entfernte, atmete Skylar tief ein.

„Sophia, was hast du dir dabei gedacht?" Skylar umarmte sie fest. Sie kämpfte nicht länger gegen die Tränen an, die wie eine Lawine der Emotionen ihr Gesicht hinunterströmten.

„Ich habe sie beim Baum gefunden. Ich wollte sie als mein Haustier behalten." Ihre Lippen bebten.

Damon untersuchte die Schlange in seiner Hand. „Es ist nur eine braune Schlange. Nicht giftig." Er sah das kleine Mädchen an. „Aber bis sie den Unterschied kennt, sollte sie alle Schlangen so behandeln, als wären sie tödlich."

„Sie hätte dich verletzen können. Du musst mir versprechen, dass du nie wieder eine Schlange anfasst." Skylar sah Sophia in die Augen. „Versprich es mir."

„Ich verspreche es, Skylar." Sophia blinzelte schnell und Skylar wusste, dass sie den Tränen nahe war.

„Vielen Dank." Skylar sah Damon an.

„Ich hätte fast einen Herzinfarkt bekommen." Ava drückte ihre Hand auf ihr Herz.

„Hier, Schätzchen. Iss ein Stück Schokolade." Granny zog unbeeindruckt ein Stück Schokolade aus ihrer weißen Handtasche und reichte es Ava. Die Frau war ein buchstäblicher Osterhase.

Damon ging mit dem Reptil hinaus und kam mit leeren Händen zurück.

„Wollen Sie mir sagen, was los ist?" Er sah Skylar direkt an und verschränkte die Arme vor seiner massiven Brust.

„Ich weiß nicht, wovon Sie sprechen." Sie schluckte und versuchte, ihren Ton ruhig zu halten.

„Ich spreche von Zane", erwiderte er.

„Zane? Wächter Zane?" Granny neigte ihren Kopf.

„Ja. Ich möchte wissen, warum er hier bei ihr war." Er deutete mit dem Finger in ihre Richtung und sie versuchte, nicht mit der Wimper zu zucken.

„Skylar, ich wusste gar nicht, dass Sie Zane kennen." Avas Lippen verzogen sich zu einem Lächeln.

„Ich kenne ihn schon, seit wir Kinder waren", gab sie zu. Sophia, die offensichtlich ihren Schreckmoment mit der Schlange überwunden hatte, zappelte in ihren Armen herum, bis Skylar verstand und sie wieder auf dem Boden absetzte.

„Dann wird es Ihnen nichts ausmachen, mir zu sagen, warum er hier war? Insbesondere da er seit fast einer Woche aus dem Rudel verschwunden ist."

„Zane wird vermisst?" Avas Lächeln war verschwunden. „Warum hast du mir das nicht erzählt, Damon?"

„Weil es Rudelsache ist und du weißt, dass ich diese Art

von Information nicht preisgeben kann." Er sah Skylar weiter an, während er seiner Gefährtin antwortete.

„Geht es Zane gut? Es klingt nicht nach ihm, einfach abzuhauen, ohne irgendjemandem davon zu erzählen." Ava blickte von ihm auf sie. „Ich meine, er ist Barretts rechte Hand."

„Barrett Middleton? Der Rudelführer?" Sie wusste, dass Zane ein Wächter war, hatte aber keine Ahnung gehabt, dass er so weit oben in der Rangordnung stand. Mit allen Dingen vertraut zu sein, die im Rudel vor sich gingen, und das Vertrauen von Barrett Middleton zu genießen, war ziemlich eindrucksvoll. Und wichtig.

„Das wussten Sie nicht?" Granny neigte den Kopf.

„Ich …"

„Er *war* Barretts rechte Hand. Im Moment ist er abtrünnig", knurrte Damon.

„Was? Nein, das stimmt nicht." Sie schüttelte ihren Kopf. „Warum denken Sie, dass er abtrünnig ist?"

„Weil er sein Handy weggeworfen hat, seinen Wächterbrüdern entwischt ist und seitdem niemand mehr von ihm gehört hat. Es ist ziemlich offensichtlich." Damon kniff die Augen zusammen.

„Das bedeutet nicht, dass er abtrünnig ist. Zane ist die ehrenwerteste und verantwortungsvollste Person, die ich je getroffen habe." Sie hob ihre Hände.

„Anscheinend hat er sich entschieden, dass Schurke zu sein mehr Spaß macht, als Wächter zu sein." Granny spitzte die Lippen. „Ich fühle mit dem Kerl. Sie wissen, dass das Abtrünnigwerden mit dem Tod bestraft wird."

„Sie liegen falsch – sie liegen alle falsch." Sie hob ihre Hände und flehte sie an. Sie musste sich ihnen verständlich machen. Oder es würde Zane sein Leben kosten.

„Wenn er nicht abtrünnig ist, was ist er dann?", fragte Damon und neigte den Kopf.

Sie presste die Lippen zusammen und atmete dann tief ein. Zane hatte ihr vertraut und sie würde sein Vertrauen nicht brechen. „Das kann ich nicht sagen."

„Dann kann ich, bei allen mir vorliegenden Beweisen, nur davon ausgehen, dass er abtrünnig geworden ist." Ein zufriedenes Grinsen breitete sich auf Damons Lippen aus.

Wut kochte in ihr hoch und sie ballte ihre Hände zu Fäusten.

„Er ist nicht abtrünnig. Nur weil er seine Verwandlung nicht kontrollieren kann, heißt das noch lange nicht, dass er ein Schurke ist", spie sie. „Es ist noch nicht einmal seine Schuld." „Was?" Ava riss ihren Kopf herum und sah sie an.

Skylars Magen sank wie ein tausend Kilogramm schwerer Anker in Richtung Boden. Heilige Scheiße. Was hatte sie getan?

„Wovon reden Sie da?" Damon kam mit versteinertem Gesicht näher.

Sie leckte sich über die Lippen und schüttelte den Kopf. Sie hatte zu viel gesagt.

„Schauen Sie, Sie werden es für Zane nur noch schlimmer machen, wenn Sie es uns nicht sagen, Skylar", bettelte Ava. „Ich weiß, dass Sie sich um ihn sorgen. Erzählen Sie Damon, was los ist, damit er helfen kann."

Skylar sah den Werwolf an. „Ich vertraue Ihnen nicht gerade."

„Und woran liegt das?"

„Nicht an Ihnen selbst. Ich vertraue nur einfach keinen Werwölfen in meinem Leben."

„Und Zane? Wie passt er in das Bild?", fragte Damon.

„Nein." Sie schüttelte ihren Kopf. „Zane würde ich mit meinem Leben vertrauen."

„Dann lassen Sie mich ihm helfen. Wenn Sie es nicht tun, wird Barrett davon ausgehen, dass er abtrünnig geworden ist, und er muss den Preis mit seinem Blut bezahlen."

„Er ist nicht abtrünnig geworden. Er wurde unter irgendwelche Drogen gesetzt oder so und jetzt kann er seine Verwandlung nicht mehr kontrollieren." Sie erstarrte, sobald die Worte ihren Mund verlassen hatten. Sie hatte ihn verraten.

„Was?", sagte Ava fassungslos.

„Das ist unmöglich." Damon schüttelte seinen Kopf und starrte sie an, als würde sie lügen.

„Sehen Sie, ich weiß selbst, dass es unmöglich klingt. Aber es ist die Wahrheit." Sie sah sie an. „Ich habe ihn hinten im Schuppen gefunden. Er hatte sich dort versteckt. Nackt. Angeblich hatte er sich in einer Gasse in der Stadt verwandelt und nach einem Ort gesucht, wo er sich verstecken konnte."

„Aber wie kann es sein, dass er seine Verwandlung nicht kontrollieren kann?" Granny schüttelte den Kopf. „Ich habe so etwas noch nie gehört."

„Ich weiß es nicht, aber ich habe gesehen, wie es passierte. Er wird von Wut mitgerissen und kann es nicht aufhalten. Es ist, als würde er sich in eine andere Person verwandeln."

„Und Sie sind sicher, dass er unter Drogen steht? Vielleicht ist das jetzt einfach nur seine neue Natur." Damon neigte den Kopf.

„Ich bin mir sicher. Er sagte, dass es passiert sei, nachdem er bei einer Drogenrazzia verletzt wurde." Sie funkelte ihn an. „Zane ist der beste Werwolf, den ich je gekannt habe. Wagen Sie es ja nicht, seine Loyalität gegenüber seinem Rudel infrage zu stellen oder seine Integrität anzuzweifeln."

„Wenn er in Schwierigkeiten steckt, warum hat er sein Rudel nicht kontaktiert, um ihm zu helfen? Wir sind seine Brüder."

„Weil er versucht, selbst ein Heilmittel zu finden. Er versucht, das Problem zu lösen." Sie hielt den Atem an und hoffte, dass er ihr glaubte.

Damon zog sein Handy aus seiner Jeans und wählte eine Nummer, bevor er das Gerät an sein Ohr hob.

„Ich bin es. Du und Lucien müsst euch bewaffnen. Heute Abend werden wir uns Zane schnappen."

„Bitte tun Sie das nicht. Bitte tun Sie ihm nicht weh." Skylar stürzte sich auf ihn und grub ihre Finger in seine Lederjacke. Er riss seinen Arm weg und blickte nach unten. Sie hatte sein verdammtes Leder zerkratzt.

„Hören Sie auf. Es ist in Ordnung. Damon wird Zane nicht wehtun." Ava trat zwischen sie und legte Skylar in einem Versuch, sie zu beruhigen, die Hände auf die Schultern.

Damon verzog das Gesicht und ging zur Tür. Aber Skylar war hartnäckig und stellte sich in den Türrahmen, sodass er nicht hinausgehen konnte.

Er knurrte den Rotschopf an und hoffte, dass sie den Hinweis verstehen und den Weg freimachen würde, aber sie tat es nicht. „Aus dem Weg."

„Nein. Sie werden Zane töten und ich werde das nicht zulassen." Sie verschränkte die Arme und versperrte die Haustür.

„Scheiße, kann ich nicht einen Tag ohne Hysterie leben?", murmelte er vor sich hin.

„Entschuldigung?" Ava zog die Augenbrauen hoch.

Er zuckte zusammen. „Ich habe nicht über dich gesprochen, Baby. Das weißt du doch." In Ordnung, vielleicht hatte er sie ein bisschen gemeint, so wie damals, als sie ausgerastet war, als er bei einer Mission über Nacht bleiben musste. Aber das würde er ihr verdammt noch mal nicht erzählen.

Er wandte sich wieder dem Rotschopf zu. „Schauen Sie, wenn das, was Sie sagen, stimmt, werde ich Zane nicht töten. Wenn er wirklich in Schwierigkeiten steckt und keins der

Rudelgesetze gebrochen hat, dann bin ich mir sicher, dass Barrett ihm helfen wird."

Sie sah ihn an, als würde sie glauben, dass er log wie gedruckt.

Er hatte keine Zeit für diese Scheiße. Er packte sie bei den Ellbogen und hob sie in die Luft. Sie schrie und schlug um sich, als er sie aus dem Weg schob.

Er biss die Zähne zusammen und ging durch die Tür auf den Hof hinaus. Die Sonne brannte wie ein Laser auf ihn hinunter. Er warf einen Blick auf den Horizont, wo die Sonne bereits niedriger am Himmel stand. Der Abend konnte nicht schnell genug kommen.

„Damon, warte." Ava lief ihm nach und packte ihn am Arm.

„Was?" Er seufzte leiderfüllt.

„Du wirst Zane nichts tun, oder doch?" Sie runzelte die Stirn, als sie ihm in die Augen sah.

„Ava, du musst mir in dieser Sache vertrauen. Wenn Zane in Schwierigkeiten steckt, werde ich alles tun, um ihm zu helfen." Er zog sie in seine Arme. „Ich liebe dich, Baby, aber du musst beginnen, mehr Vertrauen in mich zu setzen."

„Ich vertraue dir." Sie sah ihm tief in die Augen und kuschelte sich an ihn an.

„Wo glaubst du, dass du ihn finden wirst?"

„Ich habe eine Spur. Bei dem Hotel an der Autobahn", log er.

„Das Hübsche mit dem niedlichen kleinen Hinterhof?" Sie runzelte die Stirn. „Das sieht nicht wie ein Ort aus, an dem Drogengeschäfte ablaufen."

„Weshalb es der perfekte Ort ist. Angeblich finden dort im dritten Stockwerk regelmäßig Drogenpartys statt. Bis heute Abend, Baby." Er küsste sie leidenschaftlich, bevor er auf seine Harley stieg.

Er hasste es, seine Gefährtin anzulügen, aber er würde sie für nichts auf der Welt in Gefahr bringen.

Die Dunkelheit war eingebrochen und die Temperaturen sanken für eine angenehm milde Nacht.

„Kumpel, wie könnt du und Damon in dieser Hitze nur Leder tragen?", flüsterte Jaxon von seiner Position in Bauchlage im Wald neben dem Wohnhaus.

„Ich habe das gehört", flüsterte Damon laut von seiner Position zurück.

„Es ist beruhigend", grinste Lucien.

Damon hatte sie angerufen und sie darüber informiert, was mit Zane vor sich ging, und sie hatten ihm von ihrer Entdeckung und der Drogenparty in dem verlassenen Wohnhaus erzählt.

Sie hatten schnell realisiert, dass dies der wahrscheinlichste Ort sein würde, an dem Zane auftauchen würde, wenn er nach einem Heilmittel suchte. Lucien und Jaxon hatten Damon vor Einbruch der Dunkelheit hier getroffen und hatten sich einen Platz an der dem geheimen Eingang nächstgelegenen Seite gesucht. Jayden und Braxton waren kurz nach den anderen angekommen, nachdem Barrett sie auf den neuesten Stand gebracht hatte. Sie befanden sich derzeit auf der anderen Seite des Gebäudes und verstecken sich dort im Gebüsch.

Der Mond lag heute Abend hinter einem Wolkenschleier verborgen, aber Lucien konnte trotzdem den Rest seines Wächterteams rund um das Gebäude herum sehen.

„Können wir nicht näher rankommen?" Damon rutschte auf seinem Bauch herum und hielt ein Fernglas hoch, um einen besseren Blick zu bekommen.

„Scheiße, nein, Mann. Sie haben an jedem Eckfenster Wachen mit automatischen Sturmgewehren positioniert. Ein falsches Rascheln eines Blattes und sie blasen dir den Schädel weg", zischte Lucien.

„Ich habe seit unserer Ankunft keinerlei Bewegung gesehen", sagte Damon mit finsterem Blick.

„Nun, ich habe heute Nachmittag um vier zwei Teenager auf dieses Gebäude angesetzt und sie beide sagten, dass seit sechs Uhr immer wieder Leute hier angekommen sind. Sie haben sich wahrscheinlich zugedröhnt, gefeiert und sind dann umgekippt." Lucien zuckte zusammen, als er an die stinkenden Matratzen und benutzen Kondome dachte, die sie am Vormittag dort auf dem Boden gesehen hatten.

„Macht es euch bequem, Jungs. Das hier kann eine Weile dauern."

Skylar sprang auf, als ein Motorrad auf den Parkplatz dröhnte. Sie eilte zum Fenster ihrer Wohnung und warf einen Blick in die Dunkelheit. Der Motorradfahrer hielt unter der Sicherheitsbeleuchtung an und nahm seinen Helm ab. Ihr Herz sank in ihre Kniekehlen, als sie realisierte, dass es nicht Zane war.

Sie stand erstarrt an dieser Stelle, ihr Blick suchte nach dem kleinsten Funken Hoffnung, dass Zane doch noch zu ihr zurückkommen würde.

Seit sie Damon die Wahrheit gesagt hatte, konnte sie ihre Schuldgefühle nicht abschütteln, dass sie Zanes Vertrauen missbraucht hatte. Er würde ihr niemals vergeben. Sie wusste es tief in ihrem Herzen. Aber so sehr es sie jetzt auch schmerzte, hätte sie ihn lieber lebendig und in Sicherheit.

Klopf, klopf, klopf.

Sie entfernte sich vom Fenster, lächelte Sophia an, die auf der Couch malte, und ging zur Tür.

Sie öffnete die Tür und lächelte ihren Besucher an. „Hallo,

Hector. Komm rein." Sie trat zur Seite, um ihn herein-zulassen.

Ein glückliches aber müdes Lächeln breitete sich auf seinem Gesicht aus. „Hallo, Skylar. Wie geht es Sophia?"

Beim Klang der Stimme ihres Vaters kam Sophia um die Ecke gerannt.

„Hallo, meine Süße." Hector fing sie auf, bevor sie ihn umrannte, und hob sie hoch in die Luft. Sie kicherte und schlang ihre Arme um seinen Hals. „Warst du lieb zu Skylar?" Sie nickte und er sah Skylar an, um es sie bestätigen zu lassen.

„Sie war sehr lieb. Sie ist heute sogar mit mir zur Arbeit gekommen. Sie macht sich ziemlich gut als Bauarbeiterin."

„Natürlich tut sie das. Sie kommt nach ihrem Vater, nicht wahr, mein Schatz?" Er küsste ihre Wangen.

„Wie geht es Maria und dem Baby?" Sie führte ihn ins Wohnzimmer, wo Sophia ihr Malbuch und ihre Buntstifte einsammelte.

„Es geht ihnen gut. Wir erwarten, dass sie morgen nach Hause kommen können."

„Das ist gut."

„Meine Mutter ist gerade in der Stadt angekommen, also werde ich Sophia bei ihr absetzen, bevor ich wieder ins Krankenhaus fahre." Er schnappte sich den rosafarbenen Rucksack und stopfte das Malbuch und die Buntstifte hinein. „Wie geht es mit dem Haus voran? Liegen wir sehr zurück?"

„Es läuft gut und wir liegen etwas zurück. Aber die Besit-zerin kam heute vorbei und es gefällt ihr. Ich denke, dass es in Ordnung sein wird, wenn es etwas später fertig wird. Sie scheint sehr verständnisvoll zu sein." Kurz bevor Ava gegangen war, hatte sie Skylar versichert, dass sie sie für diesen Job haben wollte und keinen anderen Bauunterneh-mer. Sie hatte sogar gesagt, dass sie sich nicht zu sehr um die Frist sorgen sollte.

„Wow, das ist großartig. Ich habe mir Sorgen gemacht." Er fuhr sich mit den Fingern durch sein Haar.

„Kein Grund zur Sorge. Alles wird klappen." Sie lächelte und wünschte sich, sie könnte denselben Optimismus bezüglich Zanes Situation empfinden.

„Bist du bereit zu gehen, Schätzchen?" Hector nahm Sophia bei der Hand.

„Was sagst du zu Skylar dafür, dass du die Nacht hier verbringen durftest?"

„Danke, Skylar."

Sie bückte sich und umarmte das kleine Mädchen fest. Plötzlich fühlte sich ihr Herz unglaublich leer an. Ohne Zane, und nun auch noch ohne Sophia, fühlte sie sich ein wenig verloren.

„Gern geschehen, meine Süße. Komm bald wieder, ja?"

„Vielen Dank, Skylar. Ich kann dir gar nicht sagen, wie sehr ich dich schätze", sagte Hector.

„Dafür sind Freunde da." Sie lächelte, als sie zur Tür gingen.

„Nein, dafür ist Familie da." Er erwiderte ihr Lächeln und schloss die Tür hinter sich.

Die Wohnung war still. Zu still. Sie hatte sich daran gewöhnt, dass Zane und Sophia hier waren, und jetzt schien die Stille einfach falsch zu sein.

Sie war zu aufgewühlt, um ins Bett zu gehen, also ging sie in die Küche. Sie öffnete den Kühlschrank und zog ein Bier heraus. Sie öffnete den Kronkorken und nahm einen langen Schluck.

Klopf, klopf, klopf.

Ihr Herzschlag beschleunigte sich, als Hoffnung in ihrer Brust aufstieg.

Zane.

Sie rannte zur Haustür und riss sie auf. Ihre Freude

wandelte sich in Verwirrung, als sie Hershel auf der anderen Seite stehen sah.

„Was machst du denn hier?" Ihre Gedanken rasten. „Wie hast du herausgefunden, wo ich wohne?"

„Ich weiß viel mehr über dich, als du denkst, Skylar", grinste Hershel.

„Ich habe kein Interesse daran, mit dir zu reden."

Sie versuchte, ihm die Tür ins Gesicht zu schlagen, aber er streckte einen Stiefel aus. Er stieß die Tür auf und trat in ihre Wohnung.

„Nicht so schnell. Es sieht so aus, als hätten du und ich etwas Nachholbedarf, kleines Mädchen."

Sie drehte sich um und rannte in Richtung Schlafzimmer, aber er war schneller, packte sie und warf sie zu Boden.

Ihr Blick landete auf ihrer Wohnungstür. Mrs. Nelson. Wenn die alte Dame sie schreien hörte, würde sie Hilfe holen.

Skylar öffnete ihren Mund und schrie. Hershel holte mit seiner Faust aus und schlug sie quer über ihr Gesicht.

Schmerz explodierte in ihrem Kopf, als Sterne vor ihren Augen schwammen. Sie hielt sich die Wange.

„Halt den Mund, du Schlampe", zischte Hershel und schlug ihr in den Bauch.

Sie schrie auf, als ein starker Schmerz durch ihre Magengegend schoss. Zur Embryonalstellung zusammengerollt versuchte sie, wieder zu Atem zu kommen.

Eine Bewegung an der Tür erregte ihre Aufmerksamkeit. Mrs. Nelsons Tür öffnete sich und sie trat heraus, als sie Skylars Tür offenstehen sah. Hershel drehte sich um und sah, worauf sie schaute. Er ballte seine Finger zu Fäusten, als er in Richtung Tür ging.

„Laufen Sie, Mrs. Nelson! Holen Sie Hilfe!", rief sie ihr zu. Ihr Blick verschwamm, als sie in die Bewusstlosigkeit versank.

Luciens Körper begann, sich von der fortwährend liegenden Position am Boden zu verkrampfen. Es schien, als hätten sie schon ewig gewartet, und niemand hatte das Gebäude betreten oder verlassen.

Die Motorengeräusche eines Autos kamen näher. Damon bedeutete allen mit einer Handbewegung, ihre Positionen zu halten.

Ein schwarzer Transporter rollte in den Hof und stand für ein paar Sekunden dort, bevor ein Mann aus der Fahrerseite ausstieg und um das Fahrzeug herumging. Er öffnete die Tür an der Rückseite und kletterte hinein. Sekunden später stieg er aus dem Transporter und trug etwas, das wie eine Frau aussah, über seiner Schulter.

Lucien behielt den Mann im Auge, als er direkt zum Kellerfenster des Gebäudes ging und den geheimen Eingang öffnete. Er unterdrückte ein Knurren, als der Typ die Frau zuerst hineinstopfte und dann selbst hinterherkroch.

„Scheiße. Das ist Skylar", knurrte Damon.

„Wer?", fragte Jaxon.

„Zanes Frau", murmelte Damon.

„Zane hat eine Frau? Seit wann?" Lucien sah Damon an.

„Ich vermute, seitdem er hier ankam. Ich habe Skylar heute kennengelernt und sie roch von oben bis unten nach ihm. Sie ist auch diejenige, die mir erzählt hat, was mit Zane los ist. Habe ich erwähnt, dass sie ein roter Wolf ist?"

„Heilige Scheiße. Ich wusste nicht, dass es noch rote Weibchen gibt." Lucien blickte auf den geheimen Eingang.

„Ich glaube, wir sind alle von dieser Tatsache überrascht", knurrte Damon. „Ich glaube nicht, dass sie sehr gerne mit den roten Wölfen in Verbindung gebracht wird. Ich denke, sie hat versucht, sich von ihnen fernzuhalten."

„Klingt nach einer klugen Frau." Lucien neigte den Kopf. „Nun, wenn es Zanes Frau ist, dann müssen wir dort hineingelangen und sie verdammt noch mal rausholen."

„Warte, jemand nähert sich", zischte Damon.

Sie alle verstummten, als die große schattenhafte Gestalt direkt zur Tür ging und anklopfte. Der Kerl drehte sich um und im Licht des Mondes konnte Lucien sehen, dass es sich um Zane handelte.

„Scheiße, das ist er. Wir müssen ihn warnen, dass seine Frau da drin ist." Lucien spannte jeden Muskel seines Körpers an, um nicht direkt zur Haustür zu rennen.

„Hör auf, sie seine Frau zu nennen. Sie hat einen Namen. Skylar." Damon schüttelte seinen Kopf.

„Gut. Wie dem auch sei. Wir müssen ihn warnen …"

„Leise, die Tür öffnet sich", warnte Damon.

Die Haustür öffnete sich nur wenige Zentimeter, gerade weit genug, dass Zane demjenigen, der auf der anderen Seite stand, ein Stück Papier reichen konnte.

„Wo zum Teufel hat er die Einladung her?", funkelte Lucien Damon an.

„Nicht sicher."

Ein paar Sekunden später wurde die Tür komplett geöffnet und Zane ging hinein.

„Okay, nun, er ist drin. Und wir müssen auch rein." Luciens Nerven gingen bei all der Warterei mit ihm durch. Normalerweise war er nicht so ungeduldig, aber das hier war Zane und er war wie ein Bruder für ihn.

„Geh mit der Einladung zur Tür und klopf an", befahl Damon. „Sobald du drin bist, schalt die Wache aus. Dann lass den Rest von uns rein, einen nach dem anderen, damit die Wachen im Obergeschoss nicht misstrauisch werden."

„Geh den gleichen Weg um die Bäume herum, den wir

hier reingekommen sind, und dann nähre dich von vorne an", fügte Damon hinzu.

„Verstanden." Lucien steckte die Einladung in seine Jackentasche und kroch rückwärts.

Sobald er weit genug weg war, um nicht von irgendjemandem im Haus gesehen zu werden, stand er auf und machte sich auf den Weg zur Straße, damit er sich dem Haus von der Vorderseite nähern konnte. Er hoffte nur, dass er nicht zu spät kommen würde.

Skylar erwachte langsam zu einem pochenden Schmerz an der Seite ihres Kopfes. Sie blinzelte und versuchte, ihre Augen an den schwach beleuchteten Raum anzupassen. Der Geruch von Pisse und Dreck ließ sie würgen und ihr Kopf schmerzte noch mehr.

„Wach auf, kleines Mädchen." Hershels Stimme machte sie nervös.

Sie erinnerte sich daran, wie er sie geschlagen hatte und dann hinter Mrs. Nelson hergerannt war. Alles, was danach kam, war schwarz.

„Was willst du von mir? Und was hast du mit Mrs. Nelson gemacht?" Sie setzte sich auf und stützte sich auf ihren Handflächen hoch. Etwas Pelziges huschte über ihren Handrücken. Sie schrie und riss ihre Hand vom Boden.

„So viele Fragen." Hershel kicherte. „Mach dir keine Sorgen um Mrs. Nelson." Er grinste wahnsinnig. „Weißt du, sie war eigentlich ziemlich hilfreich, deinen Zeitplan mit mir zu teilen."

„Was?"

„Wie es scheint, schuldet ihr Enkel Luther mir eine Menge Geld. Die alte Dame war mehr als bereit, mir zu helfen, dich zu erwischen, wenn ich im Gegenzug Luther nicht töte."

Er drehte eine Gaslaterne auf und das Licht erhellte den Raum. Sie sah sich in dem Elend um und schlug ihre Hand vor ihren Mund. Überall auf dem Boden lagen schmutzige alte Matratzen, die von Urin und anderen Körperflüssigkeiten befleckt waren. Kondomverpackungen lagen mit Bierdosen und Drogenutensilien überall auf dem Boden verstreut.

Sie war in einer Art Drogenhaus.

„Was dich betrifft, nun, du weißt genau, was ich von dir will, Skylar." Hershel beugte sich ins Licht. Er lächelte sie mit seinen vergilbten Zähnen teuflisch an.

Sie atmete schneller und versuchte, einen Weg zu finden, wie zum Teufel sie hier rauskommen konnte. Panik stieg in ihrer Brust auf, als ihr Bilder aus ihrer Kindheit durch den Kopf schossen.

Die Tür flog auf und Zane kam ins Zimmer gestürzt. Er fiel auf seine Knie auf den Boden. Ihr Herz füllte sich mit Erleichterung, als sie ihn sah, aber das Gefühl war nur von kurzer Dauer.

Hinter ihm traten zwei andere rote Wölfe mit automatischen Gewehren ein.

„Zane?"

Er sah sie mit verschwommenen Augen an.

„Was habt ihr ihm angetan?" Sie ignorierte den Schmerz in ihrem Kopf und kroch zu Zane hinüber.

„Wir haben ihn nur ein bisschen verlangsamt, das ist schon alles." Hershel lachte. „Wie es scheint, ist unser Junge Zane über unser kleines Geheimnis gestolpert, nicht wahr, Arschloch?"

Zane knurrte, bewegte sich jedoch nicht von seiner Position am Boden. Sie erreichte ihn und hielt seinen Kopf zwischen ihren Händen. „Zane, was haben sie mit dir gemacht?"

„Wir haben ihm nur ein bisschen Silber verpasst. Ich kann

ihn hier drin doch nicht ausrasten lassen. Das hier ist ein Geschäft, weißt du." Hershel runzelte die Stirn.

„Du bist ein Drogendealer, also was willst du von uns?" Sie starrte ihn über ihre Schulter hinweg an.

„Ich habe eine Überraschung für dich, Skylar."

Hershel ging zu der Tür, durch die Zane hineingekommen war, und winkte jemandem im Flur zu.

„Na kleiner Rotschopf." Ein großer, schlaksiger Mann mit pockennarbigem Gesicht und verrotteten Zähnen trat ins Licht.

Skylar vergaß zu atmen. Dale Wade erhob sich aus seinem Grab und betrat den Raum.

„Das ist unmöglich. Du bist tot." Alle Farbe verschwand aus ihrem Gesicht, als sie ihren toten Vater anstarrte.

Dale gluckste. Er stank nach Zigarettenrauch und Meth. Sie wusste, dass er die Droge nie selbst angerührt hatte, aber er stellte sie verdammt noch mal her.

„Es ist schon erstaunlich, womit man davonkommen kann, wenn man es sich in den Kopf setzt."

„Du solltest tot sein."

„Wie es scheint, bin ich mit diesen Wächtern aus Arkansas in ein paar Schwierigkeiten geraten." Er starrte Zane an. „Seit Middleton Rudelführer geworden ist, versaut er mir immer wieder mein Geschäft und verhindert Drogendeals." Er spuckte eine dunkle Ladung Tabaksaft auf den Boden.

Sie zuckte zusammen.

„Ich dachte mir, wenn er glaubt, ich wäre tot, würde er aufhören, herumzuschnüffeln. Und es hat auch gut funktioniert, bis er" – er zeigte auf Zane – „alles versaut hat."

„Dieses Meth-Labor, das er vor einigen Wochen hochgenommen hat, war meine größte Fabrik. Er hat alle meine harte Arbeit zerstört und ich habe verdammt viel Geld verloren, weil ich diese Aufträge nicht erfüllen konnte." Er trat näher an sie heran.

„Hershel erzählte mir, dass er dich in der Stadt getroffen hat. Also habe ich dich verfolgt. Dann habe ich euch zwei zusammen gesehen. Ich wusste, wenn du von der Bildfläche verschwindest, hätte der Wächter keinen Grund, in Jonesboro zu bleiben. Also habe ich Hershel zu dem Haus geschickt, an dem du gearbeitet hast. Ich habe ihn angewiesen, es wie einen Unfall aussehen zu lassen."

Das Blut gefror ihr in den Adern. Sie hatte schon immer gewusst, dass sie ihrem Vater lästig gewesen war, als sie noch klein war, aber sie hätte nie gedacht, dass er in der Lage sein würde, sie zu ermorden.

„Und dann ist Zane aufgetaucht", flüsterte sie.

„Genau, und hat mal wieder alles versaut." Er fuhr sich mit der Hand über seine Glatze. „Sieht so aus, als müsse ich die Dinge hier selbst in die Hand nehmen." Er zog eine Waffe aus der Rückseite seiner Hose und richtete sie auf Zane.

„Stopp!" Sie sprang vor Zane und blockierte das Ziel ihres Vaters.

Er warf seinen Kopf zurück und lachte. Hershel stimmte mit ein, genau wie die beiden Wachen, die die Gewehre hielten.

„Du bist immer noch genauso dumm wie früher. Ich schwöre es, Mädchen. Glaubst du etwa, dass ich dich nicht auch erschießen werde?" Er kratzte sich die Brust und grinste, als er mit der Pistole auf ihren Kopf zielte und die Sicherung löste.

„Warte, bis ich mit ihr fertig bin." Hershel grinste und griff nach seinem Gürtel. Er öffnete seine Hose und deutete mit dem Kopf auf die schmutzige Matratze. „Beweg dich dort rüber und zieh dich aus."

Lucien betrat das verlassene Wohnhaus, nachdem die Wache seine Einladung bestätigt hatte. Rap-Musik schallte den Flur entlang und der Gestank von Meth hing schwer in der Luft. Als der bewaffnete Wachmann die Tür hinter ihm schloss, packte Lucien den Mann am Kragen und stieß seinen Kopf gegen die Wand.

Die Wache war ein Mensch, also tötete er ihn nicht. Er packte den schlaffen Körper, warf ihn über seine Schulter und stieß ihn in den nächsten Schrank. Er sperrte ihn zu und sah sich um, um sicherzugehen, dass sonst niemand kam.

Er musste die Wächter so schnell wie möglich ins Haus hineinlassen. So sehr er auch nach oben stürmen wollte, um Zane zu finden, wusste Lucien doch, dass er den Befehlen folgen und sich Rückendeckung verschaffen musste.

Er öffnete die Tür und winkte.

Ein gezackter Blitz schlug über den Himmel, gefolgt von einem Donnerschlag. Ein paar dicke Regentropfen fielen und versickerten im Boden, während er wartete. Jaxon schlenderte mit gesenktem Kopf und den Händen in seinen Taschen zur Tür.

„Was zum Teufel dauert so lange?", knurrte Lucien.

„Ich versuche nur, es glaubwürdig erscheinen zu lassen. Junkies rennen nicht zur Tür. Ihnen würden die Ärsche weggeschossen, wenn sie hier hereinstürmen würden."

Jaxon zwinkerte ihm zu, bevor er an ihm vorbeiging und eintrat.

„Hier sind Menschen drin", flüsterte Lucien. Er wandte seine Aufmerksamkeit wieder dem Hof zu und wartete darauf, dass der nächste Wächter zur Tür kam.

„Verdammt perfekt. Und ich dachte, ich könnte mich hier verwandeln." Jaxon seufzte und griff nach seiner Waffe, die hinten in seiner Jeans steckte.

„Dieses Mal nicht. Wir müssen es ruhig und langsam angehen. Keine menschlichen Opfer." Lucien nickte, als Braxton sich näherte und eintrat.

„Braxton, geh du mit Jaxon und sichert die erste Etage. Ich warte auf Jayden und Damon, bevor wir zum zweiten Stockwerk hinaufgehen."

Braxton und Jaxon nickten und machten sich auf den Weg durch die erste Etage, wobei sie jeden Raum prüften und sicherten. Als das erste Stockwerk durchkämmt war, hatten es auch Damon und Jayden geschafft, hereinzukommen.

„Erste Etage ist gesichert. Es sei darauf hingewiesen, dass sich Menschen unter den Werwölfen befinden."

„Scheiße." Damon griff in sein Holster und zog seine Sig Sauer heraus. „Lasst uns ins zweite Stockwerk gehen. Zane ist irgendwo hier drin und sein Mädchen ebenfalls, also müssen wir sie finden."

Der Schmerz in Zanes Schulter war unglaublich. Kaum hatte er das Gebäude betreten, war jemand auf ihn gesprungen und hatte ihm Silber gespritzt. Wer auch immer der Verantwortliche war, er hatte auf ihn gewartet.

Er versuchte, sich durch den Nebel in seinem Gehirn zu kämpfen und sich auf Skylars Gesicht zu konzentrieren. Er war mit Silber vergiftet und in den gleichen Raum gebracht worden, in welchem sie festgehalten wurde. Sein Blut kochte vor Wut und es war ihm egal, dass zwei der Wächter mit den Gewehren Menschen waren. Er wollte sich zum Wolf verwandeln, damit er ihnen die Kehle herausreißen konnte.

„Zane."

Er konnte Skylars Stimme hören und war sich vage bewusst, was vor sich ging, aber sein Körper wollte keinem verdammten Befehl gehorchen. Er steckte in der Klemme.

Von seiner früheren Selbstdisziplin zu seiner jetzigen Unfähigkeit, seinen Körper zu kontrollieren, war er von einem Extrem ins Nächste gerutscht.

Skylar. Ihr Vater, Dale Wade. Und das Arschloch Hershel Baker.

Er war mit Hershel aufgewachsen und sie waren von Anfang an Feinde gewesen. Hershel war eher ein Soziopath als ein Arschloch. In der Grundschule war er der Tierverstümmelung beschuldigt worden und in der Highschool der Vergewaltigung.

Er hasste diesen Hurensohn mit aller Macht.

Skylar schrie, als Hershel sie an den Haaren packte und sie auf die schmutzige Matratze warf.

Zane wusste, was als Nächstes kommen würde. Er musste seinen Körper unter Kontrolle bringen, bevor Skylar verletzt wurde.

„Er befindet sich weder im ersten noch im zweiten Stockwerk. Damit bleibt nur noch die dritte Etage. Auf dieser Etage gibt es Unmengen von Waffen und Munition, also müssen wir vorsichtig sein", flüsterte Lucien zwischen den Wächtern.

„Waffen bereit. Diese roten Wölfe, die Skylar und Zane festhalten, sind Feiglinge und benutzen Menschen als Wachen. Niemand verwandelt sich." Damon sah die Gruppe finster an.

„Verstanden", sagte Jaxon.

„Barrett ist unterwegs. Also lasst uns versuchen, alles ganz ruhig abzuwickeln und unter Kontrolle zu bringen, bevor er hier ankommt."

Skylar landete mit einem dumpfen Schlag auf der schmutzigen Matratze. Hershels Hand steckte in seiner Hose und sie wusste, wenn sie ihren Arsch nicht bewegte, um sich zu verteidigen, würde er sie vergewaltigen.

„Erinnerst du dich, wie wir früher immer gespielt haben, als du noch ein Kind warst, Skylar?" Hershel rieb sich mit der Hand über die Wölbung in seiner Jeans.

Ihr Herz raste. Ihr Atem kam in kurzen Stößen. Schauer liefen über ihren Körper und sie machte sich nicht die Mühe, die Tränen zurückzuhalten, die ihr Gesicht hinunterliefen.

Skylar erstarrte, als ihre Gedanken von schrecklichen Erinnerungen an die Vergangenheit überflutet wurden. Sie erinnerte sich daran, wie Hershel in ihr Schlafzimmer kam, wenn ihr Vater eingeschlafen war. Sie hatte versucht, zu entkommen, aber er hatte ihr die Luft abgeschnürt, bis sie ohnmächtig wurde. Als sie aufwachte, war er auf ihr.

„Dieses Mal will ich, dass du bei Bewusstsein bist. Ich werde dir nicht die Luft abschnüren. Ich will, dass du für jede Sekunde, in der ich in dir bin, wach bist."

Rasende Wut baute sich in Zane auf, als er hilflos Hershels abscheulichen Worten zuhörte.

Sie war als Kind von diesem Perversen missbraucht worden und ihr Vater hatte dabeigestanden und es geschehen lassen.

Hershel riss sich die Hose runter, packte seine Erektion und trat einen Schritt auf Skylar zu.

Skylar schrie.

Er war dem Silber in seinem Körper nicht gewachsen, aber das Silber konnte dem Tier, das wie wild in ihm tobte, nichts anhaben.

Wütender Zorn pulsierte durch Zane und sein Blick wurde weiß. Er wusste, dass sich seine Augen veränderten. Sie nahmen die Farbe der Mordlust an.

Er warf den Kopf zurück und knurrte, wobei jedes Fenster im Raum zersprang.

Hershel blieb stehen und drehte sich mit vor Überraschung weit aufgerissenen Augen um. Dale griff nach seiner Waffe und zielte auf Zane, während die beiden bewaffneten Wachen ihre Gewehre auf ihn richteten.

„Erschießt den Drecksack", schrie Hershel.

Es war ihm egal, ob er lebte oder starb, aber er würde verdammt noch mal nicht zulassen, dass irgendjemand Skylar verletzte. Niemals wieder.

Er hatte, seitdem er mit der Droge infiziert worden war, ständig um seine Kontrolle gekämpft. Er hatte Schwierigkeiten damit gehabt, seine Verwandlung in den Griff zu bekommen und das Monster in seinem Körper in Schach zu halten. Er hatte zu lange dagegen angekämpft.

Mit neuer Klarheit wurde ihm bewusst, was er tun musste, um Skylar zu schützen.

Er musste sich gehen lassen.

Er musste sich gehen lassen und den Wolf die Kontrolle übernehmen lassen.

Auf den ersten beiden Etagen gab es nur Menschen, die mit Meth zugedröhnt waren. Keiner von ihnen hatte sich gewehrt, als sie sie gefesselt hatten.

„Lasst uns das hier ganz ruhig über die Bühne bringen. Ich will kein Gemetzel …" Damons Worte wurden von einem raubtierhaften Knurren im Obergeschoss unterbrochen.

„Ich glaube, wir haben Zane gefunden", witzelte Jaxon.

„So viel zu ganz ruhig." Jayden schloss seine Hand enger um seine Waffe. „Auf geht es zum Gemetzel."

Schnell wie der Blitz verwandelte sich Zane zum Wolf. Hershel fluchte, als ihm klar wurde, dass er nicht länger die Oberhand über ihn hatte.

Eine der Wachen schoss auf ihn, aber Zane war zu schnell, sah die Kugel kommen und sprang aus dem Weg. Er drehte sich um und knurrte die Wache an.

Die zwei menschlichen Wachmänner schrien und feuerten erneut. Zane wich ihren Kugeln aus, drehte sich um und knurrte die Menschen wieder an.

„Scheiß drauf, du zahlst mir nicht genug, Wade." Die Wachmänner stürmten aus dem Raum und ließen bei ihrer Flucht die Gewehre fallen.

Sie rannten die Stufen zum dritten Stockwerk hinauf, als das Gewehrfeuer im Gebäude begann.

„Scheiße", knurrte Damon, als er den Flur erreichte. „Braxton, ruf Barrett an und sag ihm, dass die Situation außer Kontrolle geraten ist. Er wird sich dieses Mal um die Schadensbegrenzung kümmern müssen."

Braxton blieb zurück, um den Rudelführer auf den neuesten Stand zu bringen, als der Rest von ihnen auf den Raum zustürmte, aus dem die Geräusche kamen.

Zwei verängstigte Menschen stürzten aus dem Raum und rannten auf sie zu.

Damon schnappte sich einen und drückte ihn gegen die Wand, während Lucien den anderen packte.

„Du musst uns gehen lassen, Mann. Da ist ein verdammtes Tier drin. Er wird uns alle umbringen." Der stämmige Mann kämpfte gegen ihn an, um ihn dazu zu bringen, ihn gehen zu lassen, aber Damon verstärkte seinen Griff stattdessen. „Was meinst du damit?", knurrte Damon.

„Es ist ein verdammter Werwolf, so wie aus einem dieser Filme. Du musst uns gehen lassen, Mann", schrie der andere Wachmann.

„Scheiße." Lucien warf Damon einen Blick zu. Sie beide schlugen den Wachen ins Gesicht. Ihre schlaffen Körper fielen zu Boden.

„Ich übernehme die zwei." Braxton packte die bewusstlosen Wachmänner an ihren Kragen und zog sie in den nächsten Raum. „Barrett kann sich später um diese zwei Idioten kümmern."

Zane knurrte und stürzte sich auf Hershel. Sie waren beide in ihrer Wolfsform, aber Zanes Begierde nach dem Blut des roten Wolfs war unersättlich.

Zane landete auf Hershel und drückte ihn mit seinen massiven Pfoten zu Boden. Hershel presste seine Klaue gegen Zanes Brust, wo sie ihn geschnitten und das Silber aufgetragen hatten.

Schmerz schoss durch seine Brust und er war augenblicklich lahmgelegt.

Hershel warf Zane ab, landete auf ihm und biss ihn in die Schulter.

Zanes Blut pulsierte, als sich Hershels Zähne in seine Haut bohrten. Was Hershel nicht wusste, war, dass jeder Funke Schmerz, den er ihm zufügte, und jede Vorstellung, dass Skylar verletzt werden könnte, seine Wolfsstärke nur noch größer werden ließ.

Es war an der Zeit, dies zu beenden. Es war an der Zeit, ihn auszuschalten.

Mit kräftigen Hinterbeinen trat er Hershel in den Bauch. Der rote Wolf flog durch den Raum und mit ihm ein Stück von Zanes Fell.

Als er auf seine Füße sprang, registrierte Zane die Tatsache, dass die Wächter angekommen waren, sich mit gezogenen Pistolen an der Tür versammelten und Befehle schrien.

Zane ignorierte sie, sprang durch die Luft und landete auf Hershel, was ihm die Oberhand im Kampf gab. Angst durchflutete die Augen des Wolfs, als Zane seine Zähne entblößte und knurrte. Er schnappte sich den Hals und biss in seine Kehle. Knorpel und Knochen knirschten in seinem Maul, als Zane seinem Feind die Kehle herausriss.

Luciens Sinne waren in höchster Alarmbereitschaft, als er den Geruch im Raum inspizierte. Skylar lag zu einer Kugel zusammengerollt auf dem Boden und sah mit Entsetzen zu, wie Zane dem anderen Wolf die Kehle herausriss. Selbst das war nicht genug, um seinen Blutrausch zu befriedigen. Er zerfleischte den Körper und riss ganze Stücken heraus, während das Blut an die Wände und auf den Boden spritzte.

Lucien knurrte, als er den anderen Wolf im Raum als Dale Wade, Arkansas Nummer-Eins-Drogendealer, den jeder für tot hielt, erkannte. Und doch stand er hier in Fleisch und Blut vor ihm und war ganz offensichtlich überhaupt nicht tot. Dale richtete seine Waffe auf die Gruppe der Wächter, als sie den Raum betraten.

„Lass die verdammte Waffe fallen." Lucien zielte mit seiner Pistole auf Dale.

„Fick dich." Dale packte Skylars Arm und zog sie auf ihre Füße. Er drückte die Waffe gegen ihre Schläfe und knurrte. „Das ist alles deine verdammte Schuld, Skylar. Wenn du nicht angefangen hättest, mit diesem Wächter herumzuficken, würde ich jetzt nicht in dieser Scheiße stecken. Wie immer versaust du mir mal wieder mein Leben."

„Dale, lass die verdammte Waffe fallen und das Mädchen gehen, oder ich blase dir eine Kugel in deinen Kopf." Damon kam an Lucien Seite, während Jaxon sich auf der anderen Seite aufstellte.

Aus dem Augenwinkel heraus konnte Lucien sehen, wie sich Jayden auf Skylar zu bewegte.

„Warum zum Teufel interessiert ihr euch überhaupt für sie? Wisst ihr überhaupt, was sie ist? Sie ist ein roter Wolf und sie ist eure Feindin." Dale lachte.

„Unsere einzigen Feinde seid ihr, du und deine abtrünnigen Wölfe, die ständig gegen das Gesetz verstoßen und Leute verletzen", zischte Lucien.

„Ich wette, ihr Arschlöcher würdet eure Leben nicht so schnell opfern, wenn ihr wüsstet, was Skylar wirklich ist."

Der Raum wurde still. Sogar Zane stoppte seinen Angriff und drehte sich zu Dale um.

„Wie ich sehe, habe ich jetzt sogar deine Aufmerksamkeit, Zane." Dale kniff seine Augen zusammen und festigte seinen Griff um Skylars Hals. Tränen liefen über ihr Gesicht, als sie Schwierigkeiten hatte, zu atmen.

„Skylar mag für euch Wächter-Jungs vielleicht wie ein heißes Stück Arsch aussehen, aber sie ist gebrauchte Ware. Und wir wissen ja, dass ihr euch nur mit würdigen Frauen paart. Keiner von euch würde sein Leben für gebrauchte

Ware riskieren. Woher ich das weiß? Als Hershel sie das erste Mal nahm, war sie dreizehn Jahre alt. Sie schrie, als müsste sie sterben, aber wir wussten alle, dass es ihr gefiel."

„Halt deine verdammte Fresse, Dale", warnte ihn Lucien. Sein Blick fiel auf Zane. Die Atmung des Wolfs wurde heftiger und sein ganzer Körper zitterte.

„Ich habe sogar selbst mal Hand angelegt, nachdem Hershel ihr die Luft abgeschnürt hatte." Er neigte seinen Kopf zu ihrer Wange und grinste. „Du würdest dich nicht erinnern, Skylar, aber ich war dein Erster. Nicht Hershel."

Skylar riss entsetzt ihre Augen auf und ihr Körper verkrampfte sich, als sie versuchte, sich von ihm zu lösen.

„Du bist ein krankes Arschloch, Dale, und wenn du denkst, du würdest hier lebend rauskommen, liegst du falsch", knurrte Damon.

„Das ist genau, was ich tun werde, du Dummkopf, weil ich eine Rückversicherung habe." Sein Griff um Skylars Hals wurde fester. „Und sein Name ist Zane. Das Crystal Meth, mit dem er injiziert wurde, war unser neuestes Serum. Wir haben es entwickelt, damit Werwölfe ihre Verwandlung nicht mehr kontrollieren können. Sobald die menschliche Bevölkerung erkennt, was unter ihnen lebt, wird es zu einem Rassenkrieg zwischen ihnen und uns kommen. Wir sind stärker als verdammte Menschen und wir werden jeden einzelnen von ihnen zerstören, bis nur noch Werwölfe die Erde regieren." Dales Augen funkelten vor Entzücken. „Es wird paradiesisch sein. Und ich werde uns alle anführen."

„Du hast zu viel von deiner eigenen Scheiße geraucht, Dale", knurrte Damon, als er seine Waffe auf Dale richtete. „Das werden wir auf gar keinen Fall zulassen."

Lucien warf Jayden einen Blick zu, der nur noch wenige Meter von Skylar entfernt war. Er musste Dale nur noch ein paar weitere Sekunden ablenken.

„Du wirst diesen Raum nicht mit Skylar verlassen", sagte Lucien.

Zane knurrte. Dale richtete seine Waffe für eine Sekunde von Skylar auf Zane, der einen Schritt auf ihn zu machte. Es war die Gelegenheit, die Jayden brauchte.

Jayden packte Skylar und schubste sie in Richtung Tür. Lucien griff nach ihr und zog sie sekundenschnell hinter sich. Dale knurrte, richtete seine Waffe auf Jayden und drückte ab.

Kurz bevor die Waffe losging, sprang Zane in die Luft. Er landete vor Jayden und die Kugel traf ihn in der Seite.

Mit weit aufgerissenen Augen wurde Dale klar, dass er nun kein Druckmittel mehr hatte. Er blickte zur Tür und schwang seine Waffe von Zane zu den anderen Wächtern.

Zane stolperte, als das Silber durch seinen Körper schoss. Sein Blick verschwamm und wurde schwarz, als er mit einem dumpfen Schlag zu Boden fiel.

„Skylar, sag ihnen sofort, sie sollen deinen Daddy nicht verletzen." Dale hielt seine Augen und seine Waffe weiter auf die Wächter gerichtet. „Sag ihnen, sie sollen mir nichts tun, hörst du?"

„Tut ihm nicht weh", hörte sich Skylar selber sagen. Sie

griff sich das automatische Gewehr, das die Wachen bei ihrer Flucht zurückgelassen hatten, und trat aus dem Schatten hervor. „Ich will es tun."

Dales Augen weiteten sich für eine kurze Sekunde, bevor sie eine Salve Schnellfeuerkugeln in seiner Brust versenkte. Sie zielte auf seinen Kopf und verpasste ihm auch dort eine Kugel.

Dale Wades Körper sackte auf dem Boden zusammen.

Damon trat neben sie und nahm ihr die Waffe aus der Hand.

„Er ist jetzt tot, Skylar. Er wird dir nie wieder wehtun."

Sie nickte einmal und sah sich nach Zane um.

Ein Wächter mit blonden Haaren hatte sich über ihn gebeugt und drückte sein eigenes T-Shirt gegen seine Wunde.

Sie wurde aus ihrem Schock gerissen, rannte zu Zane und drückte ihr Gesicht gegen seine haarige Brust. Das T-Shirt über der Wunde war von Blut durchtränkt. Er kämpfte darum, zu atmen, als sich seine Augen nach oben verdrehten. „Wage es ja nicht, mir wegzusterben!"

Barrett kam in dem Moment an, als die rothaarige Frau eine Ladung Munition in Dale Wades Brust versenkte. Er schob sich in den Raum und betrachtete die blutige Szene mit Beklommenheit.

„Ich sagte: kein Gemetzel." Er starrte Damon an. „Das hier stinkt nach Gemetzel."

„Es ging nicht anders, Boss." Damon zuckte mit den

Schultern und deutete mit einem Nicken auf Zane. „Hat Braxton dich über alles informiert?"

„Zane wurde mit einem speziellen Crystal Meth infiziert und ist außer Kontrolle geraten. Es gibt Menschen, die gesehen haben, wie er sich verwandelt hat, und Dale Wade ist nicht tot."

Barrett starrte den Körper am Boden an.

„Nun, er war nicht tot."

„Ja, oh, und Zane wurde mit einer Silberkugel angeschossen." Damon drehte sich um, sodass die Wächter, die an Zane arbeiteten, sein Gesicht nicht sehen konnten. „Selbst wenn wir das Silber entfernen können, gibt es immer noch das Problem, dass er seine Verwandlung nicht kontrollieren kann. Er ist noch immer eine Belastung für uns."

Barrett ignorierte Damons Bedenken und lief zu seinem verletzten Wächter hinüber.

Er kniete nieder und untersuchte sowohl Zanes Brustwunde als auch die Schusswunde. Es gab eine dritte Wunde, bei der Fleisch von seiner Schulter gerissen worden war. „Zane, ich weiß, dass du mich hören kannst. Ich weiß, dass du da drin bist. Also, du wirst jetzt verdammt noch mal besser auf deinen Rudelführer hören." Zane öffnete die Augen und blinzelte einmal.

„Ich werde diese Silberkugel aus deiner Seite graben. Es wird höllisch wehtun, aber es führt kein Weg daran vorbei. Ich muss außerdem das Silber aus deiner anderen Wunde entfernen. Es sieht so aus, als hätten sie ein Stück Haut entfernt und flüssiges Silber darüber gegossen. Ich muss dieses Fleisch entfernen und das wird ebenfalls Schmerzen verursachen. Sobald das Silber raus ist, kannst du die Wunde an deiner Schulter heilen."

„Wird er sterben?" Skylar sah mit ernstem Blick zu ihm auf.

„Nicht heute."

„Werde ich sterben?", fragte sie. „Ich habe meinen Vater getötet und das Rudelgesetz besagt, die Strafe für das Töten der eigenen Eltern ist der Tod. Werde ich sterben?"

Er zog sein Messer aus seiner hinteren Jeanstasche und klappte die Klinge auf. Er wandte sich ihr zu.

„Du kannst niemanden töten, der schon tot ist. Und wenn Leute herausfinden würden, dass Dale zu Beginn gar nicht tot war, dann würde das eine ganze Menge Papierkram verursachen. Wenn es eine Sache gibt, die ich hasse, dann ist es Papierkram." Er starrte sie finster an.

„Er hat recht." Jaxon kniete sich neben Zane nieder und machte sich bereit, Barrett zu helfen. „Barrett hasst Papierkram."

Skylar ließ mit offensichtlicher Erleichterung ihre Schultern sinken. „Danke."

„Dank mir nicht, bis wir Zane zusammengeflickt haben."

Zane erwachte in einem Bett auf der Krankenstation der Wächter. Sein Rücken schmerzte wie verrückt und jeder Muskel in seinem Körper tat weh.

„Er ist wach." Beim Klang von Skylars Stimme drehte er den Kopf herum.

„Wie fühlst du dich?" Sie lehnte sich hinunter und nahm sein Gesicht zwischen ihre Hände.

„Treten Sie zurück und lassen Sie mich einen Blick auf ihn werfen. Junge, du siehst aus, als wärst du überfahren und rückwärts durch die Straßen geschleift worden." Dr. Gilliam, der Rudelarzt, trat vor und leuchtete mit einer Taschenlampe in seine Augen. Dr. Gilliam sah mit seinen grauen Haaren, die in alle Richtungen abstanden, eher wie ein verrückter Wissenschaftler aus. Er war schon jahrelang der persönliche Arzt der Wächter und, trotz seines beschissenen Umgangs mit Patienten, einer der besten.

„Lass die Scheiße." Zane winkte dem alten Mann ab.

„Ich muss deine Vitalwerte prüfen." Der schrullige Arzt runzelte die Stirn.

„Mir geht es gut. Mein Körper tut nur höllisch weh." Er zog ein finsteres Gesicht, als er versuchte, sich aufzusetzen.

„Du warst eine Woche lang bewusstlos." Skylar griff nach seiner Hand und drückte sie gegen ihre Brust. „Ich habe nicht geglaubt, dass du jemals wieder aufwachen würdest, nachdem Barrett das Silber aus dir gegraben hatte."

Er fuhr sich mit der Hand über die Seite, wo ihn die Kugel getroffen hatte. Die Wunde war vollständig geheilt. Er strich mit der Hand über seine Brust, wo das Silber eingegossen worden war. Auch diese Wunde war geheilt.

„Deine Schulter braucht längere Zeit zum Heilen als die anderen Stellen", sagte sie.

Er berührte das raue Stück Haut mit den Fingerspitzen, wo Hershel ihm mit den Zähnen ein Stück Fleisch herausgerissen hatte.

„Wenn nichts anderes hilft, kannst du es immer noch mit Tinte abdecken." Barrett trat mit Lucien, Jaxon, Braxton und Jayden im Schlepptau an sein Krankenbett.

„Vielen Dank." Zane sah die Gruppe seiner Brüder an. „Aber ich werde immer noch ein Problem sein. Ich habe kein Heilmittel für das Zeug gefunden, was mir injiziert wurde. Ich bin noch immer eine Gefahr für das Rudel." Sein Magen drehte sich um, als er sich seiner neuen Realität stellte.

„Das ist alles? Du hältst so wenig von uns?", schmollte Lucien.

„Ihr seid meine Brüder und ich versuche hier, das Richtige zu tun, wenn du also verdammt noch mal die Fresse halten könntest." Zane schluckte den Kloß in seinem Hals hinunter.

„Ich kann kein Wächter sein, wenn ich meine Verwandlung nicht kontrollieren kann."

„Zane, du hast dich seit einer Woche nicht verwandelt." Skylar lächelte.

„Weil ich bewusstlos war, deshalb." Er hasste das. Er hasste es, seine Brüder, seinen Job und Skylar zu verlieren, aber er musste für alle das Richtige tun.

„Nein, das stimmt nicht", sagte Dr. Gilliam. „Ich habe dein Blut untersucht und es mit der Probe verglichen, die wir genommen haben, als du zuerst hier ankamst. Die Droge hat dein System inzwischen verlassen. Du wurdest nur einmal infiziert. Und obwohl es eine Weile gedauert hat, bis sie dein System verlassen hat, hat es deine DNA nicht verändert. Du bist wieder normal." Der Arzt schlug ihm auf die Schulter. „Oder sollte ich sagen, du bist wieder ganz dein altes Selbst." Er verließ den Raum.

„Ist das wahr?" Zanes Herz machte einen Sprung und er suchte Bestätigung in Barretts Blick. Seine Hand drückte Skylars. Er atmete tief ein und Skylars Geruch nach Erdbeeren und Gewürzen stieg ihm in die Nase. Er konnte sie riechen. Endlich.

„Es stimmt." Barrett grinste und sah die anderen Wächter an. „Und ihr Arschlöcher müsst hier raus, damit Zane sich ausruhen und etwas Zeit mit Skylar verbringen kann."

Sein Kopf schlug gegen das Kissen, als er tief durchatmete. Einer nach dem anderen verabschiedeten sich die Wächter. Jayden blieb zurück.

„Ich hole dir etwas Wasser. Ich bin gleich wieder da." Skylar drückte einen Kuss auf seine Lippen und gab ihnen etwas Privatsphäre.

Zane sprach zuerst. „Hey Mann, ich wollte dir dafür danken, dass du Skylar beschützt hast." Zane erkannte, dass sein Zoff mit seiner Schwester wirklich nichts mit Jayden zu tun gehabt hatte. Er hatte nur jemanden gesucht, dem er die Schuld an ihrer gescheiterten Beziehung geben konnte.

„Das ist, was wir tun, Kumpel. Du musst mir nicht danken." Jayden steckte die Hände in seine Hosentaschen und runzelte die Stirn. „Zane, genau genommen sollte ich dir danken. Du hast dich vor diese Kugel geworfen, die für mich bestimmt war. Der Gedanke, dass ich nicht mehr hier bei Haley sein könnte, hat mir verdammte Angst eingejagt."

„Das ist, was Brüder tun." Zane nickte.

Jayden grinste, streckte seine Hand aus und Zane schüttelte sie.

„Sie können da nicht reingehen, gnädige Frau", schrie Dr. Gilliam, als die Tür aufflog.

„Ich kann gehen, wohin ich will", schnaufte Granny, als sie, Haley und Ava in den Raum und an Zanes Krankenbett stürzten.

Barrett und Skylar kamen zurück, um zu sehen, was es für einen Aufruhr gab.

Zane runzelte die Stirn und Granny nahm seine Hand und presste ihre Lippen zusammen.

„Granny, er ruht sich aus und möchte nicht, dass du ihn langweilst." Jayden warf Zane einen entschuldigenden Blick zu.

„Ich habe etwas zu sagen und ich sage es jetzt." Sie starrte erst ihn und dann den Arzt an, der in der Tür seine Hände in die Luft warf und stampfend das Zimmer verließ.

„Zane Steele, ich möchte mich bei dir dafür bedanken, dass du das Leben meines Enkelsohns gerettet hast. Ich weiß nicht, was ich tun würde, wenn ihm etwas zugestoßen wäre." Ihre Lippen zitterten und sie blinzelte mit den Augen, um die Tränen zurückzuhalten.

Haley bückte sich und drückte ihm einen Kuss auf seine Wange. „Vielen Dank, Zane."

„Gern geschehen." Er rutschte unbehaglich hin und her. Er war all diese Aufmerksamkeit nicht gewöhnt.

„Granny, kannst du Zane jetzt bitte etwas Ruhe gönnen?" Jayden nahm ihren Arm, um sie von ihm wegzuführen.

Er blieb stehen und zeigte auf das große Pflaster, das ihren Oberarm bedeckte. „Was ist mit deinem Arm passiert?" Er runzelte die Stirn. „Bist du gestürzt?"

„Nein, ich bin nicht gestürzt." Sie warf ihm einen Blick zu. „Und ich schätze es nicht, dass du das denkst."

„Entschuldigung." Er hob seine Hände. „Ich wollte dich nicht beleidigen. Also, was ist passiert?"

Haley kicherte und hielt sich die Hand vor den Mund.

„Ja, Granny, zeig ihnen, was passiert ist", prustete Ava los.

„Also gut." Sie zog an einer Ecke und entfernte das Pflaster vorsichtig. Sie lächelte strahlend, als sie ihren Arm vorzeigte. „Ich habe mich tätowieren lassen."

Jaydens Kinnlade klappte hinunter und er wurde blass. Die Frauen kicherten und Zane konnte schwören, dass er Barrett „Ach du heilige Scheiße" murmeln hörte.

Zane war verwirrt und dann überrascht. Granny hatte sich einen leuchtend pinkfarbenen Schwanz auf ihren Arm tätowieren lassen.

„Die Scheiße ist besser nicht echt." Jaydens Gesicht wurde knallrot.

Er versuchte, das Pflaster wieder aufzudrücken, aber es fiel sofort wieder ab. „Autsch." Granny blickte finster drein. „Es tut immer noch weh."

„Heilige Scheiße, willst du etwa sagen, dass das echt ist?", fragte Jayden und seine Stimme wurde lauter.

„Natürlich ist es das." Granny hob ihr Kinn. Sie sah Barrett an und zeigte ihm ihren Arm. „Gefällt dir meine Rakete?"

„So nennt man das heutzutage also?" Barrett schloss die Augen und rieb sich die Schläfe.

„Granny, das ist keine Rakete", sagte Jayden. „Das ist ein Schwanz auf deinem Arm."

Zane biss sich auf die Lippen, um nicht zu lachen.

„Natürlich ist es eine Rakete. Ich hatte schon immer eine Schwäche für Buzz Aldrin. Er schien immer dieses geheimnisvolle Funkeln in den Augen zu haben. Neil Armstrong war auch ziemlich heiß." Sie grinste.

„Oh Gott, lass mich tot umfallen", murmelte Jayden.

„Wenn Matt dieses Tattoo gestochen hat, werde ich ihn töten." Barrett starrte die alte Frau an.

„Das hat er mit Sicherheit nicht." Sie kniff die Augen zusammen. „Er hat sich geweigert, es zu tun, als ich zu ihm kam. Also musste ich jemand anderen finden."

„Den Namen. Gib mir den Namen." Barrett sprach langsam, aber jeder konnte die Wut in seinen Worten hören. „Ein Typ namens Tommy."

„Wo ist sein Studio?", drängte Barrett.

„Ich glaube nicht, dass er eins hat. Er hat es im Keller seiner Eltern gestochen. Er sagte, er brauche das Geld für sein Kunststudium." Granny lächelte. „Ich war schon immer ein Unterstützer der Künste und der Hochschulbildung. Also habe ich zwei Fliegen mit einer Klappe geschlagen."

„Lass deine Augen zu", rief Zane laut, um das Donnern der Harley zu übertönen.

„Meine Augen sind zu", sagte sie. Sie schlang ihre Arme fester um seine Taille, als er die Straße hinunterraste. Die kühle Luft blies durch ihr offenes Haar und die strahlende Sonne wärmte ihr Gesicht. Mit Zane Motorrad zu fahren gab ihr immer ein besonders gutes Lebensgefühl.

Es waren drei Monate vergangen, seitdem Zane angeschossen worden war. Zwei Monate, seitdem sie Avas Haus fertig renoviert hatte und ein Monat, seitdem die Stadt

Jonesboro das verlassene Wohngebäude wegen der Drogen-vorfälle abgerissen hatte.

Sie hatte seitdem Trübsal geblasen. Sie hatte versucht, sich nach anderen Gebäuden umzusehen, aber nichts in ihrer Preisklasse gefunden.

Zane verlangsamte seine Geschwindigkeit, bis er zum Stehen kam. Er machte den Motor aus, drückte den Ständer hinunter und rutschte als erstes von seinem Motorrad.

„Lass sie noch zu", sagte er nah an ihrem Ohr, als er seine Arme um ihre Taille legte und sie vom Motorrad hob.

Sie kicherte, als er sie auf die Füße stellte und sanft auf beide Wangen küsste.

Er hob sie in seine Arme und begann zu laufen.

„Was ist los? Du bist sehr geheimnisvoll."

„Noch geheimnisvoller als damals, als wir Damon den brennenden Haufen Hundekacke vor die Tür gelegt haben?"

„Ja." Sie lachte, als sie sich an Damons Gesichtsausdruck erinnerte, als er merkte, dass er in Hundekacke getreten war, während er versuchte, das Feuer zu löschen. Er hatte ange-nommen, dass Jayden dahintersteckte, und war fest entschlossen gewesen, ihm auch eins auszuwischen.

Sie hatte Zane noch nie zuvor so entspannt gesehen und es war schön, zu beobachten, wie er mit seinen Wächterkol-legen interagierte. Seit sie mit Avas Haus fertig geworden war, hatte er sie eingeladen, bei ihm in Little Rock zu blei-ben, bis sie ihren nächsten Job an Land zog.

Um ehrlich zu sein, hatte sie keine Eile, einen neuen Auftrag zu finden. Sie hatte, seit sie Avas Haus fertiggestellt hatte, eine Menge Geld auf ihrem Konto. Sie war jedoch noch immer entschlossen, ein anderes Gebäude zu finden, das sie als Zufluchtsstätte für Mädchen herrichten konnte. Sie wusste, dass sie irgendwann etwas Passendes finden würde. Sie musste nur geduldig sein.

Der Duft des Herbstes lag in der Luft, und dem Geruch

der gefärbten Blätter und des braunen Grases nach zu urteilen, mussten sie sich draußen auf dem Land befinden, jenseits der Stadtgrenze von Little Rock.

Es stellte sie sanft auf ihre Füße und bedeckte ihre Augen mit seiner Hand.

„Du kannst sie jetzt öffnen."

Sie öffnete die Augen und blinzelte gegen das helle Sonnenlicht. Sie lächelte verwirrt, als sie alle Wächter aus Little Rock mitten auf einer Weide in einer Reihe stehen sah.

„Was ist hier los?" Sie sah zu Zane auf.

Barrett trat vor.

„Zane hat uns von dem Projekt erzählt, dass du in Jonesboro umsetzen wolltest." Er neigte den Kopf.

„Wirklich?" Sie errötete. Würde der Rudelführer es für eine dumme Idee halten?

„Und als das Haus für abbruchreif erklärt und abgerissen wurde, brachte mich das zum Nachdenken." Er stemmte seine Hände in seine Hüften. „Es wäre wahrscheinlich eine bessere Idee, wenn du deine Zufluchtsstätte für Mädchen an einem zentraler gelegenen Ort im Bundesstaat aufbauen würdest. So wie in Little Rock."

Sie nickte. „Ich habe mich in der Stadt umgesehen, aber alles ist so teuer."

„Vielleicht solltest du außerhalb der Stadt suchen und etwas von Grund auf aufbauen. So wie hier." Er deutete mit der Hand über die Weide.

„Das wird mein Budget mit Sicherheit übersteigen. Die Kosten für einen Neubau wären astronomisch."

„Nicht, wenn Geld kein Problem ist." Barrett deutete auf die Leute, die vor ihnen standen. Sie traten zur Seite und enthüllten ein Schild mit der Aufschrift *Zukünftiges Heim für Mädchen* – SKYLARS HAUS.

Sie schüttelte den Kopf. „Ich verstehe nicht."

„Das hier ist dein Land, Skylar. Es wurde gekauft und

bezahlt. Es gibt sogar ein Bankkonto in deinem Namen mit sechs Millionen Dollar, um es so zu bauen, wie du es gerne hättest", flüsterte Zane in ihr Ohr.

„Aber wer hat es gekauft?" Sie sah zu ihm auf und ihre Augen füllten sich mit Tränen.

„Wir haben es gekauft." Victoria und Richard Steele traten aus der Menge der Wächter hervor. Victorias Haare waren zu einem lockeren Dutt zusammengebunden und sie trug eine enge schwarze Hose, ein schneeweißes Oberteil und Ballerinas. Sie sah aus, als wäre sie gerade den Seiten eines Magazins entsprungen. Richard sah in seiner Kakihose und dem Poloshirt etwas weniger vornehm aus. Sie hatte ihn noch nie zuvor etwas anderes tragen sehen als einen Anzug.

„Hallo, Schatz." Victoria zog sie in eine Umarmung. „Wir haben dich so sehr vermisst."

„Hallo Skylar. Ich freue mich, dich zu sehen." Richard umarmte sie als Nächstes.

Sie wischte sich die Tränen vom Gesicht, als Zane sie in seine Umarmung zog.

„Ihr habt das getan? Für mich?" Sie sah in die Gesichter seiner Eltern.

„Zane hat uns erzählt, was passiert ist, und wie enttäuscht du warst. Wir haben uns mit Barrett in Verbindung gesetzt und er hat uns geholfen, verfügbares Land zu finden und die Vereinbarung auszuhandeln. Wir haben das Land gekauft, aber Barrett finanziert das Gebäude-Konto selbst", flüsterte Victoria.

„Erzähl das bloß nicht rum. Das Letzte, was ich brauche, ist, dass jeder anfängt, mich um Kohle zu bitten." Barrett runzelte die Stirn und eilte davon.

„Ich weiß wirklich nicht, was ich sagen soll." Sie sah Zanes Eltern an. „Vielen Dank. Ich weiß nicht, wie ich mich jemals dafür revanchieren soll."

„Genau genommen gibt es eine Möglichkeit, wie du dich

revanchieren kannst." Richard zwinkerte ihr zu. „Zane hat etwas, das er dich fragen möchte."

Sie wandte sich wieder Zane zu. Sein Lächeln war verschwunden und er starrte sie intensiv an.

„Skylar, ich habe noch nie jemanden getroffen, der so sorgsam und liebevoll und großzügig ist wie du. Wenn ich bei dir bin, ist alles, woran ich denken kann, wie viel Glück ich habe, und wenn ich nicht bei dir bin, denke ich nur daran, wann ich dich wiedersehe." Er schluckte. „Ich möchte nicht, dass ein weiterer Tag vergeht, ohne zu wissen, dass du mir gehörst."

„Was?" Ihr Herz machte einen Sprung in ihrer Brust. Sie wurde von Liebe durchflutet.

„Skylar, ich liebe dich mehr als alles andere auf dieser Welt. Ich möchte für den Rest meines Lebens bei dir sein. Ich möchte Kinder haben und eine Familie mit dir gründen. Skylar, willst du meine Gefährtin sein?"

„Ich liebe dich, Zane. Das weißt du. Aber ..." Sie sah seine Eltern an und ihr Herz brach. „Du verdienst es, mit jemandem zusammen zu sein, auf den deine Familie stolz sein kann."

„Skylar Wade, ich möchte, dass du weißt, dass du uns schon immer so sehr am Herzen gelegen hast." Victoria blinzelte, um ihre eigenen emotionalen Tränen zurückzuhalten. „Ich weiß, dass du ein schwieriges Leben hattest, aber ich weiß auch, dass, was auch immer mit dir passiert ist, es unsere Meinung über dich nie geändert hat. Wir lieben dich bedingungslos und wir wären sehr stolz, dich in unserer Familie zu haben."

„Du würdest uns also wirklich einen großen Gefallen tun, wenn du zustimmst, Zanes Gefährtin zu werden." Richard grinste.

Tränen liefen über ihre Wangen, als sie ihr Gesicht in Zanes Brust vergrub. Er hielt sie fest und ließ sie weinen.

Nach einer Minute löste er sich von ihr und sah etwas besorgt aus.

„Skylar, du hast meine Frage nicht beantwortet. Lass mich doch nicht so hängen." Zane verzog sein Gesicht.

„Ich liebe dich, Zane. Das habe ich schon immer." Sie lachte. „Ich möchte liebend gern deine Gefährtin sein. Für immer."

Sein Mund senkte sich zu einem innigen Kuss zu ihrem hinunter. Sie hielt sich an ihm fest, als sich ihre Brust mit mehr Liebe füllte, als sie es je zuvor gekannt hatte.

Ende

Informationen zur Autorin

Jodi wurde in Mississippi geboren und ist ebenfalls dort aufgewachsen. Ihre tiefen südstaatlichen Wurzeln und die Liebe für das Paranormale haben dazu geführt, dass sie paranormale Südstaaten-Romane schreibt.

Sie lebt derzeitig in Nordost-Arkansas, gemeinsam mit ihrem gutaussehenden Ehemann, ihrem brillanten Sohn, einem temperamentvollen Schwan und einem Gelben Labra-

dor, der, wenn die Entensaison vorüber ist, gern Schild-
kröten rettet.

Finden Sie sie auf Facebook: **Jodi Vaughn, author**
Folgen Sie ihr auf Twitter **@JodiVaughn1**
Melden Sie sich für ihren Newsletter an und besuchen Sie
ihre Webseite: **http://jodivaughn.com**
Finden Sie sie auf Instagram: **VaughnJodi**